HIDDEN PICTURES

奇妙な絵

ジェイソン・レクーラック

中谷友紀子 訳

JASON REKULAK

早川書房

奇妙な絵

HIDDEN PICTURES
by
Jason Rekulak
Illustarations by
Will Staehle and Doogie Horner

Translated by
Yukiko Nakatani
First published 2023 in Japan by
Hayakawa Publishing, Inc.
This book is published in Japan by
arrangement with
Sterling Lord Literistic, Inc.
and Tuttle-Mori Agency, Inc., Tokyo.

装幀／城井文平

ジュリーに

登場人物

マロリー・クイン……………………ベビーシッター
ラッセル…………………………………マロリーの相談役
テッド・マクスウェル………………IT 企業のエンジニア
キャロライン……………………………テッドの妻
テディ……………………………………テッドとキャロラインの息子
アーニャ…………………………………テディの空想の友達
エイドリアン……………………………芝刈り屋の青年
エル・ヘフェ……………………………エイドリアンの上司
ミッツィ…………………………………マクスウェル家の隣人
アニー・バレット……………………殺された画家

1

何年かまえ、お金に困っていたわたしはペンシルベニア大学の実験に応募した。指定された場所に向かうと、そこはウェスト・フィラデルフィアの大学構内にあるメディカルセンターの大講堂で、十八歳から三十五歳の女性ばかりが大勢集まっていた。椅子の数が少なく、着いたのが最後のほうだったので、わたしは震えながら床にすわる羽目になった。無料のコーヒーとチョコレートドーナツが用意されていて、大型テレビでクイズ番組《ザ・プライス・イズ・ライト》が流れていたけど、ほぼ全員が携帯電話を見ていた。運転免許センターとよく似た雰囲気で、ただし時給制なので一日じゅう待たされても誰も文句はなさそうだった。

白い実験衣の女性ドクターが立ちあがって自己紹介をした。名前はたしかスーザンかステイシーかサマンサで、その臨床実験プログラムを行っている特別研究員だそうだ。その人が免責事項と注意事項を読みあげ、謝礼は小切手や現金ではなくアマゾンのギフトカードで支払われると説明すると、二、三人が文句を言った。でもわたしはかまわなかった。一ドル当たり八十セントで換金してくれる男友達がいるから問題ない。

数分おきにスーザン（たぶんスーザンだったはず）がクリップボードに書かれた名前を呼ぶたび、

誰かが講堂を出ていった。戻ってきた人はゼロ。じきに空いた椅子だらけになってもわたしは床にすわったままでいた。動くと吐きそうだったから。全身がうずいて寒気もした。でもそのうちに、事前の選別はないらしいという話がまわってきて、つまり尿検査やら脈拍測定やらで失格になる心配はなさそうだとわかったので、オキシコンチン四十ミリグラム錠を口に入れ、つるつるの黄色いコーティングを舐《な》めて溶かした。それからてのひらに吐きだし、親指でつぶして三分の一ほどを鼻から吸いこんだ。とりあえず楽になれるだけの量を。残りは小さなアルミホイルに包んで取っておいた。そのうち震えがおさまって、床にすわって待つのもあまり苦ではなくなった。

二時間ほどたったころ、ようやくスーザンに呼ばれた。「クインさん？　マロリー・クインさんはいますか」わたしは重たい冬用のパーカーを引きずって通路を進んだ。ハイになっているのがばれていたとしても、相手はそれに触れなかった。年齢（十九歳）と誕生日（三月三日）を確認して、答えをクリップボードの記録と照合しただけだ。問題ないと判断されたらしく、迷路のような廊下を案内されて窓のない小さな教室に入った。

若い男性が五人、一列に並んで折りたたみ椅子にすわっていた。全員がうつむいているので顔は見えなかった。でもたぶん、医学部生か研修医だろうと思った。みんな新品らしい折り目がついたままの青い医療用スクラブを着ていた。

「それでは、マロリー、教室の前に立ってください、彼らと向かいあうように。×印がつけてあるでしょ、そう、それでオーケー。では、これからなにをするか説明して、そのあと目隠しを着けてもらいますね」スーザンは黒いアイマスクを手にしていた。母が寝るときに使っていたのとよく似た、やわらかいコットン地のものだ。

説明によると、いま下を向いている男性たちが、これから数分のあいだにわたしの身体を見るとのことだった。わたしの役目は自分の身に〝男性の視線〟を感じたときに手を挙げることだという。その感覚が続いているあいだは挙げたままにして、消えたときに下ろせばいいそうだ。

「実験時間は五分ですが、終わったあとにもう一度お願いするかもしれません。はじめるまえになにか質問は？」

わたしは笑いだした。「ええっと、みなさん『フィフティ・シェイズ・オブ・グレイ』でも読んだんですか。だって、これってあの十二章のやつでしょ」

軽い冗談を飛ばしてみると、スーザンは気を遣って笑ってくれたものの、男性スタッフは誰も聞いていなかった。全員がクリップボードを確認したり、ストップウォッチをリセットしたりしていて、その場の空気は事務的そのものだった。スーザンがわたしの目をマスクで覆い、きつすぎないようにストラップを調節した。「どう、マロリー、それで大丈夫？」

「大丈夫です」

「それじゃ、はじめましょうか」

「はい」

「では、わたしが三つ数えたらスタートします。みなさん、ストップウォッチの準備を。はい、一、二、三」

ひどく妙な気分だった。目隠しされ、男たちに胸やお尻やあちこちを見られているかもしれないと知りながら、静まりかえった室内で五分間ただ立っているなんて。なにが起きているか想像がつくような音もしなければ、ヒントもない。なのに視線をはっきりと感じた。一時間にも思える五分のあいだに何度か手を挙げては下ろした。そのあと二度目の実験を求められたので、同じことを繰り返した。おまけに三度目も！　ようやく目隠しが外されると、男性スタッフがいっせいに立ちあがって拍手した。わたしがアカデミー賞でも獲ったみたいに。

スーザンの説明によると、一週間で何百人もの女性に実験を行ってきて、完璧に近い結果を出したのはわたしが初めてだという。三回とも九十七パーセントの確率で視線に反応したのだそうだ。

スーザンはほかのスタッフを休憩に出すと、わたしを自分の研究室に通してあれこれ訊きはじめた。要するに、どうして見られているのがわかったのかを。わかったからとしか言いようがなかった。意識の端っこがざわつく感じ、直感みたいなものというか。たぶん誰でも感じたことがあるだろうから、言いたいことはわかってもらえると思う。

「それに、音みたいなものも感じました」

スーザンが目を見開いた。「本当？　なにか聞こえるの？」

「ときどき。すごく高い音が。耳のすぐ近くで蚊が飛んでるみたいな」

スーザンが勢いよくノートパソコンに手を伸ばし、あやうく落っことしそうになった。そこになにか打ちこんでから、一週間後にもう一度実験を受けに来てくれないかと訊いた。時給二十ドルなら何度でも、とわたしは答えた。携帯電話の番号を伝えて、日程は電話で決めることにした。でもその日の晩にiPhoneをオキシコンチン八十ミリグラム五錠と交換したせいで連絡がつかなくなり、スーザンとはそれきりだった。


ドラッグと縁を切ったいま、後悔は山のようにあるから、iPhoneを手放したことなんてたいした話じゃない。それでもたまにあの実験を思いだして、あれはなんだったのかと気になることがある。ネットでスーザンを探してみたものの、名前も記憶違いだったらしい。ある朝バスで大学のメディカルセンターへ行って講堂を探してみたけれど、構内はすっかり変わっていた。新しい建物がいくつも増えて、どこもかしこもごった返していた。〝視線感知〟や〝視線知覚〟といったワードで検索してみても、そんな現象は実際にはないことを示す結果ばかりで、〝心の目〟で視線を感じとれる人間がいるという証拠はひとつも見つからなかった。

だからもうあきらめて、あの実験は現実にはなかったのだと思うようにしている。オキシコンチンやヘロインやその他もろもろの薬物が生みだした偽りの記憶のひとつなのだと。相談役のラッセルによると、偽りの記憶が残るのは薬物依存者によくあることだそうだ。依存者の脳は心地よい妄想を〝覚えこむ〟ことで、現実の記憶を締めだそうとするらしい。ハイになるためにどんなに恥ずかしい行動をとったかも、自分を愛してくれるやさしい人たちをどんなふうに傷つけたかも。

ラッセルはこんなふうに言っている。「だいいち、妙な点ばかりじゃないか、その話。出かけていく先はアイビーリーグの名門校のキャンパス。オキシコンチンでハイになっていても誰も気にしない。部屋に入ると、なかにはハンサムな若手ドクターがずらり。そこで十五分のあいだ身体をじろじろ見られ、最後に総立ちで拍手喝采を浴びるって？　まったく、よしてくれよ、クイン！　ジークムント・フロイトじゃなくたって意味はわかる」

きっとそのとおりなんだろう。依存症からの回復でとくに難しいのは、自分の脳がもう信用できないという事実を受け入れることだ。それどころか、脳が自分の最大の敵になってしまったのだと認めないといけない。選択を誤らせたり、理屈や常識を無視させたり、大切な記憶をねじ曲げて、突拍子もない妄想に変えたりするのだと。

それでも、これだけは正真正銘の事実だ――

わたしはマロリー・クイン、二十一歳。

リハビリを続けて十八カ月、いまではアルコールもドラッグも必要ないと断言できる。

回復プログラムの〝十二のステップ〟も実践ずみで、人生は救い主イエス・キリストに委《ゆだ》ねてある。街角で聖書を差しだしたりはしないけど、薬に手を出さずにいられるよう、どうかお守りくださいと毎日祈っていて、いまのところそれでうまくいっている。

住んでいるのはフィラデルフィア北東部にある〈セーフ・ハーバー〉。市の助成金で運営されている、回復後期の女性薬物依存者用施設だ。居住者のわたしたちは社会復帰用中間施設《ハーフウェイ・ハウス》をもじって〝四分の三の家《スリー・クォーターズ・ハウス》〟と呼んでいる。全員がきちんと断薬を続けていて、自由もかなり利く。買い物も料理も自分でやるし、窮屈な規則もあまりない。

月曜日から金曜日は〈ベッキーおばさんの保育アカデミー〉で先生の助手として働いている。アカデミーといってもネズミだらけのテラスハウスで、生徒は二歳から五歳の幼児が六十人。昼間はだいたい、おむつを交換したり、クラッカーを皿に並べたり、《セサミストリート》のDVDを流したりといった調子で過ぎていく。仕事のあとはランニングに出かけて、それから断薬会のミーティングに顔を出すか、でなければ〈セーフ・ハーバー〉で仲間たちと《セーリング・イントゥ・ラブ》だとか《フォーエバー・イン・マイ・ハート》といったホールマーク・チャンネルのロマンス映画を見る。笑われたって別にいい。ホールマーク・チャンネルの映画なら、白い粉の筋を鼻から吸引する売春婦は絶対に出てこない。そういうシーンで頭がいっぱいになるのだけは困る。

ラッセルが相談役を引き受けてくれたのは、昔わたしが長距離走の選手だったからだ。ラッセル自身は長年のあいだ短距離選手の指導にあたっていた。一九八八年の夏季オリンピック大会でアメリカチームの副コーチを務めたし、全米大学体育協会の陸上競技大会でアーカンソー大学とスタンフォード大学のチームも率いた。そしてそのあと、メタンフェタミンで朦朧とした状態で隣人を車ではねた。過失致死罪で五年服役して、その後は牧師になった。いまはつねに五、六人の薬物依存者の相談役を務めていて、そのほとんどがわたしと同じ挫折したアスリートたちだ。ラッセルはわたしを励ましてトレーニング（ラッセルに言わせれば〝回復へのラン〟）を再開させた。週ごとに専用のワークアウトメニューも用意してくれる。スクールキル川沿いでの長距離ランと流し《ウィンドスプリント》、ＹＭＣＡでのウェイトトレーニングとコンディショニング、そのふたつを交互にやるというものだ。年齢は六十八歳、しかも人工股関節を入れているというのに、いまでもベンチプレスで九十キロを挙げるし、週末には隣でわたしを激励しながら自分もトレーニングに付きあう。女性ランナーのピークは三十五歳だから、まだまだこれからだといつもわたしに言っている。

　それに、将来のことを考えて、古い友達や古い習慣から離れて新しい環境で新しくスタートを切るべきだとも言う。そのために仕事の面接もお膳立てしてくれた。相手はテッドとキャロラインのマクスウェル夫妻。ラッセルの妹の友人で、ニュージャージー州スプリング・ブルックに最近引っ越してきたばかりだという。五歳の息子テディのためにベビーシッターを探しているのだそうだ。

「バルセロナから帰国したばかりらしいよ。父親の仕事はＩＴ関係のエンジニア。いや、営業マンだったかな。とにかく高給取りだ、細かいことは忘れた。なんにしろ、こちらへ戻ったのはテディが——息子のほうのな、父親じゃなく——秋から学校に通うからだそうだ。幼稚園クラスに。だから、きみが行くのは九月いっぱいということになる。でも、もしも気に入ってもらえたら？　どうなるかわからないぞ。ずっといてほしいと言われるかもしれん」

　ラッセルは面接の場所まで送ると言って聞かなかった。ワークアウトのとき以外にもジムウェアで通すタイプなので、その日も白のストライプが入った黒いアディダスのトレーニングウェア姿だった。ラッセルの運転するＳＵＶ車がベンジャミン・フランクリン橋にさしかかり、左車線に出て追い越しをはじめると、わたしはアシストグリップを握りしめて膝に目を落とし、震えをこらえた。

車は苦手だ、バスか地下鉄ならいいけれど。おまけにフィラデルフィアを出るのもほぼ一年ぶりだった。ほんの十五キロほど郊外へ出るだけなのに、火星へ飛び立つような気がする。

「どうかしたのかい」

「別に」

「緊張してるな、クイン。リラックスするといい」

バスに右側から追い越しをかけられているというのに、どうリラックスすれば？　車輪のついたタイタニック号みたいにばかでかいバスが、手を伸ばせば届きそうなほど近くに迫っているのに。追い越しがすんで普通に話せるようになるのを待ってわたしは訊いた。

「奥さんはどんな人？」

「名前はキャロライン・マクスウェル。退役軍人病院の医師でね。うちの妹のジーニーもそこで働いているんだ。それで知り合いになったというわけさ」

「わたしのことはどのくらい知ってるの？」

ラッセルが肩をすくめる。「十八カ月断薬中だと伝えてある。一推しの人材だともね」

「そういうことじゃなくて」

「心配ないよ。きみの話をすべて聞いたうえで、ぜひ会いたいとのことだから」わたしの疑いが顔に出たのか、ラッセルがさらに続ける。「彼女は依存症患者と接するのが仕事なんだ。おまけに扱う患者は退役軍人ばかりだ。それも海軍特殊部隊あがりで、アフガニスタン戦争でひどいトラウマを抱えたような。悪く取らないでほしいがね、クイン、彼らに比べればきみの身の上話などかわいいものさ」

ジープに乗ったどこかのばかがウィンドウからレジ袋を投げ捨てた。避ける間もなくこちらの車が時速百キロでそれを踏み、ガシャン、とガラスの砕ける音がした。爆弾でも爆発したみたいだ。ラッセルはなにも言わずにエアコンに手を伸ばして室温を二段階下げた。膝に目を落としたままわたしがじっとしていると、ようやくエンジンの回転数が下がるのが聞こえ、出口ランプの緩やかなカーブを身体に感じた。

スプリング・ブルックはニュージャージー州南部にある小さな町だった。独立戦争時代からの歴史があり、コロニアル様式やヴィクトリア様式の家が並んでいて、どこの玄関ポーチにも国旗が掲げられている。通りはきれいに舗装され、歩道も清潔そのもの。塵《ちり》ひとつ落ちていない。

信号で車をとめたラッセルがウィンドウを下ろした。

「なにか聞こえるかい」

「なにも」

「そうだろう。のどかそのもの、きみにうってつけだ」

信号が青に変わって車を進めると、その先は三ブロックにわたってショップやレストランが建ち並んでいた。タイ料理店、スムージー屋、ヴィーガンベーカリー、犬の保育園、ヨガスタジオ。放課後に子供が通う数学塾と小さなブックカフェもある。もちろんスターバックスもあり、店の前には大勢のティーンやプレティーンたちがひしめきあって、めいめいｉＰｈｏｎｅをいじっている。カラフルな服にぴかぴかの靴、こじゃれたショッピングセンターのコマーシャルに出てきそうに見える。

車は脇道に入り、絵に描いたような郊外の家々を一軒ずつ通りすぎていく。立派な街路樹が歩道に日陰を作り、緑で彩っている。〝子供多し――スピード落とせ！〟と大きな字で書かれた看板がいくつも掲げられ、交差点には蛍光色の安全ベストを着た交通指導員が立っていて、にこやかに手を振ってわたしたちの車を通してくれた。なにもかもが完璧に整っているせいで、映画のセットのなかを走っているみたいだ。

　ようやくラッセルが通りの端に車を寄せて柳の木陰にとめた。「さあ、クイン、準備はいいかい」

「どうかな」

　わたしはサンバイザーを下ろして鏡で自分の姿をチェックした。ラッセルの勧めでサマーキャンプのインストラクターそっくりの服装をしてきた。緑色のクルーネックTシャツ、カーキ色のハーフパンツ、真っ白なケッズのスニーカー。腰まで伸ばしてポニーテールにしていた髪は、昨日ばっさり切ってがん患者の支援団体に寄付した。ひどくすっきりした黒いボブヘアになり、自分でも別人に見える。

「アドバイスをふたつあげよう。無料《ただ》でいい。ひとつ、お子さんは特別な才能に恵まれていますねと言うこと」

「そんなこと、どうしたらわかるの？」

「わからなくていい。この町じゃ、誰もかれもが特別な子だということになっているから。とにかく、どうにかして話の途中でそう伝えるんだ」

「わかった。もうひとつのアドバイスは？」

「うん、仮に面接がうまくいかないとするだろう？　あるいは、向こうが迷っていそうな様子だとか。そのときはこれを渡せばいい」

　ラッセルがグローブボックスをあけてなにかを差しだした。でも、それを持っていく気にはなれない。

「えっと、ラッセル、それはどうかな」

「持っていきなさい、クイン。いざというときの切り札だと思って。使わないならそれに越したことはないが、必要になることがあるかもしれない」

リハビリ施設では悲惨な話をさんざん聞いたから、ラッセルの言うとおりかもしれないと思いなおした。だからそのばかげたものを受けとって、バッグの奥底に突っこんだ。

「それじゃ、送ってくれてありがと」

「いいかい、わたしはスターバックスで待っている。終わったら電話をくれ、帰りも送るから」

大丈夫、フィラデルフィアへは電車で帰るからとわたしは言い張り、渋滞につかまるまえに帰ってとラッセルを急きたてた。

「わかったよ、だが終わったら電話はしてくれよ。詳しい話を聞きたいから、いいね」

2

車を降りると、六月の午後のむっとする熱気に包まれた。ラッセルがクラクションを鳴らして走り去ったので、あと戻りはもうできない。マクスウェル家は典型的なヴィクトリア様式の邸宅だった。三階建てで、黄色い下見板の壁に、凝った装飾の白い窓枠。家を囲む広いポーチには籐の家具が置かれ、プランターにはデイジーやベゴニアといった黄色い花が咲きみだれている。敷地の奥に大きな森――それともなにかの公園？――が広がっているので、通りには鳥たちのさえずりがあふれ、虫の音も聞こえている。

敷石のアプローチを進んで玄関ポーチの階段をのぼった。ベルを押すと幼い男の子が出てきた。オレンジがかった赤毛がつんつんに逆立っている。トロール人形みたいだ。

わたしはしゃがんで目の高さを合わせた。

「あなた、テディ？」

男の子がはにかんだ笑みを浮かべる。

「わたしはマロリー・クイン。お母さんは――」

テディがくるりと背中を向けて階段を駆けあがり、姿を消した。

「テディ？」

さて、どうしたらいい？　目の前には小さな玄関ホールと奥のキッチンに続く廊下。ダイニング

（左）と居間（右）、美しいハードパイン材の床（どこもかしこも）。セントラルエアコンのさわやかな空気が押し寄せ、床を磨いたばかりなのか、ウッドクリーナーのかすかな香りも感じる。家具はどれもモダンで真新しく、まるでクレート&バレルのショールームから到着したばかりのようだ。ドアベルを押しても音が鳴らない。さらに三回押しても――やっぱりだめ。

「こんにちは」

奥のキッチンで女性のシルエットが振りむいたのが見えた。

「マロリー？　あなたなの？」

「ええ、どうも！　ベルを鳴らそうとしたんですけど――」

「そうでしょ、ごめんなさいね。修理を依頼したところなの」

テディはどうやってわたしに気づいたのかと考える間もなく、相手が奥から近づいてきた。見たこともないような、とびきり優雅な歩き方だ。床に足がついていないみたいに音ひとつ立てない。ほっそりとして背が高く、ブロンドの髪に白い肌、この世のものとは思えないほど繊細でやわらかな顔立ち。

「キャロラインよ」

わたしが片手を差しだすと、ハグが返ってきた。キャロラインは温かさと親しみやすさを全身から漂わせるタイプの人らしく、ハグもずいぶん長めだった。

「来てくれてとてもうれしい。ラッセルがあなたのことを絶賛していたから。薬を断って十八カ月というのは本当？」

「十八カ月と半月です」

「すごい。大変な経験をして、それを乗り越えた。本当にすばらしいことね。自分を誇りに思うべきよ」

　思わず泣きそうになる。リハビリのことをまっさきに訊かれるとは思っていなかった。まともに家へ入ってもいないうちに。でも、さっさと最悪な手札を見せて片をつけてしまえるなら、気は楽だ。

「大変でしたけど、日ごとに楽になってます」

「わたしも患者さんにその通りのことを言ってる」キャロラインは一歩下がり、頭のてっぺんから爪先までしげしげとわたしを見てにっこりした。「いまのあなた、とてもすてきね！　健康的で、きらきら輝いてる」

　室温は二十度ほどでひんやり涼しく、外の蒸し暑さが嘘みたいに心地いい。キャロラインに案内されて階段の横を通り、二階の踊り場の下をくぐった。キッチンは自然光がさんさんと差しこんで、フード・ネットワーク・チャンネルの料理番組のセットみたいだ。大小の冷蔵庫が一台ずつ、八口のガスレンジ。シンクは家畜の水飲み場並みに幅広く、蛇口がふたつもある。形もサイズもさまざまな引出しやキャビネットがずらりと並んでいる。

　キャロラインが小さな扉をあけると三台目の冷蔵庫が現れた。ごく小さなもので、冷たい飲み物がストックされている。「ええっと、あるのは炭酸水と、ココナッツウォーターと、アイスティーと……」

「炭酸水をいただきます」わたしは窓の外に目をやって裏庭に見とれた。「すてきなキッチンですね」

「ばかでかいでしょ。三人家族には広すぎて。でも家のほかの部分がすっかり気に入っちゃったから、ここに決めたの。すぐ裏に公園があるの、気がついた？　テディは森を探検するのが大好きなのよ」

「楽しそう」

「でも、ダニがくっついていないか、しょっちゅうたしかめなきゃならなくて。ノミ除けの首輪でも買おうかと思っているところ」

キャロラインがアイスディスペンサーにグラスをかざすと、カランとやわらかい音がして——玄関で見たウィンドチャイムとよく似た音だ——小さくて透明な氷の粒がぱらぱらと落ちてくる。手品でも見ているみたいに。泡のたった炭酸水がグラスに注がれ手渡された。「サンドイッチでもいかが？　なにか作りましょうか」

首を振って断っても、キャロラインはかまわず大型の冷蔵庫をあけた。なかには食材がぎっしり詰まっている。成分無調整の牛乳や豆乳のボトル、茶色い平飼い卵の紙パック、ペストソースやフムスやピコデガヨのパイント容器。塊のチーズやケフィアの瓶、葉物野菜ではちきれそうな白いメッシュバッグの数々。それに果物も！　特大パック入りのイチゴにブルーベリー、ラズベリー、ブラックベリー、カンタロープメロンにハネデューメロン。キャロラインがベビーキャロットとフムスを取りだして、肘で冷蔵庫を閉じた。扉には子供の絵が貼ってある。雑で下手くそなウサギの絵だ。テディが描いたのかと尋ねると、キャロラインはうなずいた。「ここへ越してきてまだ六週間なのに、もうペットが欲しいみたいなの。家の片づけが先だと言ってあるんだけど」

「特別な才能に恵まれているんですね」と言ってみたものの、わざとらしく聞こえなかっただろうか。先走りすぎたかもしれない。

でもキャロラインは、そうなのとうなずいた！

「そう、そのとおりよ。同年齢の子たちに比べてすごく発達が早いの。みんなにそう言われてる」

朝食スペースの小さなテーブルについてから一枚の紙を手渡された。「守ってもらいたいことを夫がリストにしたものよ。すごく厳しく言うつもりはないんだけど、ここに挙げたことは避けてほしいと思っているの」

わが家のルール

1 麻薬をやらない
2 飲酒をしない
3 煙草を吸わない
4 卑猥な言葉を口にしない
5 テレビを見ない
6 鶏肉以外の肉を食べない
7 ジャンクフードを食べない
8 許可なく人を招かない
9 テディの写真をＳＮＳに載せない
10 宗教や迷信は持ちこまない。教えるのは科学印字されたリストの下に、女らしい繊細な筆跡で十一番目のルールが手書きされている。

楽しんで！ ☺

わたしが読み終わりもしないうちから、キャロラインは弁解しはじめた。「七番は絶対にというわけじゃないの。カップケーキを作るとか、テディにアイスクリームを買ってあげるとか、そういうのは大丈夫。ソーダはやめてね。それから、夫は十番にはこだわりがあるの。エンジニアとして、IT業界で働いているから。わたしたち家族は科学をとても重んじている。お祈りもしないし、クリスマスも祝わない。誰かがくしゃみをしても、ゴッド・ブレス・ユーとも言わないし」

「だったら、なんて言うんです？」

「ゲズントハイト、ドイツ語のね。お大事に、とか。意味は同じよ」

キャロラインの声にはすまなそうな響きがあり、わたしが首にかけた小さな金の十字架にちらっと目をやったのもわかった。初聖体拝領のときに母から贈られたものだ。どのルールも問題ないとわたしは答えた。「テディの信仰はご家族が決めることですから、わたしじゃなく。わたしはただ、安全で行き届いたお世話をするために来たんです」

キャロラインはほっとしたようだ。「どうか楽しんでね、いい？ それが十一番目のルールだから。お出かけするなんてどう？ 美術館とか動物園へ。費用は喜んで出すから」

そこからは仕事の内容と責任についてしばらく話しただけで、キャロラインはあまり個人的なことを訊こうとはしなかった。生まれ育ったのはサウス・フィラデルフィアのスタジアムの少し北にあるシャンク通りだとわたしは話した。母と妹の三人暮らしで、近所じゅうの赤ん坊のベビーシッターを引き受けたこと、セントラル高校在学中にペンシルベニア州立大学から学費全額免除のスポーツ特待生に選ばれた矢先に、人生のレールを踏み外したことも。残りはラッセルから聞いているらしく、キャロラインは悲惨な話の続きをあらためて語らせようとはしなかった。

代わりにこう言った。「テディのところへ行きましょうか。うまくやれそうかどうか、見てみましょ」

キッチンのすぐ脇に書斎があった。家族で気楽にくつろぐのに使っているらしく、カウチソファとおもちゃでいっぱいのチェストが置かれ、毛足の長いふわふわのラグが敷かれている。壁は本棚に覆われていて、ニューヨーク・メトロポリタン歌劇場のポスターが額に入れて飾ってある。《リゴレット》に《道化師》、《椿姫》。夫のお気に入りの三作なのよとキャロラインが言った。テディが生まれるまえにはふたりでよくリンカーン・センターへ通っていたそうだ。

テディはといえば、螺旋綴《らせんと》じのスケッチブックと黄色いHBの鉛筆数本を前にしてラグに寝そべっていた。わたしが入っていくと顔を上げていたずらっぽい笑みを浮かべ、すぐにお絵描きに戻った。

「ええっと、あらためてこんにちは。絵を描いてるの？」

テディが大げさに大きく肩をすくめる。返事をするのはまだ恥ずかしいみたいだ。

「ほらほら、いい子だから」キャロラインが答えを促した。「マロリーが訊いてるでしょ」

また肩をすくめただけで、テディは画用紙にいっそう顔を近づけ、絵のなかに隠れようとするみたいにそこに鼻をくっつけた。そして左手に新しい鉛筆を持った。

「へえ、左利きなの？　わたしも同じ！」

「世界のリーダーに多い特徴なのよ。バラク・オバマにビル・クリントン、ロナルド・レーガンもそう、みんな左利きなの」

描いているものを後ろからのぞかれないように、テディが絵に覆いかぶさる。

「妹を思いだすな。あなたと同じ年のころ、お絵描きが大好きだったから。クレヨンがいっぱい詰まった特大のタッパーを持っていたっけ」

キャロラインがソファの下からクレヨンが詰まった特大のタッパーを引っぱりだす。「こういうのを？」

「ええ、まさに！」

キャロラインがくすくす笑う。「おかしな話なんだけどね。バルセロナに住んでいたころ、テディは鉛筆を持とうともしなかったの。マーカーやらフィンガーペイントやら水彩絵の具やら、なにを買ってあげても、絵画にはまるで興味を示そうとしなくて。それが、帰国してこの家に住みはじめたとたん、どうなったと思う？　いきなりパブロ・ピカソに変身ってわけ。いまはどうかしちゃったみたいにお絵描きに夢中なの」

そう言ってチェスト型のコーヒーテーブルの天板を持ちあげてふたつ折りにした。なかから厚さ二センチほどの紙束を取りだす。「なんでもかんでも取っておくんだなって、夫には笑われるんだけど、やめられなくて。見てくれる？」

「ええ、ぜひ」

床に寝そべったテディは鉛筆を持つ手を止めている。全身がこわばっている。耳をそばだててわたしの反応に全神経を集中させているみたいだ。

「わあ、この一枚目がとってもすてき」とわたしはキャロラインに向かって言った。「馬の絵ですか」

「ええ、たぶん」

「ちがう、ちがうよ」テディが床からぴょんと起きあがり、わたしのそばへ来た。「ヤギだよ、頭に角があるでしょ？　それに顎《あご》ひげも。馬にひげはないよ」そしてわたしの膝に寄りかかって紙をめくり、次の絵を示した。

「これはお外の柳の木？」

「うん、当たり。のぼったら鳥の巣があるんだ」

紙をめくっていくうち、じきにテディはわたしの腕のなかで身体の力を抜いて頭を胸にもたせかけた。大きな仔犬を抱えているみたいだ。温かい身体は乾燥機から出したばかりの洗濯物のにおいがする。そばにすわったキャロラインはにこにこしながらわたしたちのやりとりを見守っている。

絵はどれも、よくある子供の作品といった感じだった。お日様の下にいるたくさんの動物や、笑顔の人々。テディは一枚ごとにわたしの反応を窺い、褒め言葉をスポンジのように吸収している。

最後の一枚を見たキャロラインが驚いた顔をした。「これは除《よ》けておいたつもりだったのに」そう言ってから、しかたなさそうに説明する。「これはテディと、その、特別な友達を描いたものよ」

「アーニャだよ」とテディ。「アーニャっていうんだ」

「そう、アーニャね」調子を合わせて、とキャロラインがわたしに目配せする。「みんなアーニャが大好きなのよね、ママとパパがお仕事しているときにテディと遊んでくれるから」

どうやらアーニャというのは、ちょっと変わった空想の友達みたいなものらしい。そう気づいてわたしも気の利いたことを言おうとした。「よかったね、アーニャがいてくれて。だって、新しい町に引っ越してきたばかりで、ほかの子たちとはまだ会えてないんでしょ？」

「そうなの！」わたしがすぐに状況を察したのを見て、キャロラインはほっとしたようだ。「ほんとにそう」

「アーニャはいまもいるの？　わたしたちといっしょにここにいる？」

テディが部屋を見まわす。「ううん」

「どこにいるの」

「わかんない」

「夜には会えそう？」

「毎晩会うよ。ぼくのベッドの下で寝て、歌を聞かせてくれるんだ」

そのとき玄関ホールでチャイムが鳴り、ドアが開閉する音がした。そして男の声。「ただいま」

「書斎よ！」キャロラインが返事をしてテディを見た。「ほら、パパよ！」

膝の上のテディがぱっと立ちあがって父親を迎えに飛んでいったので、わたしは絵の束をキャロラインに返した。「とても……興味深い絵ですね」

キャロラインは首を振って笑った。「取り憑かれているとかじゃないの、ほんとに。ちょっと微妙な時期ってだけ。空想の友達を持つ子供は多いしね。同僚の小児科医たちにも、よくあることだと言われているし」

いかにも気まずげなので、もちろんごく普通のことだとすぐに答えた。「きっと引っ越しのせいですよ。遊び相手が欲しくて考えだしたんでしょうね」

「アーニャがこんなに不気味な姿じゃなければよかったんだけど。これじゃ冷蔵庫に貼るのもね」

キャロラインはその絵を裏返して残りの束のあいだに押しこんだ。「でも、これだけはたしかよ、マロリー。あなたがここへ来てくれたら、あの子もアーニャのことなんてすっかり忘れてしまうはず。新しいベビーシッターと過ごすのが楽しくてね！」

そんなふうに言ってもらってうれしかった。面接はすでにすんで採用が決まり、さっそく今後のことを相談しているみたいで。「きっと近所の遊び場には子供がいっぱいいますよ。入学までにテディに本物の友達を山ほど作ってあげるつもりです」

「ばっちりね」廊下で足音が聞こえてくると、キャロラインはこちらに身を寄せた。「あと、夫のことでひとつ言っておくけど。あなたの過去のことが引っかかっているみたいなの。薬の件がね。だから断る理由を探そうとすると思う。でも心配しないで」

「でも、どうすれば――」

「それから、ミスター・マクスウェルと呼ぶようにして。テッドじゃなく。そのほうが気に入るはずよ」

なにも訊けずにいるあいだにキャロラインはさっと後ろへ下がり、夫のほうがにこにこ笑うテディを腰に抱えて入ってきた。テッド・マクスウェルは想像していたより年配で、キャロラインの十歳から十五歳は年上に見えた。すらりとした長身にグレイヘア、黒縁の眼鏡、顎ひげ。服装はデザイナージーンズに履きこまれたオックスフォードシューズ、VネックのTシャツにジャケット。カジュアルに見えて、想像の十倍の値段がするファッションだ。

キャロラインがお帰りのキスをする。

「あなた、こちらがマロリーよ」

わたしは立ちあがって握手した。「はじめまして、ミスター・マクスウェル」

「遅くなってもうしわけない。仕事でトラブルがあってね」夫妻が目と目を見交わしたので、そういうことがよくあるんだろうかと思った。「面接はどうなってる?」

「すごくいい感じよ」

「すごく、すっごくいい感じ!」テディが声を張りあげて父親の腕のなかから抜けだし、わたしの膝にぴょんと戻った。まるでわたしをサンタクロースだと思っていて、クリスマスに欲しいものを残らず聞かせようとするみたいに。「マロリー、かくれんぼは好き?」

「ええ、かくれんぼは大好き。とくに、部屋がいっぱいある古い大きなおうちでするのがね」

「ここがそうだよ!」テディが目をまんまるにして部屋を見まわす。「ここは古い大きなおうちだよ! 部屋もいっぱいあるし!」

わたしはテディを軽く抱きしめた。「完璧!」

テッドは話のなりゆきに眉をひそめた。息子の手を取ってわたしの膝から引っぱりおろす。「いいかい、テディ、これは仕事の面接なんだ。大人同士のとても真剣な話をしなきゃならない。ママとパパはマロリーに大事な質問があるんだ。だから二階へ行っていなさい、いいね。レゴでもやるか——」

キャロラインが口をはさんだ。「あなた、もう全部すんだのよ。外へ出てマロリーをお客用のコテージに案内しようと思って」

「ぼくからも訊きたいことがある。五分ですむ」

テッドは息子を軽く押して部屋を出ていかせた。それからジャケットのボタンを外してわたしの向かいにすわった。思ったほど細身ではなく、少しお腹が出ているのがわかった。でも、そのくらいがちょうどいい気がした。いかにもいいものを食べ、行き届いた世話を受けているように見える。

「履歴書のコピーは持ってきているかい」

いいえ、とわたしは首を振った。「すみません」

「いいんだ。どこかにしまってあるはずだ」

テッドはブリーフケースをあけて分厚い書類フォルダーを取りだした。中身をぱらぱらとめくる。応募者たちの手紙や履歴書らしく、五十部はありそうだ。「ああこれだ、マロリー・クイン」抜きとられたわたしの履歴書にはびっしりとメモが書きこまれている。

「セントラル高校卒業後、大学へは行っていないんだね」

「ええ、まだです」

「秋には進学する予定なのかな」

「いいえ」

「では春に？」

「いいえ、でも近いうちにと思ってます」

テッドはわたしの履歴書を見てけげんそうに眉をひそめ、首をかしげた。「外国語は話せないということかな」

「ええ、すみません。サウス・フィラデルフィア訛りが勘定に入らないなら、ですけど。〝あんた《ドゥー・ユー》ら、シャーベットでもいらんかね《ズ・ガイズ・ワナ・ジョウン・オブ・ザット・ウダーアイス》〟」

キャロラインが笑った。「まあ、おかしい！」

テッドは履歴書に黒い×印を小さく書きこんだだけだ。

「楽器は弾けるかな。ピアノかヴァイオリンは？」

「いいえ」

「美術は？　油絵とかスケッチとか、彫刻とか」

「いいえ」

「旅行の経験は？　外国へ行ったことは？」

「十歳のときに家族でディズニーランドへ行きました」

履歴書にまた×印が加えられる。

「現在はベッキーおばさんのところで働いているということだね」

「わたしのおばさんじゃなく、そういう名前の保育所なんです。〈ベッキーおばさんの保育アカデミー《アーント・ベッキーズ・チャイルドケア》〉。ほら、頭文字がABCになってて」

テッドがメモに目を落とした。「ああ、そうだった、思いだしたよ。元依存症患者に協力的な職場だったね。きみを雇うのに州からいくら補助金が出てるか知っているかい」

キャロラインが眉をひそめる。「あなた、いまそんな話が必要？」

「ちょっと気になっただけさ」

「平気です、答えられます。お給料の三分の一がペンシルベニア州から出ています」

「だが、うちの場合は全額を支払うことになる」テッドはそう言って履歴書の余白に数字を書きこみ、なにやら細かな計算をはじめた。

「テッド、質問は終わった？」キャロラインが訊く。「マロリーにはずいぶん長くいてもらってるの。それにまだ裏庭を見てもらっていないし」

「ああ、もうすんだ。知りたいことは確認できたよ」テッドがわたしの履歴書をフォルダーのいちばん後ろに戻したのが嫌でも目に入った。「会えてよかったよ、マロリー。来てくれてどうも」

「テッドのことは気にしないでね」キッチンからガラスの引き戸を抜けてパティオに出てすぐ、キャロラインがそう言った。「夫はとても頭がいいの。コンピューターの天才でね。でも人付き合いは下手くそで、おまけに依存症のリハビリについてまるでわかってない。あなたを雇うのはリスクが大きすぎると思っているみたい。ペンシルベニア大の学生が希望らしくてね、SATのスコアが満点の神童みたいなのが。でもあなたにチャンスをあげるべきだとわたしが説得するから。心配しないで」

マクスウェル家の裏庭には青々とした芝生が一面に広がり、大木や植え込みや色鮮やかな花壇がそこを囲んでいた。庭の中央には豪華なプール。周囲にデッキチェアとパラソルがいくつも置かれていて、まるでラスベガスのカジノホテルみたいだ。

「すごくすてき！」

「わが家のオアシスなの。テディはここで遊ぶのが大好き」

芝生の上を歩くと、それはトランポリンの表面のようにふかふかで弾力があった。キャロラインが庭の外れの小道を指差し、その先はヘイデン渓谷という百ヘクタールあまりの自然保護区になっていて、散策路や小川がいたるところにあるのだと教えてくれた。「テディにはひとりで行かせないようにしているの、川が危ないから。でも、あなたが付き添ってくれるならいつでもどうぞ。ツタウルシには気をつけてね」

庭の外れが近づいてきたところで、ようやく客用コテージが見えた。木々に隠れるように建っていて、いまにも森に呑みこまれそうに見える。素朴な板壁に三角屋根、スイスシャレーのミニチュア版で、『ヘンゼルとグレーテル』のお菓子の家を思いだす。小さな玄関ポーチの階段を三段上がり、キャロラインがドアの鍵をあけた。「以前の持ち主は芝刈り機をしまっていたみたい。物置小屋として使っていたのね。でも、あなたのために手入れしたのよ」

室内は部屋がひとつあるきりで狭いものの、塵ひとつなくきれいにされていた。白壁にむきだしの垂木《たるき》、縦横に走る茶色の太い梁《はり》。床板があまりにぴかぴかでスニーカーを脱ぎ捨てたくなる。右側に小さな簡易キッチン、左側には見たこともないほど寝心地のよさそうなベッド。白いふかふかの掛け布団と特大の枕が四つも用意されている。

「キャロライン、あんまりすてきで夢みたいです」

「まあ、ちょっと狭苦しいけど、テディと一日じゅういっしょだから、ひとりになれる場所があったほうがいいかと思って。それにベッドは新品なのよ。寝心地を試してみて」

マットレスの端に腰かけて横になると、雲のなかに沈みこんでいくような気がした。「もう最高」

「ブレンドウッド社のマットレスよ。三千本のコイルで身体を支えてくれるの。テッドとわたしも寝室で使っているのよ」

コテージの奥にはドアがふたつある。ひとつは奥行きの浅い棚つきのクロゼット、もう一方は小さな小さなバスルームで、そこにシャワーとトイレ、洗面台が組みこまれている。なかへ入ってみると、わたしの背丈では頭をかがめずにシャワーヘッドの下を通るのがやっとだとわかった。

一周するのに一分とかからないけれど、もう少し時間をかけて隅々まで見ないともうしわけない気がした。室内にはおしゃれで気の利いた小物がどっさり用意されている。ベッドサイドランプ、折りたたみ式のアイロン台、携帯電話のUSB充電器、空気を循環させるシーリングファン。キッチンの戸棚にはひととおりの食器がしまってある。皿にグラス、マグカップにナイフやフォーク、どれも母屋《おもや》で使っているのと同じ高級品だ。それに基本的な調味料や粉類もある――オリーブオイル、小麦粉、ベーキングパウダー、塩、胡椒。料理は好きかとキャロラインに訊かれたので、いま覚えているところだと答えた。「わたしもよ」とキャロラインが笑った。「いっしょにがんばりましょ」

そのときポーチに重々しい足音が響き、テッド・マクスウェルがドアをあけた。ジャケットを脱いで水色のポロシャツに着替えている。カジュアルな服になっても威圧感は変わらない。このまま顔を合わせずに帰れるかと思っていたのに。

「テディが呼んでいる」テッドがキャロラインに言った。「案内の続きは代わろう」

でも、見るものなんてもうない。とまどいながらなにも言えずにいるうちに、キャロラインがドアから出ていった。テッドは無言でわたしを見据えている。シーツやタオルを盗まれるとでも思っているみたいだ。

わたしはにっこりしてみせた。「ここ、ほんとにすてきですね」

「ここは一人用の部屋なんだ。許可なく人を呼ぶことはできない。泊まりは論外だ。テディが困惑するから。なにか問題は?」

「いえ、誰とも会うつもりはありません」

そういうことじゃない、という顔でテッドが首を振る。「きみが誰かと会うのを禁じることはできない、法的にもね。ただ、知らない人間がうちの庭に泊まるのはごめんだということだ」

「わかりました。問題ありません」これが前進だと、採用への小さな一歩なのだと信じたい。「ほかに気がかりなことはないですか」

テッドが苦笑いする。「時間はどのくらいある？」

「必要ならいくらでも。本当にここで働きたいんです」

テッドは窓のところへ行って小さな松の木を指差した。「ひとつ話をしておこう。この家に越してきた日、キャロラインとテディがあの木の下で鳥の雛《ひな》を拾ったんだ。巣から落ちたんだろう。押しだされたかなにかしたんだろうね。まあそれで、妻はやたらと心がやさしいものだから、紙切れを敷いた靴の空き箱に雛を入れて、スポイトで砂糖水を飲ませはじめたんだ。こっちが家の前で引っ越し業者に対応したり、新生活をはじめられるように家じゅうを片づけたりしているあいだも、雛を丈夫に育ててあげようなんて話をテディにしているんだ。いつか木々より高く飛んでいけるようにとね。もちろんテディも夢中になった。雛にロバートと名前をつけて、一時間ごとに様子を見てやってね、まるで弟のようにかわいがった。だが四十八時間もしないうちにロバートは死んでしまった。それでテディは一週間泣きどおしだったんだ、大げさじゃなく。すっかり打ちひしがれてしまってね。雛が死んだだけで。つまり言いたいのは、この家に来てもらう人間はごく慎重に選びたいということなんだ。きみの過去を考慮すると、あまりに大きな賭けに思えてね」

そう言われると返す言葉もない。お給料のいい仕事だし、テッドのフォルダーにはドラッグとは無縁な女性たちの履歴書がぎっしり詰まっている。心肺蘇生法もマスターしたフレッシュな看護学校生だって雇えるし、ホンジュラス出身の五人の孫がいるおばあちゃんなら、エンチラーダス・ベルデスを手作りしながらスペイン語を教えてくれるだろう。よりどりみどりだというのに、一か八かわたしを雇う理由なんてないはずだ。頼みの綱は切り札だけ——いざというときのためにと、車を降りるまえにラッセルに渡されたあれだ。

「こうしたらどうでしょう」わたしはバッグに手を入れて、クレジットカードサイズの紙でできたものを取りだした。先端には五枚のタブがついている。「これは薬物検査カードです。一回分が一ドル、アマゾンで買えますし、自分のお給料で喜んで払います。検査できるのはメタンフェタミン、オピオイド、アンフェタミン、コカイン、THC。五分で結果が出ます。心配がないように、週に一度、言われた日にいつでも進んで検査を受けます。それなら安心してもらえますか」

カードを渡すと、テッドは不快げな顔をして指先だけでそれをつまんだ。生温かい黄色の尿がまだ滴《したた》っているかのように。「無理だ、なぜって、これこそが問題だから。きみはいい人のようだ。応援しているよ、心から。ただね、うちに来てほしいのは、週に一度検尿する必要のないシッターなんだ。わかってくれるね」

テッドとキャロラインがキッチンで言い争うあいだ、わたしは母屋の玄関ホールで待っていた。話の詳細は聞こえなくても、どちらがなにを主張しているかは明らかだった。粘り強く訴えかけるキャロラインの声に、短く鋭くたたみかけるようなテッドの返事。まるでヴァイオリンと電動ドリルだ。

ようやくホールに戻ってきたとき、ふたりとも真っ赤な顔をしていて、キャロラインがこわばった笑顔で言った。「お待たせしてもうしわけないから、こちらで相談して、あらためて連絡させてもらってもいい？」

それがどういう意味かは誰だって知ってる、でしょ？

テッドがドアをあけ、わたしは押しだされるようにむっとする熱気のなかへ出た。家の正面は裏庭よりもずっと暑い。なんだか楽園と現実世界の境目に立っているみたいだ。わたしは平静を装って面接のお礼を言った。採用を心から願っていて、この家で働けるのを本当に楽しみにしていると も伝えた。「気がかりなことがあれば、なんでも言ってください」

ドアが閉じられようとしたとき、テディが両親の脚のあいだをすり抜けて出てきて、一枚の紙を手渡した。「マロリー、絵を描いたの。プレゼントだよ。持って帰って」

キャロラインがわたしの肩越しにのぞきこんで、はっと息を呑んだ。「まあすごい、テディ、なんてすてきな絵なの！」

そこには棒人間がふたり描いてあるだけだった。でも、その絵の温かさにわたしは感激した。しゃがみこんで目の高さを合わせると、テディも尻ごみして逃げようとはしなかった。「すごく気に入ったよ、テディ。家に帰ったらすぐに壁に飾るね。ほんとにありがとう」軽くハグしようとわたしが腕を広げると、テディが力いっぱい飛びこんできて、短い腕でわたしの首にしがみつき、顔を肩にうずめた。そんなふうに誰かと触れあうのは数カ月ぶりで、わたしは胸がいっぱいになり、目頭にこみあげた涙を拭って笑った。テディの父親には信用されていないかもしれないし、じきに依存症に逆戻りしそうなダメ人間だと思われているかもしれないが、かわいいこの男の子はわたしを天使だと思ってくれている。「ありがとう、テディ。ほんとに、ほんとに、ありがとう」

駅へはわざとゆっくり向かった。木陰になった歩道を歩き、チョークで落書きをする少女たちや、私道でバスケットボールをシュートする少年たちや、シュッ、シュッと音を立て芝生に水を撒《ま》くスプリンクラーの横を通りすぎた。小さな商店街にさしかかり、スムージー屋やスターバックスの店先にたむろするティーンエイジャーたちの前も行きすぎた。スプリング・ブルックで生まれ育つのはどんなにすてきだろう。この町では生活費に困るような人はいないし、悪いことなど起きたこともなさそうだ。もっとここにいられたら、そう思った。

スターバックスに入ってストロベリーレモネードを頼んだ。リハビリ中なので精神活性物質はカフェインも含めて避けている（といっても、ものすごく厳密なわけでもなく、チョコレートに含まれるのはせいぜい二、三ミリグラムなので、特別に食べてもいいことにしている）。蓋にストローを差しこもうとしたとき、店の奥にいるラッセルに気づいた。ブラックコーヒーを飲みながらフィラデルフィア・インクワイアラー紙のスポーツ面を読んでいる。アメリカでいまだに紙の新聞を買って読んでいるのはラッセルくらいかもしれない。

「待っててくれなくてよかったのに」

ラッセルが新聞をたたんで笑みを浮かべた。「ここに寄るんじゃないかと思ったんだ。それに、どうだったか知りたいしね。なにもかも聞かせてくれ」

「ひどかった」

「なにが？」

「もらった切り札が最悪だった。効き目なし」

ラッセルが笑いだした。「クイン、さっきキャロラインから電話があったよ。十分前に。きみが家を出てすぐにね」

「そうなの？」

「ほかの家族に取られるのを心配しているんだ。できるだけ早く来てほしいそうだよ」

3

荷物は十分でまとまった。持ち物は服と洗面用具と聖書くらいで、いくらもない。ラッセルがお古のスーツケースをくれたので、ゴミ袋にすべてを突っこんで運ばずにすんだ。〈セーフ・ハーバー〉の仲間たちはテイクアウトの中華とスーパーのスポンジケーキでごくささやかなお別れパーティーを開いてくれた。そして面接からほんの三日後、わたしはフィラデルフィアから夢の国へ戻り、ベビーシッターとして新しい生活をはじめた。

わたしを雇うことにまだ不安があったとしても、テッド・マクスウェルはそれを上手に隠していた。駅に迎えに来てくれ、いっしょに来たテディに黄色いデイジーの花束まで持たせていた。「ぼくが選んだの、買ったのはパパだけど」

スーツケースも有無を言わさず車まで運んでくれ、帰り道にはテディといっしょに、あそこがピザ屋と本屋、こっちはランナーやサイクリストに人気の廃線跡、と指差しながら近所を軽く案内してくれた。初対面のときのテッド・マクスウェルは――外国語や海外旅行のことでわたしを質問攻めにした不愛想なエンジニアは――跡形もなく消えていた。新しいテッド・マクスウェルは陽気で気さくで（〝テッドと呼んでくれるかい〟）、服装もぐっとくだけたものになっていた。FCバルセロナのサッカーシャツにバギーデニム、そしてぴかぴかのニューバランス995。

午後はキャロラインがコテージで荷解《にほど》きと片づけを手伝ってくれた。テッドの唐突な変身ぶりについて尋ねてみると、キャロラインは笑った。「わたしが説得するって言ったでしょ。あの人もちゃんと見たもの、テディがあんなにあなたになついているところを。応募者のなかの誰よりもね。あんなにたやすい決断は初めてよ」

夕食はみんなで裏庭にある敷石のパティオでとった。テッドがお得意のエビと帆立の串焼きをこしらえ、キャロラインはお手製のアイスティーを出してくれた。テディは旋回舞踊《スーフィーダンス》でもするみたいに庭をくるくると駆けまわった。わたしがこの家で暮らすことになり、夏のあいだ朝から晩まで毎日いっしょにいられると知って、すっかり興奮していた。「夢みたい、夢みたい」と声をはずませ、うれしさのあまり芝生に大の字に寝転んだ。

「ほんとに夢みたい。ここに来られてすごくうれしい」とわたしも言った。

デザートも出ないうちから、わたしはすっかり家族の一員になった気がした。キャロラインとテッドはさりげなく穏やかに愛情を示しあっていた。お互いの言葉を引きとったり、お互いの皿の料理をつまんだりしながら、十五年ほどまえにリンカーン・センターの書店で出会ったという、おとぎ話みたいにすてきな馴れ初め《なそ》を披露してくれた。話の途中でテッドは自然に妻の膝に手を伸ばし、キャロラインも自分の手を重ねて指を絡ませた。

ちょっとした言い合いでさえ愉快で感じがよかった。食事中にテディがトイレへ行くと言った。わたしが付き添おうと立ちあがると、テディは手を振って断った。「もう五歳なんだよ。トイレはひとりで行ける」

「えらいぞ」とテッドが褒めた。「手を洗うのを忘れないようにな」

ばつの悪い思いですわりなおすと、気にしないでとキャロラインが言った。「テディは次のステップへ進もうとしているの。自立を学んでいるのよ」

「刑務所行きにならないようにね」テッドが付けくわえた。

茶化されたキャロラインがしかめっ面をする。わたしがけげんな顔でいると、こう説明した。

「二カ月ほどまえに、ちょっとした問題が起きたの。テディがほかの子たちの前で目立とうとしてね、その、あそこを出してみせたのよ。幼い男の子にはよくあることだけど、わたしには初めての経験だったから、大げさに反応してしまったみたいで」

テッドが笑う。「性暴力だと言いだしそうな権幕だったよな」

「あの子が大人の男だったら性暴力でしょ。まさにそれを言いたかったのよ、テッド」キャロラインがわたしに向かって続ける。「もっと慎重に言葉を選ぶべきだったのはたしかだけど」

「あの子は靴紐だって自分で結べないんだ。なのにもう性犯罪者になるとでも？」

キャロラインは大げさな仕草で膝に置かれた夫の手を払いのけた。「肝心なのはテディがちゃんと学んだことよ。プライベートゾーンは自分だけのもので、他人に見せちゃいけないことを。この次は、同意と不適切な接触について教えるつもり、知っておくべき大事なことだから」

「ああ、異存はないさ。断言するよ、キャロライン、テッドはクラスの誰より意識の高い子になる。心配ないよ」

「ほんとにいい子ですよね」わたしも言い添えた。「おふたりに育てられているんですし、きっと大丈夫です」

キャロラインは夫の手を取って自分の膝に戻した。「そうよね。つい心配してしまって。どうしようもないの！」

そこまで話したところで、テディがテーブルに駆けもどってきた。息を切らし目を輝かせて、遊ぶのが待ちきれないといった様子で。

「噂をすれば、だ！」テッドが笑った。

デザートがすむとプールに入ることになり、しかたなくわたしは水着を持っていないこと、そもそも高校を卒業してから一度も泳いでいないことを打ち明けた。翌日さっそくテッドがお給料の前金として五百ドルを渡してくれたので、キャロラインの運転でショッピングモールのお店へ行ってワンピースの水着を買った。午後にはキャロラインがハンガーにかかった服を十着以上もコテージへ持ってきてくれた。バーバリーやディオールやDKNYのとびきりすてきなワンピースやトップスで、どれも新品かほとんど着ていないものばかりだ。自分は太ってサイズ8になってしまい、もう着られないから慈善団体に寄付するまえにぜひ使ってほしいという。

「それと、心配しすぎだと思うだろうけど、これも買っておいた」キャロラインは先端に金属の突起が二本ついた小さなピンクの懐中電灯を差しだした。「夜のランニング用に」

スイッチを押すとバチバチッと大きな音がした。驚いて思わず手を離すとそれは床に転がった。

「ごめんなさい！　てっきり――」

「いいえ、いいの、言っておくべきだった。それはスタンガンよ。キーホルダーにつけておいてね」キャロラインがそれを床から拾いあげて機能を説明した。〝ライトボタン〟と〝放電ボタン〟のほかにオン・オフができる安全スイッチがついている。「電圧は一万ボルト。自分のをテッドで試してみたんだけどね、効果をたしかめるために。雷に打たれたみたいだって言ってた」

キャロラインが護身用に武器を携帯していると聞いても驚かなかった。退役軍人病院で担当している患者の多くは精神的な問題を抱えているそうだから。でも、スプリング・ブルックでジョギングするのになぜスタンガンが？

「ここは犯罪が多いんですか」
「ほとんどない。でも二週間前にね、あなたと同じ年頃の若い女の子がカージャックに遭ったのよ。スーパーの駐車場で。犯人の男はその子にATMまで運転させて三百ドルを引きださせたの。だから、備えあれば憂いなしってこと、いい？」
期待のこもったキャロラインの目を見て、キーホルダーを出してそれを取りつけるまで満足しそうにないとわかった。母親に世話を焼かれていたころに戻ったみたいだ。
「うれしいです。ありがとう」

仕事自体はいたって簡単で、新しい日課にはすぐに慣れた。平日の流れはたいていこんな感じだ。

午前六時三十分——朝は早く目が覚める。森の鳥たちのさえずりがにぎやかなのでアラームもいらない。ガウンを着て熱い紅茶とオートミールを用意し、ポーチにすわって太陽がプールの上に昇るのを眺める。いろんな動物たちが食べ物を探して庭の外れにやってくることもある。リスに狐、ウサギにアライグマ、ときには鹿も。古いアニメ映画の白雪姫になった気分だ。動物たちが朝食に付きあってくれないかと、ブルーベリーやヒマワリの種を皿に入れて置いておくようにしている。

午前七時三十分——庭を突っ切ってパティオの引き戸から母屋に入る。テッドは早朝に出勤するのでもういない。でもキャロラインはかならず息子に温かい朝食を出すようにしている。手作りワッフルが好物のテディのために、ミッキーマウス型の特別なワッフルメーカーで焼いてあげるのだ。わたしがキッチンを片づけているあいだにキャロラインは出勤の支度をして、いよいよママがお出かけの時間になると、テディとわたしも私道まで出て手を振って見送る。

午前八時——本格的に一日をはじめるまえに、ちょっとした準備がある。まずはテディの服を出してくる。でも着るのはいつも同じものなので簡単だ。GAPキッズのかわいい服を山ほど持っているのに、テディはいつも紫のボーダーTシャツしか着ようとしない。何度も洗濯するのが面倒になったキャロラインは、GAPへ行って同じTシャツを五枚買い足した。テディの好きにさせてくれていいけど、ほかの服も〝軽く勧めてみて〟と言われている。服を用意するとき、ほかの候補も二、三枚は出すようにしているけれど、テディが選ぶのは同じ紫のボーダーTシャツと決まっている。そのあと歯磨きを手伝い、トイレがすむのをバスルームの外で待ってから、いよいよふたりの一日がはじまる。

午前八時三十分——朝は毎日、長めのアクティビティかお出かけを組みこむことにしている。図書館へ歩いていって読み聞かせに参加したり、スーパーマーケットでクッキーの材料を買ってきたり。テディは機嫌のいい子で、わたしの提案を嫌がることなどまるでない。町へ歯磨きペーストを買いに行くと言っただけで、遊園地にでも行くみたいに大喜びする。頭がよくてやさしいし、突拍子もない質問ばかりするので、いっしょにいると楽しい。四角の反対はなに？　女の子はなんで髪が長いの？　目の前にあるものはみんな〝本物〟なの？　とにかく聞いていて飽きない。テディはわたしが持てなかった弟みたいだ。

正午——朝のアクティビティがすむと簡単な昼食を用意する。マカロニ&チーズとか、ピザベーグルとか、チキンナゲットとか。そのあとテディは寝室で〈おやすみタイム〉を過ごし、わたしも一時間休憩をとる。本を読んだり、ヘッドホンでポッドキャストを聴いたり、ときにはソファに寝そべって二十分ほど昼寝をすることもある。そのうちテディが下りてきてわたしを揺り起こし、描いたばかりの絵をプレゼントしてくれる。たいていはお気に入りのアクティビティの様子、たとえば森を散歩しているところや、裏庭で遊んでいるところや、コテージのまわりをぶらついているところを描いたものだ。もらった絵はコテージの冷蔵庫の扉に貼ってあって、そこはテディの上達ぶりがよくわかるギャラリーになっている。

午後二時——いちばん暑くなる時間なので、家のなかでボードゲームをして遊んでから、日焼け止めをたっぷり塗って庭のプールに入りに行く。テディは泳げない（わたしも泳ぎは得意じゃない）ので、浮き輪をつけさせてからいっしょに水に浸かる。鬼ごっこをしたり、プールスティックで戦いごっこをしたり。大きなゴムボートに乗って《キャスト・アウェイ》ごっこや《タイタニック》ごっこをすることもある。

午後五時——キャロラインが帰宅して夕食を作るあいだに、テディとの一日を報告する。そのあとラッセルのアドバイスに従って五キロから十二キロほどのランニングに出る。通りにいる人や芝生の水やり中の人、いろんな人たちの横を通りすぎると、自分がスプリング・ブルックに受け入れてもらっているのを感じる。わたしがここで生まれ育った近所の家の娘で、夏休みに大学から帰省中だと思っているように、手を振って声をかけてくれる人もいる。コミュニティの一員になれたようなその感じがとてもうれしい。ようやく居場所を見つけた、そんな気分になれる。

午後七時——ランニングのあと、極小サイズのバスルームでさっとシャワーを浴び、簡易キッチンで軽い夕食をこしらえる。週に一、二回は町へ出て地元のショップやレストランを見てまわる。聖母マリア教会の地下室で開かれるオープンミーティングに顔を出すこともある。進行役はとても話し上手で、参加者も気さくな人たちばかりだけど、いつもわたしが最年少で、みんな十歳は年上に見えるので、友達が大勢できそうには思えない。もちろん〝二次会〟にも残らないので、隣のブロックのベーカリーカフェまでぞろぞろ歩いて、子供やローンや仕事の愚痴をこぼすこともない。マクスウェル家であらゆる誘惑から安全に隔離されて二週間を過ごしたせいか、もうミーティングに行く必要もなくなった気がしている。自力でなんとかやっていけそうだ。

午後九時——この時間にはだいたいベッドに入って図書館の本を読むか、携帯電話で映画を見るかしている。自分へのご褒美としてホールマーク・チャンネルのサブスクに加入したので、月額五ドル九十九セントでロマンス映画が見放題だ。寝るまえのリラックスタイムにはうってつけで、明かりを消して枕に頭を沈め、ハッピーエンドを好きなだけ楽しめる。離れ離れの家族が再会したり、悪党が追いはらわれたり、宝物が取りもどされたり、名誉が回復されたりする物語を。

きっと退屈そうに思えるだろう。大層な仕事じゃないのはわかっている。世界を変えられるわけでも、がんを治せるわけでもない。でも過去が最悪だっただけに、大きな一歩を踏みだしたように感じているし、そんな自分を誇りに思う。住む場所があって安定した収入もある。自炊して身体にいいものを食べ、週に二百ドルずつお金も貯めている。テディのお世話を大事な仕事だと思っているし、テッドとキャロラインの全面的な信頼が自信も与えてくれている。

とりわけテッドの信頼が。毎朝六時半に家を出るので、昼間はほとんどテッドの姿は見なかった。でも夜にランニングから戻ったあとでたまに顔を合わせることがあった。ノートパソコンとワインのグラスをそばに置いてパティオにすわっていることもあれば、プールで何往復も泳いでいることもあり、そんなときはわたしに手を振ってランニングの調子を訊いてくれた。またはテディとの一日のことを。ときにはナイキやペットスマート、ジレットにL・L・ビーンといったブランドの名前をあれこれ挙げて、わたしの意見を求めることもある。テッドの会社は世界中の大企業向けの〝バックエンド・ソフトウェア〟を開発していて、つねに新しい取引先を探しているのだそうだ。「アーバン・アウトフィッターズはどう思う?」とか「クラッカー・バレルで食事したことは?」と訊いてきては、わたしの答えに熱心に耳を傾ける。わたしの意見が実際にビジネス上の判断を左右するかのように。正直に言って、悪い気はしない。ラッセルを除くと、わたしの考えを気にしてくれる相手なんてほとんどいないから。だからテッドに会うのは楽しみで、呼びかけられるといつも少しわくわくした。

皮肉なことに、新しい職場での唯一の悩みの種は存在しない相手だった。アーニャだ。テディの空想の大親友は、しつけの邪魔をするやっかいな癖があった。たとえばある日、わたしはテディに脱いだ服を拾って自分用の洗濯かごに入れてねと伝えた。二時間後にテディの寝室に戻ってみると、服は床に散らばったままだった。「ママが拾えばいいって、アーニャが言ってる。それはママの仕事だからって」とテディは言った。

また別のときには、昼食に角切り豆腐のカリカリ揚げを作っていると、テディはハンバーガーがいいと言いだした。わたしはだめだと答えた。牛は温室効果ガスのおもな排出源のひとつで、その肉を食べることは環境にやさしくないから、この家では禁止なのだと。でも豆腐とライスを皿に盛って出すと、テディはフォークで料理をつつくだけだった。「ぼくが肉を大好きになるはずだってアーニャは思ってるよ。豆腐なんてゴミだって」

児童心理の専門家でなくてもテディの振る舞いは理解できる。アーニャを言い訳にしてわがままを通そうとしているのだ。キャロラインに相談してみると、しばらく様子を見ていれば、そのうち自然に解決するはずよと言われた。「ずいぶんましになったしね。わたしが仕事から帰ったら、〝マロリーがこう言った〟〝マロリーがああ言った〟ばかりだもの。アーニャの名前なんて一週間も聞いてないし」

でもテッドは、もっと強い姿勢が必要だと言った。「アーニャにはうんざりなんだ。この家のルールを決めるのはアーニャじゃない。われわれだ。次にまた口を出してきたら、アーニャなんて本当はいないとテディにはっきり言ってやってほしい」

わたしは両極端なふたつの意見のあいだを取ることにした。ある日の午後、〈おやすみタイム〉のあいだに、わたしはテディの好物のシナモンシュガークッキーを焼いた。そして新しい絵を持って下りてきたテディをテーブルにつかせた。クッキーと冷たいミルク二杯を運んできて、アーニャの話をもっと聞かせてとなにげなく切りだした。

「話って?」テディはとたんに怪しむような顔をした。

「どこで出会ったの。アーニャの好きな色は? 年は何歳?」

どれも答えようがないらしく、テディは肩をすくめた。急に目を合わせるのが気まずくなったように視線をキッチンにさまよわせる。

「仕事はしてるの?」

「知らない」

「昼間はなにをしてるって?」

「わかんない」

「テディの部屋から出てくることは?」

テディがテーブルの向かいの空いた椅子をちらっと見る。

「ときどき」

わたしも椅子に目をやった。

「いまアーニャはここにいるの? いっしょにすわってる?」

テディが首を振る。「ううん」

「クッキー食べるかな」

「いないんだってば、マロリー」

「アーニャとはどんなことを話すの?」

テディは皿をのぞきこみ、あと数センチでクッキーにくっつきそうなほど顔を近づけた。「アーニャがほんとはいないって知ってる」小さくそう言う。「わざわざ証明しなくたっていいよ」

しょんぼりしたその声を聞いたとたん、後ろめたくなった。五歳の男の子に、サンタクロースはいないと無理やり言わせたみたいに。

「聞いて、テディ。わたしの妹のベスにもアーニャみたいな友達がいたの。名前はカシオペア、すてきでしょ？　昼のあいだ、カシオペアはディズニー・オン・アイスのショーの仕事があって世界中を飛びまわってた。でも毎晩サウス・フィラデルフィアの家に戻ってきて、わたしたちの部屋の床で寝るの。踏んづけないように気をつけてたっけ、姿が見えないから」

「ベスはカシオペアがほんとにいると思ってた？」

「ふたりとも、カシオペアがほんとにいるふりをしてた。それでうまくいってたんだ、ベスはルールを破るためにカシオペアを言い訳にしたりしなかったから。わかる？」

「たぶん」テディは急にお腹が痛くなったように、すわったまま身じろぎした。「トイレに行く。ウンチしたい」そう言って椅子から下りて急いでキッチンを出ていった。

おやつは手つかずのままだった。わたしはあとで食べられるようにクッキーにラップをかけ、ミルクのグラスを冷蔵庫にしまった。それからシンクの前へ行って皿洗いをはじめた。片づけが終わってもテディはまだバスルームにこもっていた。食卓の椅子にすわったとき、テディの最新作を見ていなかったことを思いだして、わたしは紙に手を伸ばして表に向けた。

4

テディは両親からテレビを見る時間を厳しく制限されているので、《スター・ウォーズ》や《トイ・ストーリー》といった子供が好きそうな映画はなにひとつ見たことがなかった。《セサミストリート》でさえ見せてもらえない。ただし、週に一度、書斎に一家がそろってムービーナイトを開くことになっていた。キャロラインがポップコーンをこしらえて、見る映画は〝本物の芸術的価値がある〟ものをテッドが配信サービスで選ぶ。古い名作や字幕つきの外国映画がほとんどで、誰でも知っているのはきっと《オズの魔法使》くらいだ。テディはその物語が大好きで、いちばんのお気に入り映画だと言っていた。

だからプールではよくオズの国ごっこをして遊んだ。ふたりでゴムボートにつかまって、テディがドロシー役をやり、わたしはそのほかのキャラクターを残らず引きうける。トトにカカシ、悪い魔女、それにマンチキンたちも。自慢じゃないけど、歌ったり踊ったり、空飛ぶサルの翼をはためかせたりと、ブロードウェイの初日さながらの大活躍だ。ラストはゴムボートが熱気球に変身してテディ扮するドロシーがカンザスへ帰る。小一時間はかかるので、ある日、終わりが来てお辞儀をするころには、すっかり身体が冷えて歯がガチガチ鳴っていた。わたしは水から上がろうとした。

「嫌だ！」テディが抵抗した。

「ごめん、テディベアちゃん、もう凍えそう」

わたしはコンクリートのプールサイドにタオルを広げ、日光で身体を乾かそうとそこに寝そべった。気温は三十度を超えていて、焼けつくような強烈な日差しでたちまち寒さが吹き飛ぶ。テディは近くでまだ水しぶきをあげている。最近のお気に入りは、口に水を含んで噴水の天使像みたいに吐きだす遊びだ。

「それはしちゃだめ。水に塩素が入ってるから」

「病気になっちゃう？」

「たくさん飲んだらね」

「そしたら死んじゃうの？」

テディは急に心配になったようだ。わたしは首を振った。

「プールの水を丸ごと飲んだら、そうね、死ぬかも。でもちょっとだけでも飲んじゃだめ、わかった？」

テディがゴムボートによじのぼってプールの端まで漕いできたので、並んで寝そべった格好になった。テディはボートに、わたしはプールサイドに。

「マロリー？」

「なに？」

「人って死んだらどうなるの」

わたしは横を見た。テディは水の底をのぞきこんでいる。

「どういう意味？」

「だから、身体のなかの人はどうなるの」

もちろんそれに関しては考えが決まっている。わたしは神様から永遠の命を与えられると信じている。妹のベスが天使たちに囲まれていると知っていて、そのことにとても励まされている。それにいつかある日、運がよければ天国でまた会えることも知っている。でもそういったことをテディに話すわけにはいかない。面接で告げられた、十番目のルールを忘れてはいないから――宗教や迷信は持ちこまない。教えるのは科学。

「それはパパかママに訊いてみて」

「なんでマロリーは教えてくれないの」

「わたしが間違ってるかもしれないから」

「死んでも生きたままの人っていると思う？」

「幽霊みたいに？」

「ううん、そんな怖いものじゃなくて」テディはうまい言葉が見つからないようだ。といっても、こういう話をするときは誰でも言葉に迷うはず。「人間の一部だけが生き残ることってある？」

「それって、とても重要で難しい質問だね、テディ。やっぱりパパたちに訊いたほうがいいと思う」

答えをはぐらかされたテディは不満顔だが、わたしに訊いても無駄だとあきらめたようだ。「だったら、またオズの国ごっこをする？」

「いま終わったところじゃない！」

「溶けるシーンだけでいいよ。最後のところの」

「わかった。でもプールにはもう入らないから」

わたしは立ちあがってタオルを肩にかけ、魔女のマントのように広げた。指を鉤爪の形に曲げてけたたましい笑い声をあげる。「つかまえてやるよ、お嬢ちゃん、そのちんけな犬もね！」そしてテディに水を浴びせられて絶叫する。びっくりした鳥たちが木の枝からぱっと飛び立った。「このくそガキめ！　なんてことをするんだい！」思いきり大げさな仕草でパティオにへたりこみ、腕をばたつかせて苦悶に身をよじってみせる。「溶けちまう、溶けちまうよ！　ああ、なんてことだ、なんてことだ！」テディの笑い声と拍手を聞きながら仰向けに倒れこみ、目を閉じて舌を突きだす。最後に両脚をぴくぴくと痙攣させてから、動きを止めた。

「あの、すみません」

わたしは目をあけた。

プールフェンスの向こうの、一・五メートルと離れていない場所に若い男が立っている。細く引き締まった身体、草のしみがついたチノパン、ラトガース大学のTシャツ、軍手。「〈芝生王《ローン・キング》〉の者ですけど。芝刈り屋の」

「やあ《オラ》、エイドリアン！」テディが声をはずませる。

エイドリアンがウィンクを投げた。「オラ、テディ。元気かい《コモ・エスタス》？」

わたしはタオルを身体に巻こうとした。でもお尻で下敷きにしているせいで、ひっくり返ったカブトムシみたいにじたばたしてしまう。

「大型の芝刈り機を使いたいんですが、もしできれば。まえもって知らせておこうかと思って。かなり大きな音がするんで」

「ええ、どうぞ。わたしたちは家に入ってます」

「やだ、ぼくたちも見てようよ！」テディが言う。

エイドリアンが芝刈り機を取りに行ったので、わたしはテディのほうを向いた。「なんのために見るの？」

「でっかい芝刈り機、好きだから。すごいんだよ！」

芝刈り機が近づいてくるのが、まっさきに音でわかった。ガソリンエンジンが騒々しく響き、ひっそりとした裏庭の静寂を破る。やがてエイドリアンが母屋の横手から現れた。トラクターとゴーカートの中間のような機械に乗っている。全地形対応車《ATV》でも操縦するみたいに、後部に立って前かがみでハンドルを握り進むと、その後ろにきれいに刈られた芝生の筋が残っていく。テディがよく見ようとプールから上がってフェンスの前へ飛んでいった。エイドリアンは腕前を見せつけるように、いきなり方向転換してみせたり、バックしてみせたり、しまいには帽子のつばを下ろして目隠し運転まではじめた。子供にはいいお手本とはいえないけれど、テディはすっかり夢中だ。シルク・ドゥ・ソレイユのショーでも見ているみたいに、ぽかんと口をあけて見とれている。いよいよグランドフィナーレとばかりに、エイドリアンが勢いよく後退したかと思うと、ギアをドライブに入れてこちらへ突進しながらウィリーをはじめた。前輪が浮いて猛烈に回転する刃がむきだしになったまま、凍りついたような三秒間が過ぎる。そして轟音とともに前輪が下ろされ、芝刈り機はフェンスのすぐ向こうでとまった。

エイドリアンが機械の脇に飛び降りてテディにキーを差しだした。「運転してみる？」

「ほんと？」

「だめ！」とわたしは止めた。「そんなの絶対にだめ」

「六歳になったらな」エイドリアンがテディにウィンクする。「新しい友達を紹介してくれるかい」

テディが肩をすくめた。「ぼくのベビーシッターだよ」

「マロリー・クインです」

「はじめまして、マロリー」

エイドリアンが軍手を脱いで手を差しだした。妙にあらたまった仕草だ。わたしは水着姿で、向こうも泥のしみと芝の切れ端だらけだから、なおさらそう感じた。なんとなく、ぱっと見ではわからない、いろんな面がありそうな人だと思った。てのひらは革みたいに硬かった。

テディが急になにか思いついたらしく、プールフェンスのチャイルドゲートをあけようと引っぱりはじめた。

「なにしてるの」

「エイドリアンにあげる絵を描いたの。なかにあるんだ。ぼくの部屋に」

出られるようにわたしが掛け金を外すとテディは芝生を駆けだした。「足が濡れたままでしょ！」わたしはその背中に呼びかけた。「階段ですべらないようにね！」

「わかった！」

テディが戻るまで、エイドリアンとわたしはぎこちなく話をする羽目になった。相手の正確な年齢は見当がつかない。すらりと背が高く、日に焼けていて筋肉質――身体はすっかり大人なのに、顔はまだ少年っぽく、はにかんだような感じにも見える。十七歳かもしれないし、二十五歳かもしれない。

「いい子だよね」エイドリアンが言った。「バルセロナでスペイン語を習ったそうだから、ときどき新しいフレーズを教えているんだ。きみはフルタイムで世話をしてるの？」

「夏のあいだだけ。九月にはテディが学校に上がるから」

「きみは？　どこに通ってるの？」

どうやらわたしも大学生だと勘違いしているようだ。若い娘はみんな四年制大学に進むスプリング・ブルックの人間だと思いこんでいるらしい。訂正しようとしたものの、〝どこにも通ってない〟なんて、落ちこぼれだと思われそうで言えなかった。悲惨な過去を残らず打ち明けることもできるけど、ただの雑談なんだから、話を合わせておけばいい。そう思って、自分の人生がレールを外れることなく順調に進んでいるふりをした。

「ペンシルベニア州立大。クロスカントリー競走の女子チームに所属してる」

「嘘だろ！　ビッグ・テン（有名大学スポーツリーグ）の選手なの？」

「一応はね。でも注目されるのはフットボールチームだけ。うちなんかESPNチャンネルで放送されたりしないし」

　嘘がいけないのはわかっている。依存症のリハビリで大きな部分——たぶんなによりも重要な部分——を占めるのは、自分の過去を受け入れてすべての過ちを認めることだ。でも正直に言って、そうやって都合のいい話をこしらえ、自分がティーンエイジャーらしい夢を持った普通のティーンエイジャーのままだというふりをするのは、たまらなくいい気分だった。

　急になにか思いついたようにエイドリアンが指をパチンと鳴らした。「きみ、夜に走ってる？　このあたりを」

「そうだけど」

「トレーニングしてるところを見たよ。ほんとに速いよな！」

　芝刈り屋が夜にこのあたりでなんの用があるのかと不思議に思ったものの、訊いてみる暇はなかった。テディが画用紙を手にして庭を駆けもどってきて、息を切らして言った。「ほら、これ。あげようと思って、とっといたんだよ」

「わあ、すごいな！　どうだい、このサングラス？　きまってるよな」とエイドリアンに絵を見せられ、わたしは思わず噴きだした。単語当てゲームのハングマンで描く棒人間みたいだ。

「とってもハンサムね」

「ムイ・グアポ」エイドリアンがテディに言う。「今週の新しい言葉はこれだ。超かっこいいって意味だよ」

「ムイ・グアポ？」

「いいぞ《ブエノ》！　完璧だ」

庭の向こうの母屋の横手から年配の男の人が近づいてきた。小柄で、皺《しわ》だらけの褐色の肌、短く刈りこんだ白髪。大声でエイドリアンの名前を呼んでいて、ご機嫌ななめなのは明らかだ。「いっ《ケ・デモ》たいなにやってる《ニオス・エスタス・アシエンド》？」

エイドリアンは手を振って応え、わたしたちに向かってにっと笑ってみせた。「エル・ヘフェのお出ましだ。行かなきゃ。でも二週間後にまた来るよ、テディ。絵をありがとう。それと、トレーニングをがんばって、マロリー。ESPNチャンネルに出るのを楽しみにしてるよ」

「早く《プリーサ》！」怒鳴り声が飛んでくる。「こっちへ来い《ベン・アキ》！」

「わかった、わかったよ！」エイドリアンも怒鳴り返し、芝刈り機に飛び乗ってエンジンをかけると、ほんの数秒で庭を出ていった。エイドリアンがスペイン語で謝っても相手はまだ怒っていて、ふたりは言い合いをしながら家の横手へ消えた。スペイン語は高校でほんの少し齧《かじ》ったものの——エル・ヘフェはたしか〝ボス〟という意味だったはず——ふたりの話は速すぎて聞きとれなかった。

テディが心配そうな顔をする。「エイドリアン、ひどいことされる？」

「そうじゃないといいけど」そう言って庭を見まわしたわたしは目をみはった。あんなに猛スピードで無茶な操縦をしていたのに、刈ったばかりの芝は見事な仕上がりだった。

マクスウェル家の裏には小さな屋外シャワーがあって、泳いだあとに身体を洗えるようになっていた。昔ながらの電話ボックスくらいの狭い板張りの小屋で、キャロラインはそこにばか高いシャンプーとボディソープを置いている。テディが先にそこへ入り、わたしはドアの外で、髪をよくすすいでとか、水着を振って水気を切ってと声をかけた。シャワーがすむとテディは身体をビーチタオルでぐるぐる巻きにして出てきた。「見て、野菜ブリトーだよ！」

「わあ、かわいい。服を着てきて、あとで部屋へ行くから」

タオルをぶらさげて小屋に入ろうとしたとき、女の声で名前を呼ばれた。「マロリーね、新しいシッターの」

振り返ると、隣家の住人が庭の向こうから急いで近づいてくるのが見えた。小柄でお尻の大きなおばあさんで、足取りはおぼつかない。かなりの変人でほとんど家にこもりきりだとキャロラインからは聞いているのに、出てくることもあるらしい。アクアマリン色のムームーを着て、アクセサリーをどっさり着けている。クリスタルのチャームつきのゴールドネックレスが数本、大きなフープイヤリング、じゃらじゃら鳴る何重ものブレスレット、手足の指にはパワーストーンの指輪がずらり。「ミッツィよ、隣の家の。このあたりのことはまだ知らないだろうから、ひとつ忠告してあげようと思って。さっきみたいに庭師が来ているときは、プールサイドなんかにいちゃだめ。そんなふうにこれ見よがしな格好で」とわたしの上半身を上から下まで手で示す。「昔なら、男を誘ってると言われたものよ」

ミッツィが一歩近づくと、焦げたロープのような悪臭が鼻を突いた。お風呂に入っていないか、マリファナですっかりハイになっているか、またはその両方だろう。「はい？」

「あんた、スタイルがいいから、見せびらかしたいのもわかる。ここは自由の国ですからね。わたしも自由は尊重するから、好きにおやりなさいと言いたいところだけど。ああいうメキシコ人たちが来ているときは、ちょっとは用心しなきゃ。ちょっとは常識を働かせるの。身の安全のために。わかる？」返事をしようとしたが、話はまだ終わらない。「差別だと思うかもしれないけど、事実だからね。あの連中は――すでに法を破ってる。国境を越えたときにね。無法者が裏庭にひとりでいるきれいな若い子を見かけたら、自制なんてすると思う？」

「本気ですか」

言いたいことを強調しようとミッツィがわたしの手首をつかんだ。その手は震えている。「お嬢さん、もちろん本気ですとも。とにかくお尻は隠しなさい」

頭上のテディの部屋から、窓の網戸ごしに声が聞こえた。「マロリー、アイスキャンディ食べてもいい？」

「わたしのシャワーがすんだらね。五分待って」

ミッツィが手を振るとテディは奥へ引っこんだ。「かわいい子だね。愛らしい顔をしてる。両親のほうはあんまり感心しないけどね。ちょっと高慢ちきで、わたしには合わないから。わかる？」

「ええっと――」

「引っ越してきた日、ラザニアを焼いたの。お近づきのしるしにね。玄関へ持っていったら母親になんて言われたと思う？　〝ごめんなさい、いただけません〟だって。挽肉が入っているからって！」

「きっと――」

「悪いけどね、お嬢さん、ああいうとき、あんな対応はするもんじゃないの。にっこりしてお礼を言ってから、なかへ持って入り、それから捨てればいい。その場で突っ返すなんてとんでもない。

失礼だからね。それに父親のほうはもっとひどい！　さぞかし嫌な目に遭ってるだろうね」

「そうでも――」

「はいはい、あんたはまだ子供だから、人の本性なんて読めないだろうね。わたしは心の温かい、人の気持ちがわかる人間だから、オーラを読むのを商売にしてるの。お客たちが一日じゅう訪ねてくるのを見かけるだろうけど、心配することはないよ、いかがわしいことなんてしていないから。子宮を取ってから、さっぱりその気もなくなってね」とミッツィがウィンクする。「ところで、コテージの住み心地はどう？　不安になったりしないの、ひとりであんなところに寝るなんて」

「不安って、なにがです？」

「昔のことがあるからね」

「昔のこと？」

話しどおしだったミッツィが、そのとき初めて言葉に詰まった。髪の房に手をやり、指でよじって一本を選り分ける。それを引き抜いて後ろに捨てた。「あの夫婦に訊いてみるといいよ」

「引っ越してきたばかりだし、なにも知らないはずですけど。いったいなんのことですか」

「わたしが子供のころ、あのコテージは悪魔の家と呼ばれていてね。窓からなかをのぞいてみろって、けしかけあったりしたものよ。ポーチに立って百数えられたら五十セントやるって兄さんには言われたけど、いつも勇気が出なくてね」

「なぜ？」

「女の人が殺されたから。アニー・バレットが。画家でね、絵を描くのに、あんたの住まいをアトリエとして使っていたの」

「コテージで殺されたんですか」

「それが、死体は見つからなくてね。ずっと昔のことだしね、第二次世界大戦直後の」テディが二階の窓からまた顔をのぞかせる。「もう五分たった？」

「あとちょっと」

目を戻すと、ミッツィはもう庭を引き返していた。「かわいい坊やを待たせちゃだめ。アイスキャンディを食べておいで」

「待って、話の続きは？」

「続きなんてない。アニーが死んだあと――でなければ、消えたあと――家族はコテージを物置小屋にしたの。誰にも使わせようとしなかった。ずっとそうだったのよ、七十年以上もね。今月までは」

キャロラインがミニバンに買ったものをどっさり積んで帰宅したので、わたしも荷運びと片づけを手伝うことにした。テディが二階の部屋でお絵描きをしているうちにと、ミッツィの話のことを訊いてみた。

「変人だって言ったでしょ。あの人、郵便配達員がＶＩＳＡカードの請求書に蒸気をあてて開封して、信用スコアを盗み見てるって信じこんでいるのよ」

「女の人が殺されたって聞いたんですけど」

「八十年前にね。ここは古い土地柄なの、マロリー。どの家にも怖い話のひとつやふたつは残ってる」キャロラインは冷蔵庫をあけて野菜室にほうれん草やケール、根っこに土がついたままのラディッシュの束を詰めこんでいく。「それに、以前の持ち主は四十年ここに住んでいたんだし、なんの問題もなかったということよ」

「ですよね、たしかに」わたしはキャンバス地のトートバッグに手を突っこんでココナッツウォーターの六本パックを取りだした。「ただ、これまでコテージは物置小屋に使われていたんでしょ？誰も寝泊まりはしてなかったんですよね」

キャロラインがうんざりした顔をした。一日じゅう病院で働いたあとで、帰宅したとたんに質問攻めにされるのはごめんなのだろう。「マロリー、あの人はこれまで、わたしの患者全員分以上の量の麻薬を摂取してきてるはず。命があるのが不思議なくらいだけど、頭のほうはまともじゃないのはたしかよ。神経質で、不安定で、妄想に取り憑かれておかしくなってるの。あなたに薬をやらせるわけにはいかないから、はっきり言っておく。あの人とはなるべく関わらないで、いい？」

「ええ、わかりました」と答えたものの、内心ではむっとしていた。キャロラインに怒られるなんて思いもしなかった。だから黙りこんだままパントリーをあけ、アルボリオ米やクスクスや全粒粉のクラッカーの箱をしまいこんだ。押しオーツ麦や生アーモンドやトルコ産のナツメヤシ、干からびた不気味なキノコの袋も次から次へと押しこんでいく。全部片づくと、出かけてくるとキャロラインに伝えた。わたしがまだむくれているのを察したのか、キャロラインはそばに来て肩に手を置いた。

「あのね、二階にすてきな客室があるの。こちらで暮らしてくれるなら大歓迎よ。テディも大喜びだろうし。どう？」

気づけば肩に置かれた手が背中にまわり、抱きしめられていた。「いまのままで大丈夫です。自分だけのスペースがあるのがありがたいので。社会復帰の練習にもなるし」

「気が変わったら言ってね。いつでもこっちへ来て、待ってるから」

夜は上等のスニーカーを履いてランニングへ出た。日が落ちたあとも不快な蒸し暑さは消えなかった。自分を追いこんで、苦痛に耐えて走るのが心地よかった。容赦なく酷使しないと身体の限界はわからない——それがラッセルの口癖で、わたしもそのとおりだと思う。そう、その夜はかなり酷使した。近所の歩道で流し《ウィンドスプリント》を何往復もこなし、街灯の影やホタルの群れを突っ切り、家々のエアコンのうなりを聞きながら走った。八・四キロを三十八分で走り終えて歩いて帰るころにはふらふらだった。

コテージの狭苦しいバスルームで二度目のシャワーを浴びてから、簡単な夕食を用意した。オーブントースターで温めた冷凍ピザと、デザートにベン&ジェリーズ・アイスをハーフパイント。がんばったご褒美だ。

すべてがすむと九時を過ぎていた。ナイトテーブルのランプだけを残して明かりを消した。携帯電話を持って大きな白いベッドにもぐりこみ、ホールマーク・チャンネルで《ウィンター・ラブ》という映画を見ることにした。でもなかなか集中できない。一度見たことがあるのか、それともストーリーがほかのたくさんのホールマーク映画とそっくりなせいかもしれない。それに室内が少し息苦しく感じられたので、立ちあがってカーテンをあけた。

ドアの隣には大きな窓が、ベッド脇にも小窓があるので、夜は風通しのためにどちらもあけてあった。シーリングファンがゆるゆるとまわっている。外の木立ではコオロギの鳴き声が響いていて、ときどき森のなかから小動物が歩きまわるような、落ち葉を踏む小さな足音も聞こえる。

ベッドに戻って映画をまた再生した。明かりに引き寄せられた蛾がひっきりなしに窓の網戸にぶつかってくる。枕もとの壁の向こうでトン、トン、トンと音がする。でもただの枝だ。コテージは三方を木々に囲まれているので、風が吹くたびに枝が壁をこすっているだけだ。ドアに目をやって鍵がかかっているかたしかめた。かかってはいるけれど、ちゃちな鍵なので、無理やり押し入られたらひとたまりもない。

そのとき、なにかが聞こえた。耳のすぐそばに蚊が寄ってきたような、高周波のうなりが。手で払っても数秒もすると戻ってきて、おまけに灰色の点々が視界の端にちらつき、目で捉えようとすると逃げていく。ふと、ペンシルベニア大学のドクターのことを思いだした。実際にはなかったあの実験を。

初めて誰かに見られているような気がしたのは、その夜のことだった。

5

週末はいつも静かに過ごした。キャロラインたちは家族で出かけることが多く、海へドライブしてビーチで一日を過ごしたり、テディを街の美術館に連れていったりと忙しかった。そのたびにわたしも誘われるけど、家族の時間を邪魔したくないので一度も行かず、コテージに残ってやることを見つけるようにした。手持ち無沙汰だと誘惑やらなにやらが寄ってきてしまうから。土曜日の夜、アメリカじゅうの若者たちがお酒を飲んだりいちゃついたり笑ったりセックスしたりするあいだも、わたしは漂白剤のスプレーボトルを手にバスルームの便器の前にしゃがんで、床の汚れをこすり落としていた。日曜日もたいして変わらない。地元の教会はどこもしっくり来なかった。ほかの信徒は二十歳も年上で、その人たちに珍獣のようにじろじろ見られるのはごめんだった。

SNSが恋しくなり、インスタグラムとフェイスブックのアカウントを再開しようかと思うこともあるものの、断薬会のカウンセラー全員に止められていた。SNSそのものに中毒性があるうえに、若者の自己肯定感をずたずたにしてしまうからと。だから、現実世界のシンプルな楽しみに集中するようにした。ランニングと、料理と、散歩に。

それでもなによりの楽しみは、週末が終わって仕事に戻ることだった。月曜日の朝、母屋に行くとテディがキッチンテーブルの下でプラスチックの家畜のおもちゃで遊んでいた。

「おはよう、テディベアちゃん。調子はどう?」

テディがプラスチックの牛を持ちあげてモーモーと鳴いた。

「まさか、牛になっちゃった？　ってことは、今日はわたし、牛シッターってわけね。わくわくしちゃう！」

キャロラインがキッチンの奥から飛んできて、車のキーと携帯電話と書類フォルダー数冊をひっつかんだ。玄関で少し話があるという。テディに聞こえないところに移動してからキャロラインは口を開いた。テディがおねしょをしたのでシーツを洗濯中だそうだ。「終わったら乾燥機に移してもらってもいい？　ベッドは新しいシーツに替えてある」

「もちろん。テディは大丈夫ですか」

「大丈夫。恥ずかしがってるだけ。最近、多いの。引っ越しのストレスね」キャロラインは玄関のクロゼットからショルダーバッグを出して肩にかけた。「わたしが話したって言わないでね。あなたには知られたくないだろうから」

「言いません」

「ありがとう、マロリー。ほんと、頼りにしてる」


テディがいちばん好きな朝のアクティビティは、敷地の奥にある〈魔法の森〉の散策だった。鬱《うっ》蒼《そう》とした木々の天蓋で覆われていて、暑くてたまらない日でも、その下では涼しく過ごせる。小道には標識も札もないので、ふたりだけの特別な名前を考えだした。コテージの裏からエッジウッド通りの家々の裏庭に沿ってのびた道は、平らに踏み固められているので〈黄色いレンガの道〉。その先には灰色の大岩〈ドラゴンの卵〉があって、そこから枝分かれした〈ドラゴンの小道〉に入ると道は狭まり、棘《とげ》だらけの茂みのなかをくねくねとのびていく。歩くときには一列になって、身体を引っかかれないように手で枝を押さえて進まないといけない。さらに行くと〈王家の川〉（悪臭のするよどんだ小川で、深さは腰から下くらい）が流れる渓谷になっていて、そこにかかっているのが、藻や不気味なキノコがびっしり生えた腐りかけの丸太、〈苔の橋〉だ。そろそろと渡ってさらに行くと〈大きな豆の木〉が現れる。森いちばんの大木で、枝は天まで伸びている。

だそうだ、テディの話では。森を歩くとき、テディはいつも凝った筋書きの物語を考えだして、テディ王子とマロリー姫の冒険を聞かせてくれた。王家に生まれながら家族とはぐれ、故郷への道を探す勇敢な姉弟の話を。昼までずっと歩いても、誰とも出会わない日もあった。たまに犬を連れた人をひとりかふたり見るくらいで、子供はめったにいない。だからテディはそこが大のお気に入りなのかもしれない。

でも、その考えをキャロラインには言わずにおいた。

その日、森のなかを二時間歩きまわってお腹がすいたので、お昼を食べに家に戻り、グリルドチーズサンドを作った。そのあとテディが〈おやすみタイム〉を過ごしに二階へ上がったところで、わたしはベッドのシーツを乾燥機に入れたままだと思いだして二階のランドリールームへ行った。

テディの部屋の前を通ったとき、ひとりごとが聞こえた。足を止めてドアに耳を押しあててみても単語や切れ切れのフレーズしか聞きとれない。電話のやりとりの片方だけが聞こえていて、大半は相手が話しているような感じだ。テディの話し声はたびたび間が空き、その間が短いときと長いときがある。

「そうかな？　でもぼく――」

「……………………」

「わからないよ」

「…………」

「雲？　おっきなやつ？　ふわふわの？」

「…………………」

「ごめん。よくわから――」

「……………………」

「星？　そっか、星だね！」

「…………」

「星がたくさんだね、わかった」

「……………………………………………」

気になってたまらず、ノックしようかと思ったとき、家の電話が鳴りだしたので、ドアの前を離れて急いで一階に下りた。

テッドもキャロラインも携帯電話は持っていて、それでも緊急時にテディが通報できるように固定電話も残してあった。応答すると、相手はスプリング・ブルック小学校の校長だと言った。「キャロライン・マクスウェルさん？」

ベビーシッターだと答えると、急用ではないと前置きされた。マクスウェル一家を学校組織に迎えるにあたって、個人的に挨拶しておきたかったのだという。「入学までに保護者のみなさんとお話ししたいと思いましてね。いろいろご心配な点もあるでしょうし」

わたしは相手の名前と電話番号を教わり、キャロラインに伝えますと約束した。少ししてテディが新しい絵を持ってキッチンに現れた。それをテーブルに伏せて置いてから椅子によじのぼる。

「ピーマン食べていい？」

「もちろん」

テディはおやつにピーマンを食べるのが好きなので、キャロラインは十個単位で買うようにしていた。わたしは冷蔵庫からひとつ出して洗い、へたを切りとった。それからてっぺんを輪っかの形に薄く切って、残りをひと口サイズの細切りにした。

テーブルについてテディがご機嫌にピーマンを食べはじめたので、わたしは描いたばかりの絵を見てみることにした。草が生い茂った森のなかを後ろ向きに歩く男の人の絵だ。地面に倒れた女の人の足首をつかんで引きずっている。背景には木々と三日月と小さく輝くたくさんの星たち。

「テディ、これはなに？」

テディは肩をすくめた。「ゲーム」

「ゲームってなんの？」

ピーマンに齧りついて、むしゃむしゃ食べながらテディが答える。「アーニャが身振りでお話をして、ぼくが描くの」

「ピクショナリー・ゲームみたいに？」

テディが噴きだしたので、テーブルにピーマンの欠片が飛び散った。「ピクショナリー⁉」と、頭をのけぞらせてけたたましく笑う。わたしはペーパータオルを取って汚れを拭いた。「アーニャはピクショナリーなんかできないよ！」

わたしは静かに声をかけてテディを落ち着かせ、水を飲ませた。

「最初から聞かせて」つとめて軽い調子で促す。怯《おび》えが伝わらないように。「どういうゲームなのか説明してくれる？」

「いま言ったでしょ、マロリー。アーニャが身振りでお話をして、ぼくがそれを描くの。それだけ。そういうゲームなんだ」

「それじゃ、この男の人は？」

「知らない」

「この人がアーニャにひどいことをしたの？」

「そんなの知らない。でもピクショナリーじゃないよ！　アーニャはボードゲームなんてできないから！」

そこでまたのけぞり、けらけらと笑いだす。子供にしかできない無邪気そのものの笑い方だ。あまりにも楽しげでくったくがなく、どんな心配も吹き飛ばしてくれそうな。テディになにか悩みがあるようには思えない。これまで会った子供たちと同じように幸せそうに見える。きっと、頭のなかのへんてこな友達と、頭のなかでへんてこなゲームをしているだけだ。なんの問題が？

テディがまだ大笑いしているので、わたしは立ちあがって絵をキッチンの奥へ持っていった。請求書の引出しのなかの書類フォルダーにテディの作品をしまっておいてとキャロラインに頼まれている。まとめてスキャンしてコンピューターに保存するそうだ。

ところが、テディがわたしのその動きに目を留めた。

笑うのをやめて首を振る。

「それはママとパパにはあげない。マロリーにあげてって、アーニャが言ってる」

その夜、一キロ半歩いて大型ショッピングモールの家電量販店へ行き、お給料で安いタブレット端末を買った。八時半にはコテージに帰りつき、ドアに鍵をかけてパジャマに着替え、新しいおもちゃを持ってベッドに入った。ほんの数分でセットアップがすんでマクスウェル家のＷｉ‐Ｆｉネットワークにつながる。

〝アニー・バレット〟と検索すると千六百万件がヒットした。結婚するカップルの欲しいものリスト、建築事務所、ハンドメイドサイト、ヨガの個別指導、リンクトインのプロフィールも山ほど。今度は〝アニー・バレット　スプリング・ブルック〟と〝アニー・バレット　画家〟、〝アニー・バレット　死亡　殺された〟で検索してみたものの、参考になりそうな情報はゼロ。ネット上にはアニーが存在した記録は見つからない。

頭のすぐ上の窓の外でなにかが網戸にぶつかる音がした。森のどこにでもいる大きな茶色の蛾だ。

色合いも質感も木の幹にそっくりなのでいつもは目立たないが、網戸の裏からのぞくと、てかてかした節だらけの腹と、三対の肢と、小刻みに震える二本の触覚がはっきり見えた。網戸を揺すって追いはらっても、ほんの数秒飛んで逃げては戻ってくる。網戸の隙間からもぐりこんでベッドサイドランプに群がってきたらどうしようと不安になった。

ランプの隣には森のなかを引きずられるアーニャの絵が置いてある。持ち帰ったのは間違いだったろうか。帰宅したキャロラインにすぐ渡すべきだったのかもしれない。でなければ、丸めてゴミ箱に捨ててしまえばよかったのかも。その絵に描かれたアーニャの髪がひどく不快だった。はらわたみたいに引きずられた黒く長い髪の生々しさが。と、ナイトテーブルの上でけたたましい音が響き、思わずベッドから飛び起きた。でも電話が鳴っただけだった。着信音の音量を上げてあったせいだ。

「やあ、クイン！」ラッセルだ。「電話には遅すぎたかな」

わざわざ訊くなんてラッセルらしい。まだ八時四十五分なのに。でも、健康のことを真剣に考えるなら九時半にはベッドに入って消灯すべきだというのがラッセルの持論なのだ。

「大丈夫。どうかした？」

「腿《もも》の裏の筋肉のことなんだが。このあいだ、つっぱる感じがすると言ってたろ」

「もうよくなった」

「今夜はどのくらい走った？」

「六・五キロ。タイムは三十一分」

「疲れたかい」

「ううん、平気」

「もう少しきついメニューに変えてみるか」

絵から目が離せない。ずるずると引きずられた、乱れた女の黒髪から。

こんな絵を描く子供なんている？

「クイン？」

「ああ――ごめんなさい」

「どうかしたのかい」

蚊の羽音が聞こえて右の頬をぴしゃりと叩いた。ぺしゃんこになった黒い死骸があるかとてのひらをたしかめたが、きれいなままだ。

「大丈夫、ちょっと疲れただけ」

「さっきは疲れてないと言ったろ」

なにか問題があると察したらしく、ラッセルの口調が微妙に変わる。

「一家にはよくしてもらっているかい」

「ええ、最高に」

「息子はどうだい。トミー、いやトニー、トビーだったか」

「テディ。かわいい子よ。楽しくやってる」

ほんの一瞬、アーニャのことをラッセルに相談しようかと思ったけど、切りだし方がわからない。起きたことをありのままに話したら、また薬に手を出したと思われそうだ。

「不調は感じてないかい」

「不調って？」

「記憶が飛ぶとか、忘れっぽいとか」

「ないと思う、忘れてるのかもだけど」

「真面目に訊いてるんだぞ、クイン。状況的に、そんなことがあってもおかしくはない。新しい仕事と新しい生活環境のストレスでね」

「記憶はしっかりしてる。そういう問題は長いこと起きてない」

「よしよし、ならよかった」コンピューターに入力する音が聞こえてくる。わたしのワークアウト用スプレッドシートを編集しているらしい。「マクスウェル家にはプールもあるんだったね。使わせてもらえるのかい」

「もちろん」

「サイズは？　だいたいでいい」

「十メートルくらいかな」

「ユーチューブの動画のリンクを送る。スイミングエクササイズの。簡単で負荷の低いクロストレーニングを取り入れよう。週に二、三回ならどうだい」

「わかった」

ラッセルはわたしの声にまだ引っかかりを感じたみたいだ。「なにかあったら電話しなさい、いいね。別にカナダにいるわけじゃない。四十分で行ける」

「心配しないで、コーチ。平気だから」

6

泳ぐのは得意じゃない。子供のころ、近所には公営プールがあった。でも夏場はまるで動物園で、深さ一メートルもない脂ぎった水のなかで何百もの子供たちがきゃっきゃと騒ぎながらひしめきあっていた。端から端まで泳ぐのなどとても無理で、仰向けで浮かぶのがやっとだった。わたしも妹も、結膜炎になるから水に顔をつけないようにと母から言い聞かされていた。

だからラッセルに勧められた新しいトレーニングは気が進まず、次の日の夜十時を過ぎてようやくプールに向かった。日が落ちたあとのマクスウェル家の裏庭はがらりと印象が変わる。フィラデルフィアからいくらも離れていないのに、夜はずっと遠くの辺鄙《へんぴ》な田舎にいるみたいだ。あたりを照らすのは月と星々とプールの底に埋めこまれたハロゲンライトだけ。水さえ奇妙に見える。水面はプラズマの光のようにネオンブルーにきらめき、母屋の壁に奇妙な影を投げかけている。

蒸し暑い夜なので冷たい水に飛びこむのは気持ちよかった。でも息継ぎしようと水面に浮かんで目をあけると、森がたしかに近づいたように見えた。木々がそろってにじり寄ってきたみたいに。コオロギの鳴き声までさっきより大きく聞こえる。もちろんただの錯覚だ。見る角度が変わったせいで奥行きの感覚がおかしくなり、プールのフェンスと森を隔てる六メートルの芝生が消えたように見えているだけだ。それでもやはり不気味だった。

プールの縁《へり》をつかんでウォーミングアップに五分間のばた足をはじめた。母屋は一階の明かりがすべて点いていてキッチンのなかが見えているが、テッドとキャロラインの姿は見あたらない。きっと書斎でワインでも飲みながら本を読んでいるんだろう、夜はたいていそうやって過ごしているから。

アップがすむと、壁を蹴ってクロールでゆっくり泳ぎはじめた。目標はプールの長辺を十往復。でも三往復目の途中で無理だと気づいた。腕の三角筋と三頭筋が焼けつくように痛む。上半身全体がなまっているせいだ。おまけにふくらはぎまで引きつってきた。四往復目は必死に水を掻いてどうにか終わらせ、五往復目の途中であきらめた。息を整えようとプールの縁にしがみつく。

そのとき森のなかで、ポキッと音がした。

踏みしめられた枝が折れた音だ。森のほうを向いて暗がりに目を凝らしても、なにも見えない。ただ、枯葉を踏んで歩くなにかの、または誰かの小さな足音が、コテージのほうへ近づいて……

「水は冷たくないかい」

振り返るとテッドがいて、プールのゲートをあけるところだった。水着一枚で首にタオルをかけている。週に何日かは夜にプールで泳ぐのは知っていたけど、こんなに遅い時間に見たのは初めてだ。わたしは梯子のところまで行って返事をした。「いま上がります」

「かまわないよ。広いんだから。きみはそっち、ぼくはこっちからスタートすればいい」

テッドはタオルを椅子にかけるとプールの端まで行って、そのまま水に飛びこんだ。それからテッドの合図で、ふたりでプールの両端から平行を保って泳ぎはじめた。計算上はレーンの中央で一度だけすれちがうはずなのに、テッドは猛烈に速く、一分後には折り返してわたしを追い抜いた。見事なフォームだ。端から端まで泳ぐあいだ、ほぼずっと顔をつけたままで、どうやって息継ぎしているのか不思議だった。サメのように音もなく水を切りつづけ、一方のわたしはクルーズ船から酔っぱらって落っこちた乗客みたいに手足をばたつかせるばかりだ。どうにかこうにかもう三往復したところでやめた。テッドは休みもせずにさらに六往復してから、わたしの隣で止まった。

「すごく上手ですね」

「高校時代はもっと泳げたんだ。コーチがすばらしくてね」

「うらやましい。わたしはユーチューブで勉強中なんです」

「だったら、ひとつお節介なアドバイスをしても？　息継ぎが多すぎるんだ。一回おきにするといい。つねに左か右、どちらか自然にできる側で」

やってみるよう勧められたので、わたしは壁を蹴って進み、アドバイスどおりに反対側の端まで泳いでみた。効果てきめん。息継ぎが半分になった分、スピードは倍になった。

「よくなったろ？」

「ええ、すごく。ほかにコツはありますか？」

「いや、いまのがとっておきのアドバイスだ。水泳ほど呼吸のしかたをコーチにやかましく言われるスポーツはないだろうね。でも練習すれば、きっと上達する」

「どうも」

そこで切りあげようと、わたしはプールの梯子をつかんでのぼった。水着がずりあがり、手を伸ばして引っぱりおろしたものの、間にあわなかったみたいだ。

「ゆけ、フライヤーズ！」と声がかかった。

お尻の下に入れた小さなタトゥーを見られてしまった。オレンジの毛皮とぎょろ目のグリッティの顔を。フィラデルフィアのNHLチーム、フライヤーズのマスコットだ。マクスウェル夫妻には見られないように気をつけていたのに。へまをした自分に腹が立った。

「入れるつもりじゃなかったんです。お金が貯まったらすぐに消しに行こうと思ってて」

「でもアイスホッケーは好きなんだね」

わたしは首を振った。やったことは一度もない。試合を見たことさえない。二年前に処方薬をいつでも調達してくれる年上の男と仲良くなり、その相手が大のスポーツ好きだっただけだ。アイザックは三十八歳で、父親が一九七〇年代にフライヤーズの選手だった。大金を稼いで早死にしたので、アイザックはその遺産を少しずつ食いつぶして生活していた。コンドミニアムにはわたしも含めて二、三人の居候《いそうろう》がいて、床で雑魚寝《ざこね》したり、ときにはアイザックとベッドを共にしたりしていた。タトゥーを入れたのは要するに彼の気を引きたかったからだ。イケてる子だと思われて、なるべく長く居させてもらうために。でも、失敗だった。絆創膏《ばんそうこう》を外せるようになるまで五日もかかったし、そのあいだにアイザックは麻薬所持で逮捕されて、わたしたちは大家にまとめて追いだされた。

テッドはまだ説明を待っている。

「ばかなことしちゃって。どうかしてたんです」

「いや、きみだけじゃないさ。キャロラインも消したがっているタトゥーがあるんだ。大学時代に芸術にかぶれていたころの」

そう言ってもらえるのはありがたいけど、気が楽になるわけでもない。キャロラインのタトゥーはとびきりおしゃれなはずだから。きっとバラとか三日月とか、深い意味がある漢字とかで、へんてこなぎょろ目のモンスターとはちがうはずだ。キャロラインのタトゥーの場所を訊こうとしたとき、またポキッと音がして話をさえぎられた。

ふたりとも森のほうを振りむいた。

「誰か向こうにいるんです。さっきも足音が聞こえたから」

「ウサギだろう」

またポキッ。今度はあわてて駆けだしたような音が続いた。小動物が森へ逃げこんだような音だ。

「いいや、いまのはウサギですよね。でもさっき、ひとりでいたときに聞こえたのはもっと大きな音だったんです。人の足音みたいな」

「ティーンエイジャーたちだろう。あそこの森には高校生たちがよく来るから」

「夜はもっと音がするんです。ベッドに寝ていたら、窓のすぐ外にいるみたいに聞こえて」

「ミッツィにおかしな考えをあれこれ吹きこまれたんだろ」テッドがウィンクする。「キャロラインから聞いたよ、顔を合わせたんだってね」

「面白い人ですね」

「ぼくは関わるのはごめんだね、マロリー。エネルギーリーディングとかいう商売をしているらしい。得体の知れない連中が私道に車をとめて、裏口のドアをノックするんだ。代金は現金払い。どうにも胡散《うさん》臭い。信用できないね」

テッドは身近に霊能者がいたことなどないんだろう。わたしが子供のころ、近所に住んでいたミセス・グーバーは、地元のピザ屋の奥でタロット占いをしていた。店のウェイトレスがスクラッチくじで十万ドル当てると予想した有名人で、プロポーズの見込みや恋人の浮気といった恋の悩みの相談にものっていた。友人たちもわたしも〝巫女《みこ》〟と呼んでいて、フィラデルフィア・インクワイアラー紙の第一面より信用していた。

でもテッドにはひとつも理解できないだろう。歯の妖精の存在だって信じないのだから。数日前の夜、テディがぐらついていた臼歯を吐きだしたとき、テッドは財布を手に取って一ドル札を渡しただけだった。ごく当然といった様子で、大騒ぎしたりも、夜中にコインを置きにこっそり寝室にしのびこんだりもしなかった。

「危険な人じゃないですよ」

「ドラッグを売っていると思う。証拠はないが、警戒は必要だ。近寄ってきたら用心するんだ、いいね」

わたしは右手を挙げた。「誓います」

「真面目な話なんだ、マロリー」

「わかってます。どうも。気をつけます」

プールのゲートをあけて出ていこうとしたとき、キャロラインが母屋のほうからやってきた。仕事着のままで、ノートと鉛筆を手にしている。「マロリー、待って。昨日、電話を受けた？ テディの学校からの」

とたんに、へまをしたことに気づいた。電話を受けて、校長の電話番号を紙切れにメモしたのは覚えている。でもそのときテディがあの奇妙な絵を持ってキッチンへ来たので、そっちに気を取られてしまった。

「ええ――校長先生からの。伝言を書いた紙がコテージにあります。たぶんまだパンツのポケットに。すぐに取って――」

キャロラインが首を振る。「いいの。メールが来たから。ただ、昨日のうちに伝言を聞いておきたかった」

「わかってます。ごめんなさい」

「ひとつでも期限に遅れたら、テディは受け入れてもらえなくなるの。幼稚園クラスは三十人待ちなのよ」

「わかってます。わかって——」

途中でさえぎられた。「〝わかってます〟はもうたくさん。本当にわかっていたら、知らせてくれたはずでしょ。次はもっと注意して」

キャロラインがくるりと背を向けて家に戻っていくのを、わたしは呆然と見ていた。今度こそ本当に怒らせてしまった。テッドが急いでプールから上がってわたしの肩に手を置いた。「気にすることはないよ、いいかい」

「すみません、テッド、わたしのせいで」

「キャロラインは学校に腹を立てているんだ、きみじゃない。必要書類が山ほどあってね。ワクチンにアレルギー、行動傾向——ばかげたことに、幼稚園クラスの入学書類がぼくの納税申告書より大量なんだ」

「うっかりミスだったんです。電話番号をメモしたんですけど、テディに渡されたものに気を取られてしまって」必死にわかってもらおうと、どんな絵だったかも話そうとしたところでテッドにさえぎられた。早く家のなかに戻りたそうだ。引き戸の奥で様子を窺っているキャロラインの姿が見えている。

「じきに落ち着くよ、心配ない。明日には忘れているさ」

呑気そうにそう言いながらも、テッドはそそくさと去っていった。庭を引き返していくその姿がシルエットに変わり、キャロラインのそばへ行って抱きしめるのが見えた。キャロラインが照明のスイッチに手を伸ばすとあとは真っ暗になった。

風が吹き寄せて身体が震えだしたので、わたしもタオルを腰に巻いてコテージに戻った。ドアに鍵をかけてパジャマに着替えていたとき、また音がした。やわらかい草を踏む軽い足音だ。ただし今回は窓のすぐ外から聞こえる。カーテンをあけて外をのぞいても、網戸ごしに見えるのはぬらぬらと蠢《うごめ》く蛾ばかりだ。

鹿だ、と自分に言い聞かせる。ただの鹿にきまってる。

カーテンを閉じて明かりを消し、ベッドにもぐりこんで顎の下までブランケットを引っぱりあげた。枕もとのすぐ外でなにかが動きまわっている。壁の向こうをうろつき、コテージの様子を窺い、周囲をぐるりとまわって、入りこめる場所を探しているみたいだ。大きな音を立てれば追いはらえるかと、わたしは拳を握って壁を叩いた。

ところが、そのなにかは土をかき分けてコテージの床下にもぐりこんだ。そんなところに入りこむなんて、いったいなにが？　床下の高さは五十センチもない。鹿のはずはないが、足音の感じでは鹿くらいのサイズはありそうだ。ベッドに起きあがって床板を蹴ってみても効き目はない。「あっちへ行け」と、大声をあげて追いはらおうとしてみる。

なのに、それは奥へ奥へと進み、部屋の中央までもぐりこんでくる。わたしは立ちあがって明かりを点けた。音の出所を突きとめようと四つん這いになって耳を澄ます。ラグをめくると床板が正方形に切られた箇所が見つかった。人がどうにか通れるくらいの点検用ハッチだ。蝶番も取っ手もなく、パネルに楕円形の穴がふたつあいていて、そこに手をかけて持ちあげられるようになっている。

夜遅くでなければ、それにキャロラインを怒らせたあとでなければ、マクスウェル夫妻に助けを求められたのに。でも、自分でなんとかしないと。キッチンへ行って水を入れたプラスチックのピッチャーを持ってくる。ここにいるのがなんであれ、足音から想像するほどは大きくないはずだ。音の感じ方はあてにならない。真っ暗な真夜中はとくに。床に膝をついてパネルを持ちあげようとしてみても、びくともしない。夏場の湿気のせいで木が膨張してつっかえている。それで、片方の穴に両手をかけて力まかせに引っぱった。硬い穴の縁がやわらかい皮膚に食いこんで指が痛んでも、気にしてはいられない。やっとのことでシャンパンの栓があいたような大きな音がしてパネルが床から外れ、灰色の埃が巻きあがった。それを胸の前でかまえて盾代わりにする。それから身を乗りだしてハッチの奥をのぞきこんだ。

真っ暗でなにも見えない。真下の地面はたき火のあとの灰のように乾いていて、草ひとつ生えていない。コテージは静まりかえっている。得体の知れないなにかはもういない。見えているのは盛りあがった灰色の土と黒い粒だけだ。呼吸を止めていたのに気づいてわたしはほっと息を吐いた。ハッチを引っぱりあけたときの音で、そこにいたなにかは逃げだしたらしい。

ところがそのとき、灰が動いて黒い粒がまばたきした。目の前にあるのがそのなにかだったのだ。後肢で立ちあがってわたしを見上げ、気味の悪いピンクの鉤爪と長く鋭い歯をむきだしている。わたしは悲鳴をあげた。夜を切り裂く渾身の叫びを。それから急いでパネルをかぶせてその上に乗り、全体重をかけてハッチをふさいだ。パネルをはめこもうと端を拳で叩いても、たわんでいてうまくいかない。一分もするとキャロラインがコテージに飛んできてドアの鍵をあけた。ナイトガウン姿で、後ろにいるテッドもパジャマの下しか着けていない。ふたりともコテージの下から聞こえる音に、床板の下で動きまわるものの気配に気づいた。

「ネズミです」そう伝えたとたん、どっと安堵が押し寄せた。ふたりが来てくれた、もうひとりじゃない。「あんなに大きなネズミを見たのは初めて」

テッドがプラスチックのピッチャーを手にして外へ出ていき、キャロラインは安心させるようにわたしの肩に手を置いて、もう大丈夫だと励ました。ふたりがかりでパネルを九十度回転させてハッチにはめこみ、わたしが押さえているあいだにキャロラインが四隅を踏みつけて元どおりに固定した。それがすんだあとも、パネルが床から吹っ飛びそうで、そこを退くのが怖かった。キャロラインが寄り添って抱きしめてくれ、やがて開いた窓の外で水を撒く音がした。

しばらくして、テッドが空のピッチャーを持って戻った。「オポッサムだ」とにっこりする。

「ネズミじゃない。すばしこいやつだったが、命中させてやったよ」

「どうやってコテージの下に？」

「格子に穴があいているんだ。西側の壁の。一部が朽ちて崩れたらしい」キャロラインが眉をひそめてなにか言いかけたところで、テッドは先まわりして言った。「ああ、わかってる。明日には修理するよ。ホームセンターへ行ってくる」

「明日いちばんにね、テッド。マロリーは死ぬほど怖い思いをしたのよ！　もし咬《か》まれでもしたら？　狂犬病にかかっていたら？」

「大丈夫です」

「大丈夫だ」わたしとテッドがそう言っても、キャロラインはまだ不安げに床のハッチを見下ろした。「また戻ってきたらどうするの」

真夜中近くにもかかわらず、キャロラインはテッドをせっついて母屋から道具箱を取ってこさせた。そしてコテージになにも入ってこられないようにハッチを床に釘づけにさせた。作業がすむのを待つあいだ、キャロラインはコンロでお湯を沸かして三人分のカモミールティーを淹れ、そのあともふたりはわたしがすっかり落ち着いて安心するまで、もうしばらくそばにいてくれた。三人でベッドの端にすわってあれこれ話をするうちに最後には笑いあっていた。電話の件で叱られたことなど嘘みたいに。

7

翌日は独立記念日で、うだるような暑さのなかをわたしは長めのランニングに出た。十三キロ、七十一分。歩いて帰る途中、テディが〈花のお城〉と呼んでいる家の前を通りかかった。マクスウェル家から三ブロックのところにある白亜の豪邸で、正面にはU字型の車回しがあり、庭には色とりどりの花が咲き誇っている。菊にゼラニウム、ユリ、ほかにもいろいろ。前庭のトレリスに巻きついた蔓《つる》植物にオレンジ色の花が咲きだしたので、よく見ようと二、三歩私道に入ってみた。見慣れない独特の形をした花で、小さなカラーコーンを思わせる。わたしは携帯電話でいくつか写真を撮った。ところがそのとき玄関のドアがあいて男性が出てきた。目の端でたしかめると相手はスーツ姿だとわかった。敷地から出ていけ、不法侵入だと怒鳴りつけられるかもしれない。

「きみ！」

歩道に戻って謝罪のしるしにぎこちなく手を振ってみても、遅かった。相手は玄関を飛びだして追いかけてくる。

「マロリー！　元気？」

そのときようやく、知り合いだと気づいた。三十度は超えているのに、エイドリアンはライトグレーのスーツを颯爽《さっそう》と着こなしていて、《オーシャンズ11》にでも出てきそうだった。ジャケットの下はぱりっとした白いシャツにロイヤルブルーのネクタイ。帽子をかぶっていないので、見事な黒髪をしているのもわかった。

「ごめん、あなただと気づかなくて」

自分の服装を忘れていたみたいに、エイドリアンが着ているものを見下ろした。「ああ、そうか！　今夜はパーティーがあるんだ。ゴルフクラブで。親父が賞をもらうから」

「この家に住んでるの？」

「両親がね。ぼくは夏休みで帰ってきてる」

玄関ドアが開いてエイドリアンの両親が出てきた。母親は背が高く、エレガントなロイヤルブルーのドレス姿、父親はクラシックな黒いタキシードに銀のカフリンクス。「あれ、エル・ヘフェ？」

「そう、〈芝生王《ローン・キング》〉の。サウス・ジャージーの家の庭の半分はうちで扱ってる。夏場は八十人も人を雇うけどね、マロリー、がみがみ言われるのはぼくだけなんだ」

私道にとめられた黒のBMWのほうへ歩きだした両親をエイドリアンが手招きした。困ったことに。これがタンポンのCMなら、ランナーはワークアウト直後でもつやつやの肌で、ランウェイでも歩けそうな髪をしているはず。でも気温三十度のなかで十三キロ走ったばかりのわたしは、そんな姿とはほど遠かった。シャツは汗でびっしょり、髪はべたついてぐちゃぐちゃ、額にはあちこちにブヨの死骸がへばりついている。

「マロリー、母のソフィアと父のイグナシオだよ」わたしはパンツでてのひらを拭《ぬぐ》ってからふたりと握手した。「マロリーはマクスウェル家のベビーシッターなんだ。エッジウッド通りに引っ越してきたばかりの家族の。テディっていう男の子がいるんだ」

ソフィアが胡散臭げにわたしを見る。ドレスも髪も完璧で、汗なんて三十年はかいてなさそうだ。

でもイグナシオのほうは気さくに笑いかけてくれた。「ずいぶんトレーニングに励んでいるんだね、こんなに蒸し暑いのに走りに行くなんて！」

「マロリーはペンシルベニア州立大の長距離選手なんだ。クロスカントリー・チームに所属してる」

わたしはぎょっとした。そんな嘘をついたことなどすっかり忘れていた。エイドリアンとふたりきりなら正直に白状するところだけど、両親にまじまじと見られていてはなにも言えない。

「きっと息子より速いんだろうね。こいつは二軒分の裏庭を刈るのに丸一日かかるんだから」と、イグナシオが自分の冗談にげらげら笑い、それを聞いたエイドリアンは気まずそうに身じろぎした。

「芝刈り屋のジョークってやつだよ。親父はスタンダップ・コメディアン気取りなんだ」

イグナシオがにっと笑う。「笑えるだろ、なにせ事実だからな！」

ソフィアはわたしの姿をしげしげと眺めている。心のなかまで見通されそうだ。「何年生なの？」

「今度四年生で、もうすぐ卒業です」

「ぼくもだ！　ラトガース大のね、ニューブランズウィックの。専攻は工学。きみは？」

どう答えるべきかさっぱりわからない。大学進学を考えていたとき、気にしていたのはコーチやスカウトや女子学生向け奨学金といったことばかりだった。そこでなにを学ぶかまではちゃんと考えていなかった。商学、法律学、それとも生物学？　どれもぴんと来ない。でも返事に時間がかかりすぎているし、三人が見ているから、なにか言わないと、なんでもいいから――

「先生になりたくて」

ソフィアがけげんな顔で訊く。「教育学ということ？」

いるように。

きょう・いく・がく——と、その言葉はゆっくり発音された。聞いたこともないのではと疑って

「ええ。小さな子供たちのための」

「初等教育ね」

「そうです」

エイドリアンが顔を輝かせる。「母さんは四年生の担任なんだ！　同じ教育学専攻だったんだ

よ」

「え、そうなんですか！」ランニングで顔が火照っていて助かった。恥ずかしさで真っ赤になった

はずだから。

「なによりも尊い仕事だ」イグナシオが言う。「すばらしい選択だな、マロリー」

とにかく話題を変えないと。なにか言わなくては、なんでもいいから、嘘じゃないことを。「お

花がきれいですね。毎日、ここを通って見るのを楽しみにしてるんです」

「なら、ひとつ重大な質問をするよ。きみのお気に入りは？」

お客が来るたびに両親がするゲームなんだとエイドリアンが説明する。「どの花が好きかで性格

を占うってわけ。星占いみたいにね」

「どれもみんなきれいです」

ソフィアはごまかされない。「ひとつ選んで。いちばん好きな花を」

それで、目についたオレンジの花を指差した。トレリスに絡みついて咲いている花を。「名前は

知らないけど、ちっちゃなカラーコーンみたいだから」

「アメリカノウゼンカズラだね」エイドリアンが言う。

イグナシオはうれしそうだ。「いままで誰も選んだことがなかったんだ！　きれいな花が咲くし、どこに植えてもよく育って、手もかからない。少しばかりの日当たりと水を与えて、あまり世話を焼きすぎなければ、勝手に大きくなる。じつにたくましい」

「でも、雑草みたいなものだから、ちょっと放っておくと伸び放題になってしまって」とソフィアが続ける。

「生命力が豊かなしるしだろ！　いいことじゃないか！」

こんなのに付きあわされるんだと言いたげに、エイドリアンがうんざりした目でわたしを見た。それから、すっかり遅くなってしまったから、もう行かないと、とソフィアが促した。それで慌ただしくさよならを言い、わたしは家へと歩きだした。

数秒後、黒のBMWが通りすぎた。イグナシオはクラクションを鳴らし、ソフィアは前を向いたままだった。後部のウィンドウごしに手を振るエイドリアンを見て、少年時代の姿がふと目に浮かんだ。家族旅行で車の後部座席にすわっているところ。木陰になった歩道で自転車を乗りまわしているところ。この美しい並木道を、生まれながらの権利としてあたりまえに受け入れていたんだろう。きっと完璧な子供時代を過ごし、後悔なんてひとつもない人生を送ってきたにちがいない。

二十一歳になるまで、わたしにはちゃんとした恋人がひとりもいなかった。もちろん、付きあっていた男たちはいる。薬物依存症でそこそこの見た目の女なら、確実に薬を手に入れる方法がいつでもひとつはあるから。でも、恋らしい恋はまだ知らなかった。

けれど、ホールマーク映画版のわたしの人生では――スプリング・ブルックに生まれ、テッドとキャロラインのようなやさしく裕福で教養のある両親に育てられた、そんなもうひとつの現実のなかでは――理想の恋人はまさにエイドリアンみたいな人だったはずだ。ハンサムで、楽しくて、働き者の。歩きながら、わたしは頭のなかで計算をはじめた。今度エイドリアンがマクスウェル家の芝刈りに来る二週間後は、何日になるかを。

スプリング・ブルックには幼い子供が大勢いるのに、テディにまだ友達を見つけられずにいた。家と同じブロックの端にはブランコや回転遊具がたくさんある広い運動場があって、五歳児たちがきゃっきゃとはしゃぎまわっている。でもテディは近づこうともしなかった。

月曜日の朝、ふたりで運動場のベンチにすわって、ミニカーを〝運転〟してすべり台をすべらせている少年たちを眺めていた。そばに行っていっしょに遊んでくれればと勧めると、テディはこう言った。「ミニカー持ってないもん」

「貸してって言ってみたら」

「嫌だよ、貸してもらうのなんか」

テディがすねたように隣で肩をすぼめる。

「ほらテディ、いい子だから」

「マロリーと遊ぶ。あの子たちとじゃなく」

「同じ年頃の友達を作らなきゃ。二カ月もしたら学校へ行くんだから」

なにを言っても無駄だった。午前中の残りは家のなかでレゴをして過ごし、昼食のあとテディは〈おやすみタイム〉のために二階へ上がった。そのあいだにキッチンを片づけようと思いながら、わたしはくたくたでその気になれなかった。前夜は独立記念日の花火が遅くまで続いたので寝不足で、おまけにテディとの言い合いに負けてがっくり来ていた。

数分だけソファに横になるつもりが、はっと気づくとテディが上からのぞきこんでわたしを揺さぶっていた。

「プールに入らない？」

身を起こすと室内の明るさが変わっていた。もうじき三時だ。「ええ、もちろん、水着を着てきて」

テディが絵を手渡して部屋を飛びだしていく。前回と同じ、草が生い茂った森の絵だ。ただし今度は、男がシャベルで大きな穴に土を流しこんでいて、底にはアーニャのよじれた身体が横たわっている。

テディが水着姿で書斎に戻ってきた。「用意できた？」

「待って、テディ。これはなに？」

「これって？」

「この人は誰なの。穴のなかにいる人は」

「アーニャだよ」

「男の人のほうは？」

「知らない」

「この人、アーニャを埋めてるの？」

「うん、森のなかに」

「なぜ？」

「この人はアーニャの子供を盗んだの、女の子を。ねえ、プールのまえにスイカ食べてもいい？」

「いいよ、テディ、でもなぜ――」

遅かった。テディはもうキッチンへスキップしていって冷蔵庫をあけていた。行ってみると、爪先立ちになって最上段に手を伸ばし、真っ赤に熟れたカットスイカを取ろうとしている。わたしはそれをカウンターまで運ぶのを手伝い、ナイフでスライスした。皿にのせるのも待たずにテディはそれをつかんで食べはじめた。

「テディベアちゃん、よく聞いて、アーニャはほかになんて言ってた？　あの絵のことで」

スイカでいっぱいの口から赤い果汁を顎へ滴らせながら、テディは肩をすくめた。「アーニャは誰にも見つからないように穴に埋められたの。でも出てこられたんだね」

8

その晩、一家は夕食に出かけた。キャロラインに誘われたけど、わたしはランニングがあると答え、コテージに残って車がバックで私道を出ていく音が聞こえるまで待った。

それから芝生を横切って隣の家へ向かった。

ミッツィの住まいは近所では珍しいほど小さな平屋で、赤レンガの壁にトタン屋根、どの窓にもロールスクリーンがしっかり下ろされていた。サウス・フィラデルフィアのわたしが生まれ育った界隈にはなじみそうだが、スプリング・ブルックのような高級住宅地ではちょっと目ざわりな存在になっている。雨樋は錆《さ》びついて傾き、歩道の割れ目から雑草が顔を出し、まだらな庭の芝生は〈芝生王《ローン・キング》〉の助けが要りそうだ。ミッツィが引っ越してくれたらいいのにとキャロラインからは何度か聞かされていた。そうしたら業者がブルドーザーで家を壊して更地《さらち》にしてくれるのに、と。

玄関のドアに小さな手書きメモが貼ってある――〝ようこそ、お客様。裏口へどうぞ〟。三度目のノックでようやくミッツィが出てきた。チェーンはかけたまま、三センチの隙間からこちらをのぞいている。

「マロリーです。お隣の」

「はい?」

ミッツィがチェーンを外してドアをあけた。「ああもうびっくりした、腰が抜けるかと思った!」紫のキモノ姿で手にはトウガラシスプレーの缶を握っている。「なに考えてるの、こんな夜中に騒々しくノックするなんて」

まだ七時を数分過ぎたばかりで、表の歩道では少女たちがけんけん遊びをしている。わたしはラップをかけたクッキーの小皿を差しだした。「テディとジンジャークッキーを焼いたんです」

ミッツィが目を見開いた。「コーヒーを淹れようかね」

手首をつかまれて暗い居間に引っぱりこまれながら、わたしは目を慣れさせようとまばたきした。汚い家だ。マリファナと高校のロッカールームのにおいを混ぜたような、かび臭い悪臭がこもっていて、ソファと安楽椅子には透明なビニールカバーがかかっているが、表面には汚れがこびりついている。何カ月も拭いていないようだ。

奥のキッチンに案内されると、そこはいくらか快適そうだった。ロールスクリーンは上がっていて窓から森が見えている。オリヅルランのかごがいくつも天井から下がり、四方八方に子株が伸びて垂れさがっている。戸棚や調理機器は一九八〇年代のままで、なんだかサウス・フィラデルフィアのご近所のキッチンにいるみたいに懐かしく、落ち着く感じがした。フォーマイカ製のキッチンテーブルには新聞紙が敷きつめられ、オイルを塗った黒い金属の部品が並んでいる。ばねやボルト、それにスコープ。順序どおりに部品を組みたてれば、たぶん拳銃になるはずだ。

「手入れしていたところだったの」とミッツィが説明して、卓上に並んだものを腕で一気に片側に寄せたので、部品はごちゃ混ぜになった。「コーヒーになにか入れる？」

「カフェインレスのコーヒーはありますか？」

「まさか、ないよ、あるわけない。あんなもの、化学物質しか入ってないんだから。今夜はね、昔ながらのおいしいフォルジャーズのコーヒーを飲むの」

依存症から回復中だとは言いたくないので、カフェインにとても弱いのだと伝えた。一杯くらいなら害はないとミッツィが言う。それもそうかもしれない。

「もしあれば、ミルクを入れてもらえますか」

「ハーフ&ハーフを使おうね、半分クリームでこくがあるから」

昔懐かしい猫の形の壁時計、キット・キャット・クロックがいたずらっぽく笑いながら尻尾を左右に揺らしている。ミッツィが旧式のコーヒーマシンのプラグをつないで、タンクに水を注いだ。

「お隣の居心地はどう？　仕事は楽しい？」

「気に入ってます」

「親たちにはうんざりでしょ？」

「いい人たちです」

「働きに出てる母親の気が知れないね、はっきり言って。亭主がたんまり稼いでるんだろうに。退役軍人病院なんて給料もたかが知れてるし。だったらなぜ家にいない？　誰を感心させたいんだろうね」

「たぶん――」

「母親になりたくない女もいるってことだね、わたしに言わせれば。子供は欲しがるし、かわいい写真をフェイスブックに載せたがる。でも、実際に子育てをする気は？」

「えっと――」

「ひとつ言えるのは、坊やはかわいらしいね。食べちゃいたいくらいに。無料《ただ》で子守りを引きうけたっていい、向こうが丁寧に頼んでくるんなら。少しはまともな礼儀を示すんならね。でも、それこそがミレニアル世代の問題だからね。敬意ってものを知らないんだから」

コーヒーが入るまでのあいだ、ミッツィは延々と不満を並べたてた。ホールフーズ・マーケットは値段が高すぎるとか、#ＭｅＴｏｏの被害者は泣き言と要求ばかりだとか、サマータイムは憲法のどこにも規定がないとか。来たのは間違いだったかもと思えてくる。話せる相手が欲しいのに、ミッツィは聞き上手ではなさそうだ。テディの絵について思いついたことがあるものの、ラッセルに心配をかけたくはないし、マクスウェル夫妻には絶対に話せない。筋金入りの無神論者だから、わたしの考えに耳も貸してくれないだろう。ミッツィが頼みの綱なのに。

「アニー・バレットのことをもっと教えてもらえません？」

ミッツィの話がぴたりと止まった。

「なんでそんなことを？」

「なんとなく興味が湧いて」

「いや、お嬢さん、いまのは理由があって訊いたはずよ。それに、こんなことを言っちゃ悪いけど、あんたはそう霊感が働くタイプでもないようだし」

誰にも、とくにマクスウェル夫妻には言わないとミッツィに約束させてから、わたしはテディが最近描いた数枚の絵をテーブルに置いた。

「テディが変な絵を描くようになったんです。空想の友達から聞いた話だと言って。アーニャという友達で、テディが部屋にひとりでいるときだけ現れるそうなんです」

絵を見ていくうち、ミッツィの顔に影が差した。「それで、なぜアニー・バレットのことを？」

「その、たんに名前が似てるってだけなんです。アーニャとアニー。子供が空想の友達を持つのはよくあることだってわかってます。そういう子は多いので。でも、テディはアーニャにこういう絵を描けと言われたそうなんです。森のなかで男が女の人を引きずっている絵を。それで、その絵をわたしに渡すようにってアーニャは言ったそうです」

キッチンに沈黙が落ちる。ミッツィがこんなに長く黙りこんだのは初めてだ。聞こえるのはコーヒーメーカーのうなりとキット・キャット・クロックの尻尾が揺れるカチ、カチ、カチという単調な音だけ。ミッツィは絵を凝視している。描かれているものを突きとおしそうな、鉛筆の線を貫いて画用紙の繊維にまで刺さりそうな視線で。言いたいことがしっかり伝わっているかわからないので、口に出して説明することにした。

「どうかしてるのはわかってますけど、アーニャの霊があの家に棲みついてるんじゃないかと思って。テディを使ってなにかを伝えたがっているんじゃないかと」

ミッツィが腰を上げてコーヒーポットの前へ行き、マグカップふたつにコーヒーを注いだ。震える手でそれをテーブルに運んでくる。クリームを加えて口をつけてみると、とんでもなく濃くて苦かった。それでもどうにか飲むことにする。ミッツィの気を悪くさせるわけにはいかない。とにかく思いつきを聞いてもらい、頭がおかしいわけじゃないと言ってもらいたかった。

「その手のことについては本で読んだことがあるけどね」ようやくミッツィが口を開いた。「昔から、子供のほうが霊的な感受性が高いと言われてきたの。子供の心は、わたしたち大人みたいにバリアでガチガチじゃないから」

「だったら――可能性はあるってことですか」

「場合によってはね。両親にはもう話した？」

「ふたりとも無神論者だから。きっと――」

「ああ、だろうね、自分たちが誰より利口だと思っているからね」

「ふたりに打ち明けるまえに、もう少し調べてみたいんです。どういうことなのか、はっきりさせたくて。絵に描かれたことと、アニー・バレットの話に共通点がないか知りたいんです」わたしはまくしてるように言ってテーブルに身を乗りだした。カフェインのせいで中枢神経が覚醒するのがわかる。頭がはっきりして鼓動が速くなってくる。苦さも気にならなくなり、またコーヒーに口をつけた。「テディの話だと、絵に描かれた男がアーニャの娘をさらったそうなんです。アニーに子供がいたかどうか知りませんか」

「じつに興味深い質問ね。でも、最初から話したほうがはっきりすると思う」ミッツィは椅子の背にもたれて楽な姿勢になり、クッキーを口に放りこんだ。「言っておくけど、アニー・バレットはわたしが生まれるまえに亡くなったの。だから、これからするのは子供のころに聞いた話で、事実かどうかは保証できないよ」

「いいんです」わたしはもうひと口コーヒーを飲んだ。「なにもかも教えてください」

「あんたがいまいる家は、もともとジョージ・バレットという男のものだった。化学メーカーのデュポンの技術者でね、ギブスタウンの工場で働いてたの。妻と三人の娘と暮らしていて、そこへ第二次大戦直後の一九四六年にいとこのアニーが身を寄せることになった。あんたのコテージで寝起きして、あそこをアトリエ兼自宅として使いはじめたの。あんたと同じくらいの年で、とてもきれいな子でね、長い黒髪の、それは魅力的な娘だった。ヨーロッパからの帰還兵たちがたちまち夢中になって、高校時代の恋人なんてすっかり忘れてしまうくらいに。昼も夜もジョージの家に押しかけて、彼女と話をしたがったそうよ。

でも、アニーは内気でもの静かな子で、ひとりでいるのが好きだった。ダンスも映画も、誘いはみんな断ってしまってね。おまけに教会さえ行こうとしなかった。当時はとんでもないことだったのに。そしてコテージにこもって絵ばかり描いていた。たまにヘイデン渓谷にスケッチに行くくらいでね。そんなわけで、だんだん町の人たちに白い目で見られるようになったの。未婚のまま産んだ子を養子に出して、人目を忍んでスプリング・ブルックへやってきたなんて噂も流れはじめた。そのうちもっとひどい陰口も叩かれるようになってね。あの女は魔女で、よその夫を片っ端から森に誘いこんで寝取っているんだとか」呆れた話だけど、とミッツィが笑う。「まあ、女はそういう話が好きだからね。この近所の母親たちだって、わたしのことも同じように言ってるだろうね！」

コーヒーをもうひと口飲んでから話は続く。「まあそれで、ある日ジョージ・バレットがコテージに行ってドアをノックしたけど、返事がなかったの。入ってみると、なかは血だらけだった。ベッドの上も、壁も、どこもかしこも。〝梁までべったりだったんだ〟とジョージはうちの父親に話したそうよ。でも、死体はなかった。アニーは忽然《こつぜん》と消えていた。ジョージが警察に通報して、町じゅう総出で森を捜索してね。小道という小道をたしかめて、川底を網でさらって、犬たちも使って、そこらじゅうを調べつくしたの。なにが見つかったと思う？　なにも。アニーは消えてしまった。それでおしまい」

「四〇年代以降、コテージには誰か住んでいたんですか」

ミッツィが首を振る。「うちの親たちの話だと、ジョージはあそこをおおかた取り壊したらしいよ。悲劇の記憶を消してしまうために。そのあとは物置小屋に変えられた。あとはもう話したとおり、わたしが子供だった五、六〇年代には、悪魔の家と呼ばれていた。みんな怖がっていてね。まあでも、ただのでたらめで、よくある地元の怪談だけどね。おっかないものなんて実際は見たことがないから」

「家は誰のものになったんです？　ジョージの死後は」

「ああ、ジョージが亡くなったあと、奥さんがブッチとボビーのハーシック夫妻に売ってね。そのあと四十年間、ふたりがお隣さんだったの。あんたとテディがいつも遊んでいるプールを作ったのもその夫婦だった。うちとも親しくしていてね、いい友達だったよ」

「子供はいました？」

「女の子が三人と男の子がふたり、問題はゼロ。それにボビーとは仲がよかったから、子供たちが死人の絵を描いたりすれば、聞かせてくれたはずよ」ミッツィがまたコーヒーを口に含む。「もちろん、分別のある人たちだったから、コテージには近寄らなかった。もしかすると、マクスウェル夫妻が修理したせいで、なにかを目覚めさせてしまったのかもしれないね。邪悪なエネルギーかなにかを解き放ってしまったのかもしれないよ」

テッドとキャロラインの前で、あなたたちが悪霊を解放したのだと告げるところを想像してみる。きっと地元コミュニティサイトで新しいベビーシッターを探しはじめるはずだ。そうなったらいったいどうすれば、どこへ行けばいい？　空ぶかしされたエンジンみたいに心拍数が跳ねあがり、わたしは胸を押さえた。

落ち着かないと。

気を静めないと。

コーヒーはもうやめないと。

「トイレをお借りしても？」

ミッツィが居間のほうを指差す。「左側の手前のドアよ。明かりは紐を引っぱれば点く」

バスルームは狭苦しく、古めかしい猫足のバスタブのまわりにビニールのシャワーカーテンが吊るされていた。明かりを点けた瞬間、大きな紙魚《シミ》がタイルの床を横切って目地の割れ目にもぐりこんだ。シンクに身を乗りだして蛇口をひねり、顔を洗う。動悸がおさまってから客用タオルに手を伸ばすと、何年もかけっぱなしらしく、埃が積もっているのが見えた。ドアの裏側にピンクのバスローブがかけてあるので、その袖を使って顔を拭いた。

それからキャビネットをあけてざっとなかをのぞいた。高校時代にもあちこちの家でバスルームを物色したものだった。みんな驚くほど無防備に処方薬を放置しているから。何錠かくすねたり、ときには容器ごと失敬しても、疑われたりしなかった。また鼓動が跳ねあがり、脚も震え、高校生に戻ったみたいな気分になる。ミッツィのキャビネットは薬局さながらの品揃えで、棚四段に綿棒とコットン、絆創膏、ワセリン、毛抜き、胃薬、半分減った抗真菌薬とステロイド外用薬のチューブがどっさり詰めこまれている。オレンジ色の容器に入った処方薬も十本以上。リピトールにシンスロイド、アモキシシリンにエリスロマイシン、ありとあらゆるものが並んでいる。その奥の奥、ほかのすべての薬の向こうに、懐かしの友オキシコンチンが隠れていた。見つかるような気はしていた。最近ではたいてい誰の家にも、ちょっとした手術で半分余った薬の容器が残っているものだから。なくなっても気づく人はまずいない……。

蓋をあけて容器をのぞくと——空っぽだ。そのとき、ミッツィがドアをノックしたので、シンクに容器を落っことしそうになった。「水を流すとき、レバーを押さえたままにしてね、いい？ フロート弁の調子が悪いから」

「はい、大丈夫です」

とたんに、キャビネットをあさった自分に、過去に逆戻りしそうになった自分に猛烈に腹が立った。ミッツィに現場を押さえられたみたいな気分だった。きっとコーヒーのせいだ。あんなもの飲むんじゃなかった。容器を元に戻して蛇口をひねり、体内の毒を薄めようと水をがぶ飲みする。自分が恥ずかしかった。せっかく十九カ月も薬を断ってきたのに、いまさらおばあさんの薬棚を物色するなんて。どうかしてる。トイレを流し、タンクが空になるまでレバーを押さえて待った。

キッチンへ戻るとミッツィが卓上に木製のボードを用意して待っていた。盤面は文字や数字でびっしり覆われている。ウィジャボードの一種みたいだが、子供時代のお泊まり会で使ったぺらぺらの厚紙とはまるでちがう。これは分厚いカエデの板で、凝った模様が彫りこまれている。おもちゃというより肉切り台に近く見える。

「考えがあるの」とミッツィが言った。「その霊があんたになにか告げようとしてるなら、霊媒を取っぱらってしまえばいい。テディを介さずに相手に直接語りかけるの」

「降霊会《セアンス》みたいに？」

「わたしは〝交霊会《ギャザリング》〟と呼ぶほうが好きだけど。でも場所はここじゃない。コテージでやるほうがうまくいくはずだから。明日はどう？」

「テディのお守りをしないと」

「もちろんそれでいい、テディにもいてもらわないといけないから。霊はあの子につきまとっている。そばにいてくれたほうが、交信できるチャンスはずっと大きくなるからね」

「無理です、ミッツィ。できません」

「なぜ？」

「両親に殺されちゃう」

「わたしから話してみるから」

「だめ、だめ、待って」声にパニックが混じる。「ふたりにはなにも言わないって約束してください。お願い、ミッツィ、この仕事を失いたくないの」

「なにをそんなに心配してるの」

わたしは面接で伝えられたマクスウェル家のルールのことを話した。宗教や迷信ではなく科学を教えるために雇われたことを。「テディを降霊会に連れてくるなんて無理です。くしゃみしたとき〝ゴッド・ブレス・ユー〟を言うのだって禁じられてるのに」

ミッツィが指先でこつこつと絵を叩く。「この絵はまともじゃない。あの家ではただならぬことが起きているよ」

わたしは絵をまとめてバッグに突っこむとコーヒーのお礼を言った。また動悸がしてきた。心拍数が跳ねあがっている。アドバイスをどうもと伝えて裏口のドアをあけた。「とにかくふたりにはなにも言わないで、ね？　秘密を守ってくれると信じてます」

ミッツィは木の盤に黒いベルベットのカバーをかけた。「気が変わったらいつでも言って。きっとそうなるだろうね」


八時にコテージに戻ったあと、朝の四時まで起きていた。眠ろうにも眠れなかった。コーヒーを飲んだのは大失敗だった。いつもの眠くなる方法を残らず試してみる——深呼吸に、ホットミルク、長めの温かいシャワー。まるで効き目なし。蚊がしつこく寄ってきて、羽音が聞こえないようにシーツを頭からかぶると、足がむきだしになる。自分が歯がゆくてしかたがなかった。あんなふうにキャビネットをあけるなんて信じられない。寝返りを繰り返しながら、ミッツィのバスルームでの二分間をひたすら反芻《はんすう》して、自分の脳がオートモードに切り替わった瞬間を思いだそうとした。依存症をコントロールできていると思っていたのに、どうやらわたしは〝薬のためならなんでもやるマロリー〟のままらしい。ハイになりたくて薬棚をあさるような人間のままなのだ。

七時のアラームに起こされたとき、ぼんやりとした頭で自分を恥じ、二度と逆戻りはしないと心に誓った。

コーヒーを飲むのはやめる、絶対に。

絵のことを気にするのもやめる。

それにアニー・バレットの話もやめる。

ありがたいことに、母屋に行くと新しい問題が発生していて気がまぎれた。テディのお気に入りのチャコールペンシルが行方不明で、どこにも見つからないのだそうだ。それでいっしょに画材店に行って新しいセットを買い、家に戻るとすぐにテディは二階へ上がって〈おやすみタイム〉に入った。寝不足のせいでよれよれのわたしは書斎に行ってソファに倒れこんだ。ほんの数分目をつぶるだけのつもりが、またテディに揺り起こされた。

「またお昼寝してる！」

わたしは飛び起きた。「ごめん、テディベアちゃん」

「プールに入る？」

「もちろん。水着を着てきて」

身体は百万倍楽になった。昼寝のおかげでいい具合に充電されて、いつもの状態に戻っている。テディが着替えに飛んでいったあと、コーヒーテーブルの上に新しい絵が伏せて置かれているのが目に入った。そのままにしておくべきなのはわかっている。母親か父親に任せるべきだ。でもどうしようもない。好奇心には勝てない。紙を表に向けた。これはもう、ただごとじゃない。

わたしだって、いろんな親がいることは知っている。リベラルな親に保守的な親、無神論者の親に信心深い親、過保護な親に仕事中毒の親、それから完全な毒親も。そしてどの親にもそれぞれちがう教育方針があるのも知っている。でもこの絵を見たら、アーニャがぎゅっと目を閉じ、両手で首を絞められている姿を目にしたら――そう、どんな親でもまともじゃないと言うはずだ。

9

キャロラインが五時半に仕事から戻って玄関を入ってきたとき、すぐに話を切りだしたい気持ちをわたしはこらえた。息子にただいまを言って夕食作りにかかるので、しばらくはせわしなく、気もそぞろのはずだ。だから今日はどうだったと訊かれたときも、にっこりして問題なしですとだけ答えた。

走りに出たものの、前夜の疲れが残っているので三十分で切りあげた。〈花のお城〉の前を通ってみてもエイドリアンや両親の姿は見あたらなかった。家に戻ってシャワーを浴び、冷凍ブリトーを電子レンジで温めてホールマーク映画に没頭しようとした。でも、気が散って集中できない。意識はすぐに新しい絵のことに、アーニャが首を絞められている絵のことに戻ってしまう。

九時になるまで待った。その時間ならテディは寝室で眠っているはずだ。それから最近描かれた三枚の絵を持って外に出た。かすかな話し声が風に運ばれてきて、プールサイドにすわったふたつの人影が見えた。テッドとキャロラインが白いバスローブ姿でボトルのワインを分けあっている。まるでクルーズ船の広告に出てくる幸せなカップルみたいだ。ロイヤル・カリビアン社の七日間の船旅に出たばかりの。キャロラインはテッドの膝に頭を預けて肩をやさしくマッサージされている。

「ひと泳ぎしておいでよ。リラックスできる」

「もうリラックスしてる」

「なら、二階へ行くかい」

「テディはどうするの」

「テディはどうするって、なにが？　寝てるさ」

ふわふわの芝地をそっと歩いて庭を半分横切ったところで、スプリンクラーヘッドを踏んづけた。足首をひねって尻もちをつき、肘を地面にぶつける。痛みに思わず悲鳴をあげた。

キャロラインとテッドが飛んできた。「マロリー、大丈夫？」わたしは手で肘を押さえた。焼けつくような痛みが一気にやってくる。血が出ているにちがいない。でも指をどけてたしかめてみると、赤くなっているだけで、すりむいてはいなかった。

「大丈夫です。ちょっとつまずいちゃって」

「明るいところへ行こう。立てるかい」

「少し待ってもらえたら」

テッドは待たなかった。片腕をわたしの膝の下に差し入れて子供のように抱えあげた。プールサイドまでわたしを運んでラウンジチェアにそっと下ろす。

「もう平気です。ほんとに」

そう言っても、キャロラインはわたしの肘の具合をたしかめる。「庭でなにをしていたの。なにか用事？」

「また今度にします」

どうにか手に持ったままでいた三枚の絵にキャロラインが目を留めた。「テディが描いたもの？」

この際、言ってしまうことにする。「おふたりには見せないでと言われてるんですけど。やっぱり見てもらったほうがいいかと思って」

描かれているものを目にしたキャロラインが顔色を変えた。紙を夫の手に押しつける。

「あなたのせいよ」

テッドが一枚目の絵を見て笑いだした。「まいったな。これは首を絞められてるところかな」

「そうよ、テッド、女の人が殺されて、森のなかを引きずられてる。うちのかわいくてやさしい坊やが、こんな恐ろしいことをどこから思いついたと思う？」

降参だ、とテッドが両手を掲げる。「グリム童話だな。毎晩、一話ずつ読み聞かせているから」

「ディズニー版じゃないの」キャロラインがわたしに説明する。「原作はずっと残酷なのよ。『シンデレラ』で、意地悪な義理の姉がガラスの靴を履こうとするくだりがあるでしょ？　元の童話では靴が入るように自分で爪先を切り落とすの。靴は血まみれ。ぞっとするでしょ！」

「テディは男の子なんだ、キャロライン。男の子はそういうのが好きなもんなのさ！」

「そんなの関係ない。健全じゃないでしょ。明日、図書館でディズニーのお話集を借りてくる。首絞めも、殺人も出てこない、子供も楽しめる適切な内容のものを」

テッドがワインのボトルを傾けてなみなみとグラスに注いだ。「それこそぞっとするがね。でもぼくになにがわかる？　ただの父親に」

「そしてわたしはプロの精神科医よ」

ふたりがこちらを見た。どちらの側につくか決めるのを、どちらの親が正しいか判定するのを待つように。

「これは童話じゃないと思うんです。みんなアーニャから聞いたことだとテディは言ってます。アーニャに言われて絵に描いてるって」

「そりゃそうよ。テディはわたしたちがこういう絵を喜ばないと知っている。女の人が首を絞められたり、殺されたり、埋められたりしているところを描くのが悪いことだと知っているの。でもアーニャがいいと言うなら、許可を得たことになる。いわば、認知的不協和を解消できるということ」

テッドはなるほどという顔で妻の言葉にうなずいているが、わたしにはさっぱりだ。認知的不協和？

「テディが描いているのはアーニャの身に起きたことなんだそうです。絵のなかの男がアーニャの娘を奪ったんだって」

「まさにグリム童話だ。あの本の半分は子供がいなくなる話だからね。『ヘンゼルとグレーテル』に『ハーメルンの笛吹き男』、『死神の名付け親』――」

「『死神の名付け親』？」キャロラインが首を振る。「かんべんして、テッド。どれもこれも恐ろしすぎる。もうやめないと」

テッドはもう一度絵に目をやってから、とうとう降参した。「ああ、わかったよ。これからはドクター・スースの絵本だけにする。でなきゃ、リチャード・スキャリーか。ただし、『バーンスタイン・ベアーズ』のシリーズだけはひどすぎるから読まないぞ、そこは譲れない」そう言ってキャロラインの肩に手をまわしてぎゅっと力をこめる。「きみの勝ちだ、ハニー、それでいいね」

これで一件落着、そろそろなかへ入って休もうとテッドは態度で示している。でも、いま疑問を口にしないと、二度とチャンスは来ないかもしれない。「あの、別の可能性も思いついたんです。アーニャがアニー・バレットだったら？」

キャロラインがけげんな顔をした。「誰？」

「コテージで殺された女の人です。一九四〇年代に。テディが自分の部屋で〈おやすみタイム〉を過ごしているとき、アニーの霊と交信しているとしたら？」

冗談だと思って笑いだしたテッドをキャロラインがまたにらむ。「それ、本気で言ってるの？　幽霊と話してるってこと？」

もうあと戻りはできない。きちんと順序だてて説明しないと――「なにより名前がよく似てます。アニーとアーニャ。それに、テディはバルセロナにいたとき絵を描くのが好きじゃなかったんですよね。でも帰国したとたん、この家に、アニー・バレットが失踪したこの場所に引っ越してきたとたん――どうかしちゃったみたいにお絵描きに夢中になった。そう言いましたよね、キャロライン、〝どうかしちゃったみたいに〟って」

「あれは想像力が開花したという意味で言ったの」

「でもテディは誰かと話してるんです。自分の部屋で。ドアの外で立ち聞きしてみたら、やりとりがずっと続いていて」

キャロラインが眉をひそめる。「幽霊の声も聞こえるの？　恨めしげなアニー・バレットの声が息子にお絵描きを教えてるのが聞こえる？」聞こえないとわたしが答えると、ほらねという顔をした。「それはあの子のひとりごとだからよ、マロリー。知能の高さのしるしなの。特別な才能に恵まれた子はよくそういうことをするのよ」

「でも、ほかの問題は？」

「問題？　テディにどんな問題が？」

「おねしょのこととか。毎日同じボーダーTシャツを着ることとか。ほかの子たちと遊ぼうとしないこととか。おまけに女の人が殺される絵まで描くようになった。全部をひっくるめたら、どういうことなんだろうって思って。心配なんです。お医者さんに診《み》せたほうがいいかも」

「医者ならここにいるでしょ」とキャロラインが言うのを聞いて、気を悪くさせたと気づいたけれど、あとの祭りだ。

テッドがキャロラインのグラスを手に取ってワインを注いだ。

「ハニー、ほら飲んで」

キャロラインは手振りで断った。「わが子の精神状態はちゃんと把握してる」

「わかってます――」

「本当に？　そうは見えないけど」

「心配なだけです。テディはすごくかわいくて、やさしくて、純真な子です。でもこの絵はまるで別世界のものみたいで。嫌なものを感じるんです。穢《けが》れているみたいな。ミッツィが言うには――

――」

「ミッツィ？　この絵をミッツィに見せたの？」

「あの人の意見では、あなたたちがなにかを目覚めさせたんじゃないかって。コテージを修理したときに」

「わたしたちに相談するまえにミッツィなんかに話したのね」

「だって、こんなふうに反応されるとわかってたから！」

「合理的にという意味なら、そうね、そのとおり。あの女の言うことなんて信じない。あなたも信じないで。あの人は負け犬なの、マロリー。薬漬けで頭がいかれた、ろくでなしの屑よ！」

その言葉が宙に浮いたままになる。キャロラインが悪態をつくのを聞いたのは初めてだった。薬物依存者をそんな言葉で呼ぶのを聞いたのも。

「まあまあ」とテッドが口を開いた。「気にかけてくれてうれしいよ、マロリー」と言って妻の膝に手を置く。「そうだろ、ハニー。われわれは率直なコミュニケーションを大事にしているからね」

「でも、テディのおねしょを幽霊のせいにするなんてありえない。わかるでしょ？　そんなことをわたしが口にしたら、州から医師免許を剝奪されるでしょうね。おねしょなんてよくあること。空想の遊び相手がいるのもよくあること。こういう絵だって——」

「ママ？」

三人そろって振り返ると、テディがプールの反対側のフェンスの外に立っていた。消防車の柄のパジャマ姿で、ゴジラのぬいぐるみを抱えている。いつから待っていて、どのくらい話を聞いたんだろう。

「寝られないの」

「お部屋に戻って、もう一度やってみて」キャロラインが返事をする。

「もう遅いぞ、ビッグボーイ」

テディはむきだしの足に目を落とした。プールの照明がその身体にほの青い光を投げかけている。不安なのか、ひとりで戻るのをためらっているみたいだ。

「さあ、行って。二十分したら様子を見に行くから。でも、ひとりで眠れるようにがんばってみて」

「ああ、それから」テッドが声をかける。「アーニャの絵はもうなしだ、いいかい。マロリーが怖がるから」

テディがわたしを見た——裏切りに傷ついたように、目を見開いて。

「ちがう、そうじゃないの」とわたしは呼びかけた。「大丈夫だから――」

テッドが三枚の絵を掲げた。「こういうのはみんな見たくないんだ、テディ。ぎょっとするからね。これからは楽しいものを描くんだ、いいね？　馬とかヒマワリとかを」

テディがくるりと背を向けて芝生を駆けだした。

キャロラインが夫をにらみつけた。「あんな言い方はひどいでしょ」

テッドは肩をすくめてワインに口をつける。「遅かれ早かれ言って聞かせる必要がある。二カ月後には学校がはじまるんだ。先生たちにも心配をかけるかもしれないだろ」

キャロラインが立ちあがった。「なかへ入る」

わたしも腰を上げた。「キャロライン、ごめんなさい。悪気はなかったんです。ただ心配で」

キャロラインは立ちどまりも振り返りもせず、庭を突っ切って家へ戻っていく。「平気よ、マロリー。おやすみ」

でも平気じゃない、明らかに。まえに怒られたときより深刻だ。キャロラインはすっかり腹を立てて、わたしを見ようともしない。泣くなんてばかみたいだけど、こらえきれなかった。

なんでミッツィのことを言ったりしたんだろう？

なんで口を閉じておけなかったんだろう？

テッドがわたしを引き寄せて顔を胸にうずめさせた。「ほら、心配はいらない、正直に思ったことを言っただけなんだから。でも子育てのこととなると、正しいのはいつも母親なんだ。間違っているとしても。わかるかい」

「わたしはただ心配で――」

「心配はキャロラインに任せるといい。きみの分も心配してくれるさ。気づいているだろうが、妻はテディに対して過保護でね。長い時間をかけてようやくあの子を授かったんだ。大変な思いをしたよ。そのつらい経験のせいで、キャロラインはひどく心配症になってしまった。そのうえ仕事に復帰しただろ、そのことですっかり負い目を感じている。だからなにか問題が起きるたび、責められたように感じてしまうんだ」

そんなふうに考えたことはなかったけれど、テッドの言うことになるほどと思った。毎朝、玄関を飛びだしていくとき、キャロラインは家を離れるのが後ろめたそうに見える。もしかすると、家にいてテディにカップケーキを焼いてあげられるわたしをうらやましいとさえ思っているのかもしれない。キャロラインには憧れるばかりで、自分がうらやまれる側かもしれないとは考えたこともなかった。

ようやく呼吸が整い、涙も止まった。テッドは早く家に戻ってキャロラインの様子を見に行きたそうだ。でも、そのまえにひとつ頼みごとがある。わたしは三枚の絵をテッドに渡した。すべて任せてしまうために。「持っててもらっていいですか。もう見なくてすむように」

「もちろん」テッドは紙を半分に折り、それから細かくちぎった。「二度とこんな絵は見なくていい」

10

ろくに眠れないまま、最悪な気分で目覚めた。キャロライン・マクスウェルは、こんなわたしに本当に親切にしてくれた。快く家に迎え入れてくれ、信頼して子供を預けてくれ、新生活に必要なものをすべて与えてくれた。その人を怒らせてしまった、そう考えるとたまらなかった。ベッドに寝たまま、ごめんなさいの言い方を百通りも考えた。でもいつまでもぐずぐずしてはいられない。ベッドを出て顔を合わせないと。

母屋に行くとテディはキッチンテーブルの下にいて、パジャマ姿のまま積み木で遊んでいた。キャロラインはシンクの前で朝食の皿を洗っているので、わたしは代わりますと声をかけた。「あと、ごめんなさいって言いたくて」

キャロラインが水を止める。「いいえ、マロリー、こちらこそごめんなさい。ワインを飲みすぎたの、怒ったりして悪かった。朝からずっと気になってて」

キャロラインが両腕を広げ、わたしたちはハグをして、ごめんなさいと同時に繰り返した。それでふたりとも笑いだし、もう心配ないとわたしは悟った。

「やっぱり母屋で暮らさない？　テディの隣の部屋を使ってくれたらいいから。一日あれば用意できるし」

でも、これ以上迷惑はかけたくない。「コテージが大好きなんです。すごく居心地がよくて」

「わかった、でももし気が変わったら——」

わたしはキャロラインの手から布巾を取って、電子レンジの上の時計を目で示した。七時二十七分。渋滞につかまらないように、七時三十五分には出たいはずだ。「あとはやっときます。行ってらっしゃい」

キャロラインが出勤したあと、仕事にとりかかった。洗い物はたいしてない。カップとシリアルのボウルが少しと、ゆうべのワイングラスくらいだ。すべてを食洗器に詰めこんでから、四つん這いになってキッチンテーブルの下にもぐりこんだ。テディは二階建ての積み木の家を完成させて、そのまわりに小さなプラスチックの動物を並べている。

「この子たちは?」

「家族だよ。みんないっしょに住んでるの」

「わたし、豚さんになってもいい?」

テディが肩をすくめる。「いいけど」

わたしはほかの動物たちに豚を近づけながら、プップーと車の音を真似た。いつもならテディはこの冗談に大喜びする。動物たちがトラックのクラクションや電車の警笛のような声で鳴くのが大好きだからだ。でも今朝は無言で背を向ける。もちろん不機嫌の理由はわかっている。

「テディ、聞いて。ゆうべのことを説明させて。パパはわたしの言ったことを誤解したんだと思う。あなたの絵は全部大好き。アーニャの絵もね。いつも見せてもらうのを楽しみにしてる」

テディはプラスチックの猫に木のぼりさせるようにテーブルの脚を伝わせる。わたしが前にまわりこんで目を合わせようとしても、くるりと背を向けてしまう。「お絵描きしたら、これからも見せて、いい?」

「ママがだめだって」

「わたしがいいって言ってるの。大丈夫だから」

「ママはマロリーが病気で、怖い絵を見たらまた具合が悪くなっちゃうって」

勢いよく身を起こしたせいで、わたしはテーブルの裏に頭をぶつけた。痛みで目の前が真っ白になり、少しのあいだ起きることもできない。きつく目を閉じたまま片手で頭を押さえた。

「マロリー？」

目をあけると、ようやくテディがこっちを見てくれていた。怯えた顔をしている。「大丈夫。よく聞いてね、あなたのせいで病気になんかならない。心配しないで。わたしは百パーセント元気だから」

テディはわたしの脚の上で馬を走らせ、膝のところで止めた。「頭は痛くない？」

「頭も大丈夫」本当はずきずき痛み、たんこぶになっているのがわかる。「ちょっと手当てすればね」

数分のあいだ、氷を入れたジッパーバッグを頭の上にのせておいた。足もとではテディがいろんな動物たちの声真似をしながら遊んでいる。話し方も性格もそれぞれちがっていて、頑固者のヤギ氏とか、口うるさいめんどり母さんとか、やんちゃな黒馬とか、おばかな子ガモとか、全部で十種類以上のキャラクターがいる。

「仕事なんか面倒だな」と馬が言う。

「でもルールはルールよ」めんどり母さんがたしなめる。「みんなルールに従わなきゃ！」

「気に入らんな」ヤギ氏がぼやく。

そんなふうにやりとりは続き、話題は農場での仕事から昼食のことへ、そして納屋の裏の森に埋められた秘密の宝物のことへと移っていく。全部の動物の話し方を覚えていられるなんてたいしたものだとわたしは感心した。といっても、テディの想像力がとびきり豊かなことはテッドとキャロラインからもたびたび聞かされている。このくらい当然なのだ。

昼過ぎ、テディが〈おやすみタイム〉のために部屋に入ったあと、数分待ってからわたしも二階へ上がった。ドアに耳を押しあてるとテディはすでに話の最中だった。

「……それか、砦《とりで》作りもいいね」

「………………………」

「鬼ごっことか」

「………………………」

「無理だよ。それはしちゃいけないんだ」

「………………………………………」

「だめだって言われてるし」

「……」

「ごめん、でも――」

「……

…………

「わかんない」

「…………」

そこでテディが笑う。なにかおかしなことを提案されたみたいに。「やってみる？」

「…………」

「どうやって――そっか。わかった」

「…………」

…………

…………

…………

「え、冷たいよ！」

話し声はそこで途切れ、耳を澄まして様子を窺うと、かすかにカリカリと音が聞こえた。鉛筆が紙をこする音だ。

絵？

また絵を描いてるの？

わたしは一階に下り、キッチンテーブルについて待った。

普段なら〈おやすみタイム〉は一時間ほどで終わるのに、テディはその倍も長く部屋にこもっていた。ようやくキッチンに下りてきたとき、手にはなにも持っていなかった。

わたしは笑いかけた。「待ってたよ！」

テディが椅子によじのぼる。「やあ」

「今日は絵はなし？」

「チーズとクラッカー食べてもいい？」

「もちろん」

わたしは冷蔵庫の前へ行っておやつを皿に盛った。「それで、二階でなにしてたの？」

「ミルクももらえる？」

ミルクを小さなカップに注いで皿といっしょにテーブルへ運んだ。テディがクラッカーに手を伸ばしたとき、てのひらと指の黒い汚れが目に入った。「手を洗ってきたら。鉛筆で汚れてるみたい」

テディは無言でさっとシンクへ行って手を洗った。そしてテーブルに戻ってくるとクラッカーを食べはじめた。「レゴで遊ぶ？」


それから数日はいたって平穏に過ぎた。テディとわたしはレゴや人形劇や粘土やプラ板や塗り絵や組み立てブロックで遊び、たびたびスーパーに買い物に出かけて過ごした。テディは好き嫌いなくなんでも食べ、珍しい外国の食べ物を試してみるのが大好きだった。ときには大型スーパーのウェグマンズへ行ってクズイモやらキンカンやらを買い、どんな味がするのかたしかめてみたりもした。テディはこれまで会ったこともないほど好奇心旺盛な子で、突拍子もない疑問を思いついてはわたしに答えを訊いた。雲はどうやって生まれるの？　誰が服を発明したの？　カタツムリの中身はどうなってるの？　そのたびにわたしは携帯電話を出してウィキペディアで調べた。ある日の午後、プールにいるときに、テディはわたしの胸を指差して、なんで水着のそこが出っぱってるのと訊いた。わたしはあわてず騒がず、これは身体の一部で、冷たい水のせいで硬くなってるのと答えた。

「テディにもあるよ」

テディは笑った。「ううん、ないよ！」

「あるってば！　みんなにあるの」

そのあと、外のシャワー小屋で身体を洗っていると、テディが木のドアをノックした。

「ねえ、マロリー」

「なに？」

「女の子の大事なところって見えるの？」

「どういうこと？」

「のぞきこんだら、そこにあるのが見えるの？」

「説明するのが難しいんだけど、テディ。はっきりとは見えないかな」

長い間がある。

「だったら、そこにあるってなんでわかるの？」

ドアに隔てられているおかげで、笑ってしまったのを見られずにすんだ。「あるって知ってるから。間違いなくあるの」

夜にその出来事を報告すると、キャロラインはにこりともせず、険しい顔をした。そして次の日、『とっても自然なことなんだよ！』とか『ぼくどこからきたの？』といったタイトルの絵本を山ほど持ち帰った。わたしが子供のころに読んだのより露骨な内容のものばかりだ。アナルセックスやクンニリングスの詳しい説明や、ジェンダークィアな表現も含まれている。フルカラーの挿絵やらなにやら付きで。五歳児にはちょっと早いのではと言ってみても、キャロラインは耳を貸さなかった。これは人体の仕組みの基本だから、友達から間違った情報を得たりしないように、早くから事実を教えておきたいのだという。

「それはわかりますけど、クンニリングスまで？　まだ五歳なのに」

キャロラインはわたしが首にかけた十字架に目をやった。そっちのほうが問題だと言いたげに。

「次になにか訊かれたら、テディを連れてきて。わたしが答えたいから」

わたしにも問題なく答えられると言ってみても、キャロラインはさっさと話を切りあげた。そしてすぐにキッチンの戸棚をあけ、騒々しく音を立てながら鍋やフライパンを出して夕食作りにとりかかった。その夜は初めて、母屋でいっしょに食事をと誘われなかった。

二時間の〈おやすみタイム〉はますます頻繁になっていき、テディがなにをして過ごしているのかは謎のままだった。ときどきドアの前に立ってみるとテディのつぶやきが、奇妙で意味不明な話の断片が聞こえてきた。鉛筆を削ったり、螺旋綴じのスケッチブックから紙を破りとったりする音が聞こえることもあった。明らかにまだ絵を描いているのに、テディは描いたものをわたしと両親に見つからないようにうまく隠していた。

それで金曜日の午後、少し探ってみることにした。まずはテディがウンチに行くのを待った。いつも絵本を何冊も読みながらゆっくりと用を足すので、十分か十五分は出てこないはずだ。ドアがロックされる音を聞くやいなや、わたしはダッシュで二階へ上がった。

明るく日当たりのいいテディの寝室は、いつも少しおしっこのにおいがした。裏庭に面した大きな窓がふたつあって、エアコンが稼働中でも一日じゅうあけておくようにとキャロラインに言われている。たぶんにおいを薄めるためだ。明るいスカイブルーの壁には恐竜やサメや《ＬＥＧＯムービー》のポスター。家具はベッドと小さな本棚、チェスト。一見、探し物はすぐすみそうに思えた。でも、ものを隠すことにかけては、わたしもそこそこ詳しい。オキシコンチンを使いだして一年ほどは実家に住んでいたので、錠剤や吸引用の道具を自分の部屋のあちこちに少しずつ隠していた。母がまず探しそうにない場所に。

ラグをめくり、絵本を一冊残らず床に出し、チェストの引出しも外して、奥の空洞をのぞきこんだ。カーテンを揺すり、ベッドに上がってレールカバーの上まで調べる。部屋の片隅で山になったぬいぐるみもひとつずつたしかめていく。ピンクのイルカ、ぼろぼろになった灰色のロバ、ビーニー・ベイビーズのぬいぐるみが十個以上。ベッドシーツをはがし、マットレスパッドの下にも手を差しこみ、最後にはベッド下の床をよく見るために、マットレス本体を枠から持ちあげて立てかけた。

「マロリー？」テディが一階のバスルームのドアごしに呼んだ。「トイレットペーパー持ってきてくれない？」

「ちょっと待って！」

まだすんでいない。これからクロゼットを調べないと。テディがかたくなに着ようとしないかわいらしい服たちをたしかめにかかる。きれいな襟つきシャツ、ミニチュアサイズのチノパンやデザイナージーンズ、五十五センチのテディのウエストにぴったりな短い革ベルト。クロゼットの最上段の棚からボードゲームが三箱見つかった。〈クルー〉に〈マウストラップ〉、〈ソーリー！〉。お宝はきっとここだ。けれども、箱をあけて中身をひっくり返してみても、出てきたのはゲームの駒やカードばかりだった。絵は見つからない。

「マロリー？　聞こえた？」

わたしはゲームをクロゼットにしまって扉を閉じてから部屋をなるべく元どおりにした。

それからランドリールームのトイレットペーパーを取って階段を駆けおり、一階のバスルームに向かった。「持ってきた」と声をかける。テディはペーパーを受けとれるようにドアを少しだけあけた。

「どこにいたの？」

「ちょっとお片づけをね」

「そっか」

テディがドアを閉じたあと、鍵がかかる音がした。

週末のあいだは、考えすぎだったと自分を納得させて過ごした。テディがまだ絵を描いているという証拠はどこにもない。寝室から聞こえるこすれるような音だって、まるで無関係かもしれない。指についたざらざらの黒いものは庭いじりをしたときの土かもしれないし、五歳の男の子には付き物の、埃かなにかの汚れかもしれない。ほかはいたって平穏そうなのに、なにを心配する必要があるだろう。

月曜日の朝、エッジウッド通りをのろのろと近づいてくるゴミ回収車のうなりで目を覚ました。回収は週に二回、月曜日はリサイクルゴミ、木曜日は普通のゴミの日だ。そのとき急に、一ヵ所だけ探し忘れた場所があるのに気づいた。二階にあるテッドの仕事部屋の屑かごだ。テディは一階に下りるときにかならずその部屋の前を通る。そこなら寝室を出てすぐに絵を捨てられる。

わたしは跳ね起き、運よくランニングパンツとTシャツで寝ていたので、そのままドアを飛びだして庭を突っ切った。芝生が朝露でまだ濡れているせいで、母屋の角をまわるときにあやうく転びそうになる。回収車は三軒隣にいるから、あと一分しかない。私道を走って表へ出る。毎週日曜日の夜に、テッドがそこに青いゴミ回収箱を引きずっていく。ひとつは缶とガラス、もう片方は書類と段ボール用。紙ゴミの箱のほうに両手を突っこんで中身をあさる。ダイレクトメールや公共料金の請求書、デリバリーフードのメニュー、シュレッダーにかけられたクレジットカードの明細書のほか、毎日どっさり送られてくる通販カタログもひと山捨てられている。タイトル・ナイン、ランズエンド、L・L・ビーン、それにバーモント・カントリー・ストア。

回収車が家の前にとまり、軍手をはめた痩せっぽちの作業員が笑いかけた。二の腕にとぐろを巻いたドラゴンのタトゥーを入れている。

「なくし物かい」

「いえ、別に。持ってってください」

ところが、作業員が容器を持ちあげると中身が傾いて大きな紙の玉が現れた。テディの絵にあるのと同じように紙の端がぎざぎざにちぎれている。

「待って！」

容器が差しだされ、紙の玉を拾いあげると、わたしはそれを持って私道を引き返し、コテージに戻った。

なかに入るとお湯を沸かして紅茶を淹れ、腰を下ろして紙の玉を広げにかかった。ちょっと玉ねぎの皮むきと似ている。紙は全部で九枚。てのひらで皺をきれいにのばした。最初の二、三枚はなんの絵かよくわからない。たんなる殴り描きだ。でもさらに紙をめくると秩序が生まれ、描写も細かくなっていく。構成がはっきりしてくる。光と影も表現されている。なにか奇妙な作品を試作中のスケッチブックのようにも見え、いくつものスケッチが詰めこまれた一枚もあれば、描きかけみたいに見えるものもたくさんある。

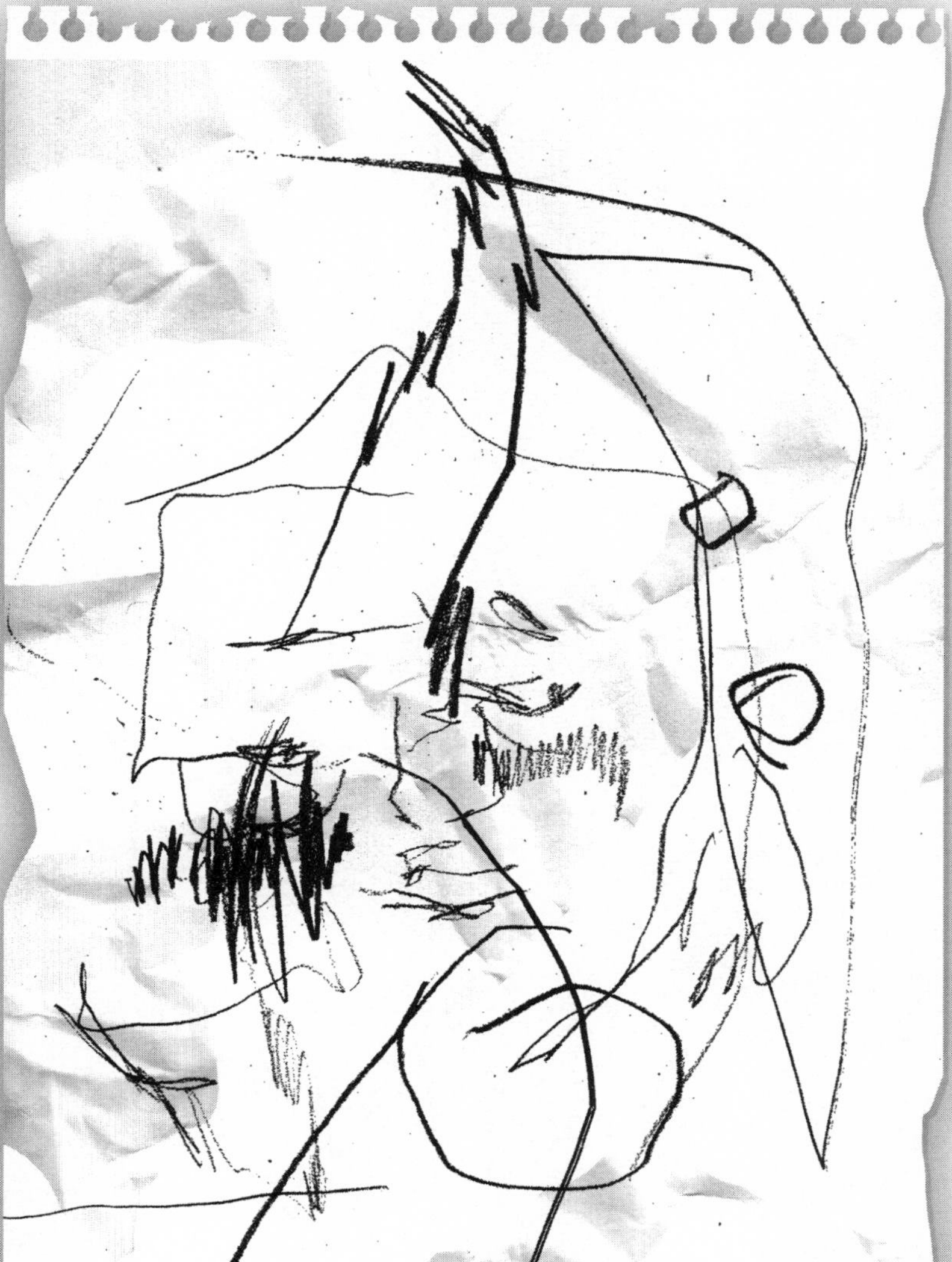

11

残念ながら、テディがここにある絵を描いたはずはない。たいていの大人だってこんなに上手には描けないのに、ぬいぐるみを抱いて寝るうえに、二十九までしか数えられない五歳児にはとうてい無理だ。

でも、だとしたらなぜゴミ回収箱にこれが入っていたのか。

テッドが描いたとか？　それともキャロラインが？

夫婦で余暇にデッサンの練習でもしているとか？

疑問は疑問を呼ぶばかりで、じきにベッドから出たことを後悔しはじめた。いっそゴミ回収車に持っていってもらえば、どういうことかと頭を悩ませずにすんだのに。

月曜日は考えごとをする間もなく過ぎていき――レゴにマカロニ&チーズ、〈おやすみタイム〉、それにプール――夜になってようやく本気で調べ物にとりかかることにした。シャワーを浴びて髪を洗い、キャロラインからもらった服のなかでとくにすてきな、空色に白いきれいな花柄が入った膝丈のワンピースを着た。そして一・五キロ歩いてスプリング・ブルックの中心街に出て、地元の独立系書店のザ・ラカンターに入った。

月曜日の夜だというのに店は驚くほど混んでいた。近所に住む作家の朗読会が終わったところで、店内はパーティーのような活気に満ちている。誰もがプラスチックカップのワインを飲みながら、小さな紙皿にのった平らなケーキを食べている。育児書コーナーへ行くのに人をかき分けないといけないほどの賑わいがかえってありがたかった。なにをお探しですかと店員に声をかけられずにすむ。わたしが調べたいことを知ったら、まともじゃないと思うにきまっている。

本を何冊か選んで裏口から広いレンガ敷きのパティオに出た。混雑したカフェがあって、きらめくイルミネーションがまわりを囲んでいる。スナックと飲み物を売っている小さなカウンターのスツールには、アコースティックギターを抱えたオーバーオール姿の十代の少女がすわっていて、真剣な顔で〈ティアーズ・イン・ヘヴン〉を歌っていた。その曲を聴くと妹のお葬式を思いださずにはいられない。繰り返し流されていたプレイリストに含まれていたせいだ。スーパーやレストランでその曲に不意打ちされることが何度もあって、千回は聴いた気がするのにまだ泣かされてしまう。でも、その少女の歌は、エリック・クラプトンの原曲よりも明るく聞こえた。若さのせいか希望に満ちた歌にさえ思える。

カウンターへ行って紅茶とペストリーを注文したあとで、すべてを運ぶには手が足りないのに気づいた。おまけにどのテーブルも埋まっていて、誰も席を立ちそうにない。だからエイドリアンが二人用のテーブルでスター・ウォーズの小説を読んでいるのを見つけて、信じられないほどラッキーだと思った。

「すわってもいい?」

おかしなことに、今回は彼のほうがすぐにはわたしだと気づかなかった。キャロラインの五百ドルもするゴージャスなワンピースのせいだ。「ああ! もちろんだよ、マロリー! 元気?」

「こんなに人が多いとは思わなかった」

「ここはいつも混んでるんだ。スプリング・ブルックで三番目にホットなスポットだから」

「残りのふたつはどこ？」

「ナンバーワンはチーズケーキファクトリーだね、もちろん。ナンバーツーはウェグマンズのホットビュッフェコーナー」エイドリアンが肩をすくめる。「夜遊びする場所なんてろくにないんだ」

ギターの少女が〈ティアーズ・イン・ヘヴン〉を歌い終えるとおざなりな拍手が起きた。なのにエイドリアンだけは盛大に手を叩きつづけている。少女がうざったそうにこっちを見た。「いとこのガブリエラだ。まだ十五歳なんだ、信じられる？　飛びこみでこの店の仕事をゲットしたんだ、ギター一本だけ抱えてね」

ガブリエラがマイクに顔を寄せて、次はビートルズをやると告げてから、〈ブラックバード〉を可憐な声で歌いはじめた。わたしはエイドリアンが読んでいる本に目をやった。表紙はロボットの軍団にレーザーを放つチューバッカの絵で、特大のタイトル文字が銀箔押しされている──『ウーキーの復讐』。

「それ、面白い？」

エイドリアンがまた肩をすくめる。「まあ、正史《カノン》じゃないからね。好き勝手改変されてる。でも『イウォークの復讐』が好きなら、これも楽しめると思うよ」

こらえきれずにわたしは噴きだした。「あなたにはびっくり。見た目は庭師そのものって感じでしょ。フロリダ帰りみたいに日焼けしてて、爪のあいだに土がはさまってる。でもじつはカントリークラブ会員の家の子で、おまけにスター・ウォーズおたくだなんて」

「夏じゅう草むしりをさせられてるんだ。現実逃避の楽しみくらいないとね」

「わかる。わたしも同じ理由でホールマーク・チャンネルを見るし」

「ほんとに？」

「もちろん。《パティシエ探偵ハンナ・シリーズ》は全部見た。人にはあんまり言ってないから、秘密にしといて」

エイドリアンが胸で十字を切る。「秘密は守るよ。そっちはなにを読んでるの？」答える必要はなかった。本はもうテーブルに積んであって、背表紙がエイドリアンにも見えている。『児童の異常心理』に『超常現象事典』。「一日じゅうベビーシッターをしたあとの息抜きがこれ？」

「こういう本を読んでる理由を言ったら、わたしのこといかれてると思うにきまってる」

エイドリアンは『ウーキーの復讐』を閉じて脇へ押しやり、食い入るようにわたしを見つめた。

「面白い話ってのは、きまってそういう警告からはじまるんだ。なにもかも聞かせて」

「すごく長い話になるけど」

「どこにも行く予定はないよ」

「先に言っとく。閉店時間までに話し終わらないかも」

「一から全部話して、細かなことも省かずに。なにが重要になってくるかわからないから」

それで、まずはマクスウェル夫妻との面接のこと、客用コテージのこと、そしてテディとの日課のことを話した。それからテディの絵の変化と、部屋から聞こえる奇妙な話し声のことも明かした。ミッツィとのやりとりと、マクスウェル夫妻の反応のことも。アニー・バレットの話を知っているかと訊いてみると、エイドリアンはスプリング・ブルック育ちの子供なら誰でも知っていると断言した。どうやらアニーは、夜の森に迷いこんだ子供を待ちかまえて餌食にする妖怪として地元で有名らしい。

一時間たっぷり話したあと（そしてエイドリアンのいとこがギターを片づけて帰り、まわりの席がみんな空いてわたしたちだけになり、店員がテーブルを拭きはじめたあと）、わたしはバッグに手を入れて見つけたばかりのものを取りだした。ゴミ回収箱に捨てられていた絵の束を。

ぱらぱらとそれをめくったエイドリアンは驚愕の表情を浮かべた。「これをテディが描いたって？　五歳のテディが？」

「その紙はテディのスケッチブックから破りとったものなの。それにあの子が部屋で絵を描いてる音も聞こえる。鉛筆で手を汚して出てくるし。考えられるのは――」とわたしは『超常現象事典』を指でつついた。「誰かと交信してるんじゃないかってこと。たぶん、アニー・バレットの霊と」

「霊に乗り移られたりするってこと？」

「ちがう、《エクソシスト》じゃあるまいし。アニーはテディの魂を壊そうとか、身体を乗っ取ろうとかしてるわけじゃない。手を借りようとしてるだけ。テディが部屋でひとりになる〈おやすみタイム〉のあいだに。それ以外の時間は近づいてこない」

そこで間を置いてエイドリアンが笑いだすか、またはわたしをばかにするかと待ったが、なにも言わないので、考えの続きを話した。「アニー・バレットは画家だから、絵の描き方はよく知ってる。でも、ほかの誰かの腕を使って描くのは初めてのはず。だから最初の一、二枚はひどい出来ってわけ。ただ線が描きなぐられてるだけ。でももう二枚ほど試すと上手になってる。絵に秩序が生まれて、描写も細かくなる。質感とか、光と影とか。新しい道具を使いこなしてるってこと、テディの手を」

「それで、これがなんでゴミ箱に捨てられたんだ？」

「アーニャが入れたのかも。それか、テディかもしれない。あの子、絵のことをぜんぜん話さなくなっちゃって」

エイドリアンは絵の束をもう一度丹念に見なおした。いくつかは逆さにして、殴り描きされた線になにか意味が見つからないかとたしかめている。「なにを連想したと思う？　ハイライツ誌の隠し絵のページだよ。絵のあちこちに絵柄が隠されているやつ。たとえば、家の屋根に見えるけど、そこにブーツとかピザとかホッケーのスティックとかが見つかったりするみたいな。覚えてる？」

エイドリアンの言う隠し絵のことは知っているし、妹もわたしも大好きだったけど、この絵はもっと明快だと思う。わたしは女の人が苦しげに泣いている絵を指差した。「これは自画像じゃないかな。アニーは殺されたときのことを描いてるんだと思う」

「それなら簡単にたしかめる方法があるよ。アニー・バレット本人の写真を見つけよう。それをこの絵の女性と比べればいい。一致するかどうかたしかめるんだ」

「もう探してみた。ネットにはなにも見つからない」

「いや、きみはツイてる。母さんが毎年夏休みにはスプリング・ブルックの公共図書館で働いているんだ。そこにでかい郷土史料室がある。地下室全体に資料がぎっしり詰めこまれてるんだ。アニー・バレットの写真が手に入るとしたらそこしかない」

「お母さんにお願いしてみてもらえる？　迷惑かな」

「冗談だろ。こういうことが母さんの生きがいなんだ。教師だし、おまけに非常勤で司書もやってる。きみが郷土史を調べてるなんて聞いたら、とたんに大親友さ」

朝いちばんに訊いてみるとエイドリアンが約束してくれたので、すっかり気が楽になった。これでもうひとりで悩まなくていい。「ありがと、エイドリアン。わたしのこと、いかれてると思わずにいてくれてうれしい」

エイドリアンが肩をすくめる。「あらゆる可能性を考えてみる必要があると思うんだ。〝不可能を除外して最後に残ったものは、たとえ信じられなくても真実だ〟――《スタートレックⅥ　未知の世界》のスポックの科白《せりふ》さ、シャーロック・ホームズの引用だけどね」

「まったく、本物のおたくだね」


誰もいない暗い歩道をふたりで歩いて帰った。通りは安全で、静かで、平穏そのものだ。エイドリアンがツアーガイド役を買ってでて、高校のクラスにいた問題児たちの家を指差して教えてくれた。〝親のSUVを勝手に乗りまわしてたやつ〟とか、〝スキャンダラスなTikTok動画を投稿したあと転校した女の子〟とか。エイドリアンはスプリング・ブルックじゅうの人と知り合いらしい。高校生活はきらきらしたネットフリックスの青春ドラマそっくりだったにちがいない。美男美女ばかりで、人生を変える重大事といえばフットボールの学校対抗戦の結果くらい、そんな他愛ないメロドラマそのものだったはずだ。


やがてエイドリアンが通りの角の家を示して、トレイシー・バンタムの実家だと言った。

「有名人?」

「〈レディ・ライオンズ〉のポイントガードさ。ペンシルベニア州立大の女子バスケチームの。知り合いかと思ったけど」

「マンモス校だからね、学生五万人の」

「だよね、でも体育会系の学生はみんな同じパーティーに行くんだろうと思ってさ」

わたしは返事に迷った。嘘を白状するには絶好のチャンスだ。ばかげた冗談だった、初対面の相手によくやるゲームなのだと伝えなくては。もっと親しくなるまえに真実を打ち明けなくては。わかってくれる可能性だってあるはず。

でも、真実の一部を話したら、すべてを明かさなくてはならなくなる。本当は大学生じゃないと伝えるなら、ここ数年はどうしていたのかも説明しないといけない。そこまでの心の準備はできていない。いまは無理、こんなに楽しくおしゃべりしているのに。だから話題を変えた。

〈花のお城〉まで戻ってくるとエイドリアンは家まで送ると言い、わたしも断らなかった。出身を訊かれたので、サウス・フィラデルフィアで生まれ育ち、自分の部屋の窓からシチズンズ・バンク・パークが見えたと答えると、エイドリアンは意外そうな顔をした。「あの街の出身っぽくないね」

わたしはとっておきのロッキー・バルボアの口真似を披露した。「なあ、エイドリアン！　みん《ユー・》ながみんな、こんなしゃべり方だと思ってんのか《ティンク・ウィ・オール・タウク・ラフィク・ジス》」

「しゃべり方じゃないよ。雰囲気のせいかな。きみはすごく前向きだろ。ほかの連中みたいに無気力じゃない」

ああ、エイドリアン、と心でつぶやく。あなたが知らないだけ。

「両親はいまもサウス・フィラデルフィアに？」

「母さんはね。わたしが小さいころに離婚して、父さんはヒューストンに引っ越した。父さんのことはほとんど知らない」

これは事実なので、あまり抵抗なく答えられた。でも続いてエイドリアンは、きょうだいはいるかと訊いた。

「ひとりだけ。ベスっていうの」

「お姉さん？　妹？」

「妹。十三歳」

「競技会は見に来る？」

「いつもね。車で片道三時間かかるけど、ホームレースのときは母さんと毎回来てくれる」そこで言葉に詰まった。なぜこんなことを言ってしまうんだろう。エイドリアンには正直でいたいし、本当に親しくなりたいと思っているのに、嘘に嘘を重ねてばかりだ。

でも、月明かりの歩道をとびきりやさしくてハンサムな芝刈り屋の彼と歩いていると、作り話に逃げるのはあまりにたやすかった。本物の過去ははるか遠くに感じられた。

マクスウェル家にたどり着いたとき、母屋は真っ暗だった。十時半を過ぎているので、みんなもう寝ているはずだ。敷石の小道を通って家の裏にまわるとそこはさらに暗く、あたりを照らすのはプールの揺らめく青いライトだけだった。

エイドリアンが庭の奥の森に目を凝らしてコテージが見えないかと探す。「きみの家は？」

わたしにも見えない。「あのあたりの木立の奥。ポーチのライトは点けてきたんだけど、電球が切れたのかも」

「へえ。なんか不気味だな」

「そう？」

「あんな話を聞かされたばかりだろ、なんとなくね」

ふたりで裏庭を歩いてコテージまで行き、エイドリアンに芝生の上で待っていてもらったまま、わたしはポーチの階段を上がった。ドアをたしかめると鍵はちゃんとかかっていたので、キーホルダーを取りだした。そこにスタンガンをつけるように強く勧めてくれたキャロラインにいまさら感謝したくなる。「ちょっとなかを確認してきたいんだけど。それまでいてくれる？」

「もちろん」

ドアの鍵をあけ、手を伸ばしてポーチのライトのスイッチを切り替えた――やっぱり切れている。

でも室内灯はちゃんと点くし、部屋の様子も出てきたときと変わっていない。キッチンもバスルームも異常なし。膝をついてベッドの下までさっとたしかめた。

「問題ない？」エイドリアンが呼びかける。

わたしは表に出た。「大丈夫。電球を替えればいいだけ」

アニー・バレットのことがなにかわかれば電話すると言ってエイドリアンは庭を引き返していった。母屋の横を通って見えなくなるまで、わたしはその後ろ姿を見送った。

それからコテージに入ろうとしたとき、テニスボールサイズの汚い灰色の石が足に触れた。見下ろすと紙を踏んでいるのがわかった。端がぎざぎざの紙が三枚、石の重しの下に置かれている。コテージのドアに背を向けたまま、しゃがんでそれを拾いあげた。

そしてなかへ入ってドアに施錠してから、ベッドの端に腰かけて一枚ずつ紙をたしかめた。どれもテッドが細かくちぎった三枚の絵に似ている。二度と見なくていいとテッドがわたしに言った三枚に。ただし、描いたのは別人の手だ。こちらのほうが暗いトーンで描写が細かい。鉛筆や木炭の線がびっしりと描きこまれているせいで紙が波打ち、反りかえっている。墓穴を掘る男。森のなかを引きずられていく女。そして誰かが深い深い穴の底から見上げている。

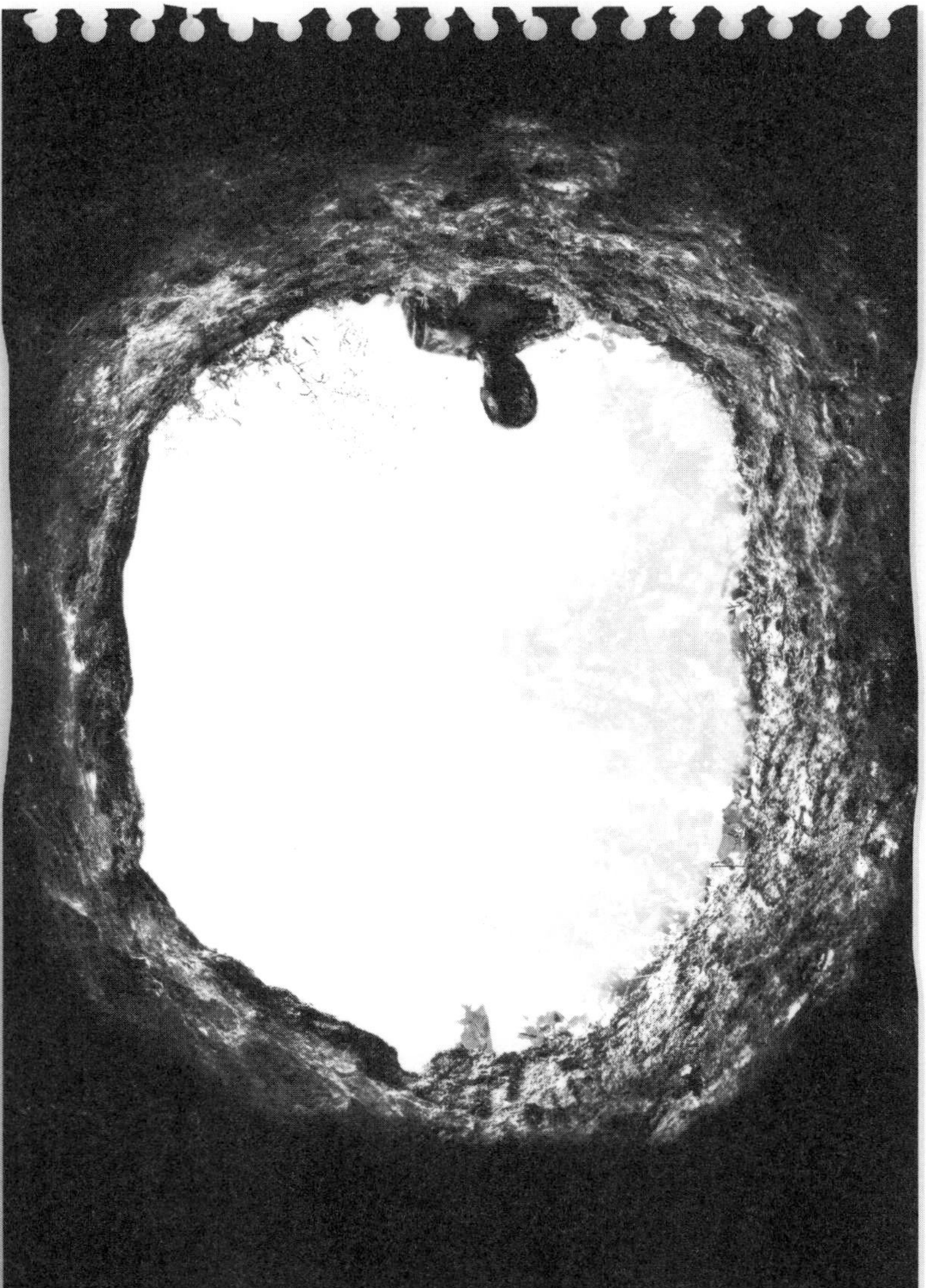

12

翌日、母屋へ行くとテディがパティオのガラス戸の前で、小さなメモ帳と鉛筆を持って待っていた。「おはようございます、ムッシュー」

「ひとりだけです、ぼくのレストランへようこそ。何名ですか」

「こちらへどうぞ」

ぬいぐるみたちがキッチンテーブルのまわりに勢ぞろいしている。テディがわたしをゴジラと青い象のあいだの空いた席に案内した。椅子を引いて紙ナプキンを渡してくれる。二階ではキャロラインが大あわてで寝室を行ったり来たりしている音が聞こえる。また遅刻しそうらしい。

テディはわたしのそばに行儀よく立って、鉛筆とメモ帳を手に注文を取ろうと待っている。「メニューは決まってません。なんでも好きなものを作ります」

「それなら、スクランブルエッグをお願い。あと、ベーコンとパンケーキとスパゲティとアイスクリームも」テディが笑ったので、同じ冗談を使えるだけ使うことにする。「それにニンジンと、ハンバーガーと、タコスと、スイカもお願い」

テディがお腹を抱えて笑った。この子といると、自分が《サタデー・ナイト・ライブ》のケイト・マッキノンにでもなった気になる。なにをやっても爆笑ものだと。「はいはい、かしこまりました！」そう言って、テディはおもちゃ箱のところへ行くとわたしのお皿にプラスチックの食べ物をどっさり盛りつけた。

固定電話が鳴りだし、キャロラインが下にいるわたしに呼びかけた。「留守電のままにしておいて、時間がないから！」

三度目のコールのあと留守電が応答してメッセージが録音される。「おはようございます！　スプリング・ブルック小学校のダイアナ・ファレルです……」

この一週間で三度目の電話だ。キャロラインがキッチンに飛びこんできて、かけてきた相手が切らないうちに急いで応答する。「もしもし、キャロラインです」そしてうんざりした顔でわたしを見てから――こんなに面倒な入学システム、信じられる？――受話器を持って書斎に移動した。そのあいだにテディがおもちゃで山盛りのお皿を運んでくる。プラスチックの卵にプラスチックのスパゲティ、プラスチックのアイスクリームが数種類。わたしは首を振ってぷんぷん怒ったふりをした。「ベーコンも頼んだはずですけど！」

テディは笑っておもちゃ箱に飛んでいき、プラスチックのベーコンを持って戻ってきた。電話の話に聞き耳を立ててみるものの、キャロラインの声は少ししか聞こえてこない。テディの寝室での〈おやすみタイム〉のやりとりと同じように、かけてきた相手のほうがほとんどずっと話しているようで、キャロラインは「ええ、そうですね」とか「もちろんです」とか「いえ、こちらこそ」と返事をするくらいだ。

わたしは餌箱に首を突っこむ丸々とした豚みたいにプラスチックの食べ物をむさぼるふりをした。ブーブーと盛大に鼻を鳴らしてみせると、テディが大笑いする。キャロラインがキッチンに戻ってきて受話器を本体に戻した。

「学校の校長先生からよ。あなたに会うのが楽しみでたまらないって！」

そう言ってテディをぎゅっと抱きしめてキスすると玄関を飛びだしていった。もう七時三十八分、とんでもなく遅れている。

朝食を〝食べ〟終えると、わたしはお札を出して勘定を支払うふりをしてから、次はなにをしたいかと訊いた。いまはごっこ遊びをしたい気分らしく、テディは〈魔法の森〉ごっこがいいと言った。

それで、〈黄色いレンガの道〉から〈ドラゴンの小道〉に入って〈王家の川〉まで行き、〈大きな豆の木〉を三メートルの高さまでのぼった。大枝のひとつに小さな洞《うろ》があって、テディはそこに小石や尖った枝をせっせと詰めこんだ。ゴブリンに襲われたときのための武器庫だそうだ。

「ゴブリンは腕が短いから木にのぼれないんだ。だから木の上に隠れて石を投げればいいよ」

午前中はひらめきと即興のゲームにひたすら没頭して過ごした。〈魔法の森〉ではすべてが実現可能で、できないことはなにもない。テディは〈王家の川〉のほとりに立って、川の水を飲んでとわたしに言った。川には魔力があるから飲むとつかまらずにすむという。

「コテージに何リットルも汲んであるから、帰ってから飲まない?」とわたしは答えた。

「わかった!」

テディはそう言うと、次の発見を探して小道をはずむように駆けだした。

「そういえば」とわたしは後ろから声をかけた。「持ってきてくれた絵を見たよ」

テディが振り返って微笑み、続きを待つ。

「コテージのポーチに置いといてくれた絵のこと」

「ゴブリンの?」

「ちがうよ、テディ、アーニャが埋められている絵。すごくよく描けてる。誰かに手伝ってもらったの？」

テッドがけげんな顔をする。わたしがいきなり無断でゲームのルールを変えたみたいに。

「アーニャの絵はもう描いてないよ」

「大丈夫、怒ってるわけじゃないから」

「でも、描いてないもん」

「ポーチに置いたでしょ。石で重しをして」

テディがいらだって両手を投げだした。「ねえ、ちゃんと〈魔法の森〉ごっこをしようよ。いいでしょ？　こういうのは嫌い」

「わかった」

話を切りだすタイミングがまずかったらしい。でもお昼を食べに家に帰ってから、もう一度訊いてみる気にはなれなかった。わたしが出したチキンナゲットを食べるとテディは二階へ行って〈おやすみタイム〉に入った。少し待ってから、わたしも続いて二階に上がり、テディの部屋のドアに耳をあてた。鉛筆が紙をこするかすかな音が聞こえた——カリ、カリ、カリ。

午後遅く、ラッセルから電話で夕食に誘われた。前夜の外出でまだ疲れていたので、また今度にしようと答えたところ、二週間の休暇に出るので今夜しかないと言われた。「きみの住まいの近くにレストランを見つけたよ。チーズケーキファクトリーを」

思わず噴きだしそうになった。ラッセルは健康的な食事にひどくこだわるからだ。食べるものはほぼ植物性食品とプロテインだけ、加糖食品や炭水化物の多い食品には目もくれず、たまにキャロブチップスとオーガニックのハチミツをスプーン数杯口にするくらいだ。

「チーズケーキ？　本気で言ってる？」

「もう席を予約してある。七時三十分に」

そんなわけで、キャロラインが帰宅したあとわたしはシャワーを浴びてワンピースに着替え、コテージを出がけにテディが描いた絵の束を手に取った。でも戸口でためらって足を止めた。書店でエイドリアンに話したときと同じように、すべてを打ち明けるには一時間はかかるはず。それで絵は置いていくことにした。ラッセルにはわたしのことを誇りに思っていてほしかった。きちんと回復に向かっている、強くてしっかりした女性、そういうイメージを持っていてほしい。わたしのことで心配ばかりかけたくはない。だから絵の束はナイトテーブルにしまった。

レストランは広く、混雑していてにぎやかだった。チーズケーキファクトリーはどこもそうだ。ウェイトレスに案内されたテーブルでラッセルが待っていた。ネイビーブルーのトレーニングウェアと、ニューヨークシティマラソンにも履いたお気に入りのＨＯＫＡのスニーカー。「やあ、来たね！」とわたしをハグしてから、上から下までまじまじと見る。「どうしたんだ、クイン。よれよれじゃないか」

「どうも、コーチ。そっちも元気そう」

席についたあと、わたしは炭酸水を注文した。

「真面目な話、ちゃんと寝てるのかい」

「大丈夫。コテージが夜ちょっとうるさいだけ。でもなんとかなってるから」

「マクスウェル夫妻には言ったのかい。どうにかしてくれるかもしれないよ」

「母屋の部屋を使えばいいって勧めてくれた。でも言ったでしょ、大丈夫だから」

「しっかり休まないとトレーニングの効果も出ないぞ」

「ひと晩寝られなかっただけ。ほんとに」

話題を変えようとメニューを見ると、すべてのメイン料理の下に栄養成分が表示されていた。

「これ見た？　パスタ・ナポリターノが二千五百キロカロリーだって」

ラッセルは緑の野菜のトスサラダとグリルドチキン、ヴィネグレット・ドレッシングを別添えでと注文した。わたしは特大バーガーと、付け合わせにスイートポテトフライ。しばらくラッセルの休暇の話になった。YMCAでパーソナルトレーナーをしている女友達のドリーンと二週間ラスベガスへ行くそうだ。それでもラッセルはまだ心配げで、食事がすむと話題をわたしのことに戻した。

「ところでスプリング・ブルックは気に入ったかい。断薬会のミーティングは？」

「年寄りばっかり。あ、ごめん、ラッセル」

「週に一度は行っているかい」

「必要ない。安定してるから」

納得できない顔をしながらも、ラッセルは小言を呑みこんだ。

「友達は？　誰かと知りあう機会は？」

「ゆうべは友達と出かけた」

「どこでその彼女と知りあったんだ？」

「彼はラトガース大の学生で、夏休みで帰ってきてるの」

ラッセルは気遣わしげに眉をひそめた。「デートには少し早いだろう、クイン。まだ断薬して十九カ月だ」

「ただの友達だし」

「それで彼は、きみが断薬中なのを知ってるのか」

「きまってるでしょ、ラッセル、まっさきにその話をした。ウーバーの後部座席にいたときに過剰摂取で死にかけたこととか。駅で寝泊まりしてたころの話とか」

真面目な話なんだぞという顔でラッセルは肩をすくめた。「わたしは大学生の相談役をさんざん務めてきたんだ、マロリー。大学のキャンパスというやつは依存症の温床なんだ。社交クラブだとか、一気飲みだとか」

「本屋でごく静かに過ごしただけ。炭酸水を飲んで、音楽を聴いた。それからマクスウェル家まで送ってもらった。お行儀よくね」

「次に会うときは、本当のことを話したほうがいい。これはきみのアイデンティティの一部なんだぞ、マロリー、向きあわなきゃならない。引きのばせばのばすほど、打ち明けるのがつらくなる」

「ここに誘ったのはこのため？　お説教する気だったの？」

「いや、誘ったのはキャロラインから電話をもらったからだ。きみのことを心配している」

それは予想外だ。「ほんと？」

「最初は申し分なかったそうだ。大活躍だったと言っていたよ、クイン。きみの能力に心から満足していたんだと。だがここ数日、異変に気づいたそうだ。そんなふうに言われるときはきまって――」

「薬はやってない、ラッセル」

「そうか、よかった、安心したよ」

「わたしが薬をやってるって、キャロラインが言ったってこと？」

「きみの様子が変だと言っていた。朝の七時に表でゴミ箱をあさっているのを見たと。いったいどういうことだ？」

キャロラインは寝室の窓からわたしを見かけたにちがいない。「なんでもない。間違ってものを捨てちゃって。それを拾ってたの。それだけ」

「幽霊がどうのといった話をするとも言っていたよ。息子が取り憑かれているとか」

「ちがう、そんなことは言ってない。誤解よ」

「隣人の麻薬常用者と仲良くしているとも言っていた」

「ミッツィのこと？　話したのは二回だけ。四週間で。それだけで親友だと？」

声を落として、とラッセルが手で示す。店内は混みあってにぎやかだが、それでも周囲のテーブルの客たちがじろじろ見ている。「力になるために来たんだ、いいかい。なにか話したいことは？」

本当に話してもいいのだろうか。アニー・バレットのことを洗いざらいぶちまけてもいいのだろうか。いや、やっぱりできない。わたしの心配がとんでもなくばかげて聞こえるのはわかっている。それにラッセルにはわたしのことを誇りに思っていてほしい。

「デザートの話がいい。わたしはチョコレート・ヘーゼルナッツ・チーズケーキにしようかな」

そう言ってラミネート加工されたメニューを差しだしてみても、ラッセルは受けとらない。「話をそらすんじゃない。きみにはこの仕事が必要なんだ。クビになっても〈セーフ・ハーバー〉には戻れない。どれだけ順番待ちをすることになるか」

「〈セーフ・ハーバー〉には戻らない。完璧に仕事をするつもり、キャロラインが近所じゅうに絶賛してまわるくらいに。夏が終わっても、このままいてくれって言われるようにする。でなきゃ、スプリング・ブルックのほかの家で働くか。そういうつもりでいるから」

「父親のほうは？　テッドはどうだい」

「テッドがなに？」

「愛想よくしてくれるかい」

「ええ」

「愛想がよすぎることは？　お触りなんかされてないか」

「いま〝お触り〟とか言った？」

「言いたいことはわかるだろ。夫のほうが線引きを忘れることはたまにあるんだ。線引きすべきなのは承知していても、気にしないとか」

　二週間前に泳ぎを教わったときのことが頭をよぎった。テッドがわたしのタトゥーをひやかした夜のことが。肩に手を置かれた気はするけど、お尻を触られるのとはわけがちがう。「ラッセル、お触りなんてされてない。テッドは問題ない。わたしも問題ない。みんな問題ないの。だからデザート頼まない？」

　今度はラッセルもしぶしぶメニューを受けとる。「どれがいいって？」

「チョコレート・ヘーゼルナッツ」

　ラッセルはメニューを裏返して各料理の全栄養成分が表示されたリストに目を通した。「千四百キロカロリー？　冗談のつもりかい」

「それに糖質九十二グラム」

「おいおい、クイン。この店では毎週のように死人が出てるにちがいないな。外に出て車まで歩く途中に心臓発作でばったりさ。駐車場に蘇生担当の医者を待機させとくべきだ」

　ウェイトレスのひとりがデザートを吟味するラッセルに目を留めた。にこやかで元気いっぱいのティーンエイジャーだ。「あ、チーズケーキにします？」

「まさか。でも彼女は食べるそうだ。健康で丈夫で、残りの人生がたっぷりあるからね」

デザートのあと、ラッセルは真っ暗な幹線道路を横切らずにすむように、マクスウェル家までわたしを送ると言い張った。家の前に車をとめたときには九時半近かった。

「チーズケーキ、ごちそうさま。休暇を楽しんでね」

車のドアをあけるとラッセルが呼びとめた。「なあ、本当に大丈夫かい」

「いったい何度訊くつもり？」

「だったらなぜ震えているか教えてくれ」

なぜ震えているか？　不安だからだ。コテージに戻ってポーチに新しい絵が見つかるのが怖い、震えているのはそのせいだ。でもラッセルにはやっぱり言えない。

「飽和脂肪を五十グラムも摂ったばかりだから。身体がショック状態なのかも」

ラッセルが疑わしげに見る。相談役にはよくあるジレンマだ。相手を信用しなければならないし、ちゃんと信じていること、回復になんの不安も持っていないことを態度で示さないといけない。でも相手の様子がおかしくなったときは——暑い夏の夜に車のなかで震えだしたりしたときは——あえて悪役になって、厳しく問いただささないといけない。

グローブボックスをあけると、そこにはまだ検査カードがぎっしり詰まっていた。「テストする？」

「いいんだ、マロリー。もちろん必要ない」

「でも見るからに心配そうだけど」

「たしかに、でもきみを信頼している。そこにあるカードはきみ用じゃない」

「とにかくやらせて。大丈夫だって証明させて」

後部座席の床に重ねられた紙コップが転がっていたので、わたしはそれを拾って一個だけ手に取った。ラッセルがグローブボックスの検査カードを一枚取り、ふたりで車を降りた。コテージまでついてきてもらえるならなんでもいい。ひとりで戻るなんて無理だ。

裏庭は今夜も真っ暗だった。ポーチの切れた電灯をまだ交換していない。「どこに行くんだ、きみの住まいは？」

わたしは木立を指差した。「あの奥。すぐわかるから」

そちらへ近づくとコテージの輪郭が見えてくる。キーホルダーは出してあるので、試しにスタンガンのボタンを押すと、バチバチッと大きな音がして閃光で裏庭が照らしだされた。

「たまげたな。それはいったい？」

「キャロラインにもらったスタンガン」

「スプリング・ブルックに犯罪など起きないだろ。スタンガンなんか、なにに使うんだ」

「キャロラインが母親だからよ、ラッセル。それでいろいろ心配するの。キーホルダーにこれをつけとくって約束させられちゃって」

スタンガンには小さなLEDライトが付属しているので、それを使ってコテージのポーチをチェックした。石も絵も置かれていない。ドアの鍵をあけて明かりを点け、ラッセルをなかに通した。その目が室内を一巡する。いい部屋だと感心してみせつつ、ベテラン相談役のラッセルのことなので、問題の兆候がないかと探っているのもわかっている。「じつにすてきな部屋だね、クイン。全部ひとりで？」

「ううん、引っ越してくるまえにマクスウェル夫妻が用意してくれたの。それじゃ、一分待って。

楽にしててね」

楽しい夕食から戻ってすぐ紙コップに尿を採り、そのコップを親しい友人に渡して中身を検査してもらう――そんなことを言うとぎょっとされるかもしれない。でも一度でも施設に入ればじきに慣れてしまう。わたしはバスルームに入ってやるべきことをすませた。それから手を洗って尿のコップを持って出た。

ラッセルは落ち着かなげに待っていた。居間と寝室が兼用なので少し居心地が悪そうだ。相談する側とされる側の線引き的にまずいことでもしているように。「きみが言いだしたからやるんだよ。わたしは心配してるわけじゃない」

「わかってる」

ラッセルが検査カードをコップに浸し、そのまま先端に尿をしみこませてから、コップの上に寝かせて置いた。結果が出るのをしばらく待つ。そのあいだにまた少し休暇の話題になって、膝の調子がよければグランドキャニオンの底まで下りてみたいんだとラッセルが話した。でも長く待つ必要はなかった。検査パネルには陰性の場合は線が二本、陽性の場合は一本現れる。陰性の場合はいつもすぐに結果がわかる。

「完璧にシロだ、きみの言うとおり」

ラッセルはコップを持ってバスルームに入り、尿を便器に流した。コップと検査カードを小さく丸めてゴミ箱の底に押しこむ。最後にお湯でしっかり丁寧に手を洗った。「きみを誇りに思うよ、クイン。休暇から戻ったら電話する。二週間だ、いいね？」

ラッセルが帰ると、わたしはドアに鍵をかけてパジャマに着替えた。おいしいチーズケーキですっかり満たされているうえに、自分が誇らしくもあった。タブレット端末はキッチンで充電してあり、まだ時間も早いので映画でも見ることにした。ところがタブレットを取りにキッチンカウンターの奥にまわったとき、恐れていた絵の束が目に入った。ポーチの石の下敷きではなく、冷蔵庫にマグネットで留められている。

冷蔵庫から絵を引っぺがすとマグネットが音を立てて床に落ちた。紙は湿気でうねり、オーブンから出したばかりのようにほんのりと温かい。表が見えないようにそれをカウンターに伏せて置いた。

そして急いでふたつの窓のところへ行ってどちらも鍵をかけた。蒸し暑さで寝苦しくなりそうだが、こんなものを見つけてしまっては、気にしてはいられない。ラグをめくって床のハッチをたしかめる――ちゃんと釘で打ちつけてある。それからベッドを引きずっていってドアのバリケードにした。誰かがあけようとしたら、ドアがフットボードにぶつかって目が覚めるはずだ。

三枚の絵がどうやって冷蔵庫に貼りつけられたのか、考えられる可能性は三つ。

（1）マクスウェル夫妻。ふたりはコテージの鍵を持っているはず。テッドかキャロラインが絵を描いて、わたしがラッセルと食事に出ているあいだにコテージに入って冷蔵庫に絵を残した。でも、なぜ？　ふたりのどちらかがこんなことをしそうな理由がひとつも思いつかない。わたしは彼らの子供の安全と幸せのために働いている。なぜこんな嫌がらせをして、自分の正気を疑わせるようなことをする必要が？

（2）テディ。かわいらしい五歳のあの子が親からスペアキーをくすね、寝室をそっと抜けだして裏庭をこっそり横切り、コテージに絵を持ちこむこともありえなくはない。でもこの仮説を信じるには、テディが奇跡的な画才の持ち主だということも信じる必要がある。ただの棒人間から、奥行きと陰影のあるリアルそのものの絵へと、ほんの数日で画力が上がったことになるのだから。

（3）アーニャ。〈おやすみタイム〉のあいだにテディの寝室でなにが起きているのかはわからない。でもアーニャが本当にテディを操っているとしたら？　身体を乗っ取って、テディの手を使って絵を描いているとしたら？　そして完成した絵をどうにかしてコテージへ〝運んだ〟としたら？

そう、わかってる。そんなのばかげている。

でも、この三つの仮説のどれかだとして、三つを比べてみたらどうだろう。いちばんありそうにない説明が、いちばんもっともな説明に思えてくる。

そしてその夜、眠れずにベッドでしきりに寝返りを打ちながら、わたしは自分の考えを証明する方法を思いついた。

13

翌日のお昼時、わたしは母屋の地下に下りて段ボール箱を開きにかかった。地下室は手つかずの箱でいっぱいなのに、三箱目で目当てのものが見つかった。思ったとおりマクスウェル夫妻はベビーモニターを持っていて、それもうれしいことに最新型のようだ。送信機はHDカメラで赤外線暗視機能つき、レンズは標準モードと広角モードに切り替えられる。受信機にはペーパーバックサイズの大型モニターがついている。小さな靴の空き箱にそれを詰めこんで一階へ持ってあがり、キッチンに戻るとテディが待っていた。

「地下室でなにしてたの?」

「ちょっとのぞいてただけ。ラビオリでも作るね」

テディが食べはじめるのを待ってわたしはこっそり二階の寝室に入り、カメラを隠す場所を探した。絵がどうやって描かれるのかを知るには、描かれるところをこの目で見るしかない。〈おやすみタイム〉の寝室の様子を。

ただしカメラを隠すのは簡単にはいかなかった。大きくてごついので目立たない場所を探すのに苦労した。電源コンセントにもつながないといけない。ようやくテディのぬいぐるみの山がよさそうだと気づいた。そこにカメラを注意深く隠してスヌーピーとくまのプーさんのあいだからレンズをのぞかせる。プラグを差しこんで送信の設定をしてから、胸もとの十字架にキスをして、なにか変だとテディに気づかれませんようにと神様に祈った。

そのあとキッチンに戻って、テディの食事がすむまで隣にすわっていた。今日のテディはやけにおしゃべりで、散髪に行くのが嫌だとごねている。散髪なんて大嫌いだ、臆病なライオンみたいに髪を長く伸ばしたいと訴えられても、ろくに耳に入らなかった。居ても立ってもいられない気持ちだった。たくさんの疑問の答えがこれから明らかになる、でも心の準備ができているか自分でもわからなかった。

やっとのことでテディの食事がすんだので、〈おやすみタイム〉に入れるように二階へ上がらせた。そして急いで書斎へ行って受信機を電源につないだ。テディの寝室は真上にあるので音声も画像もばっちりだ。カメラはベッドに向けてあり、床もほぼ全体が見えている。そのどちらかにすわってテディは絵を描くはずだ。

ドアが開閉する音が聞こえた。テディが画面の右側から現れて机のところへ行き、スケッチブックと鉛筆ケースを手に持つ。そしてベッドに飛び乗った。マットレスの軽いきしみが受信機ごしに、そして頭上の天井ごしにも聞こえてくる。ステレオ放送みたいに。

テディはヘッドボードにもたれてすわり、両脚を曲げて膝の上にスケッチブックをのせた。ベッド脇のナイトテーブルに鉛筆を並べて、それから小さな鉛筆削りを手に取った。削り屑が半円形の透明プラスチックケースに溜まっていくやつだ。鉛筆を差しこんでまわし——ガリ、ガリ、ガリ——それを引き抜いて先端をたしかめる。もっと尖らせたいようだ。もう一度入れて——ガリ、ガリ——よし、という顔をする。

わたしが一瞬だけよそ見をして水を飲み、目を戻したときには、画像がちらつき、固まり、コマ落ちを繰り返していた。音声もずれている。鉛筆を削る音がまだ聞こえているのに、映像のほうはテディが新しい鉛筆に手を伸ばしたところでフリーズしている。

そのとき、テディの声が聞こえた。ほんのひとこと、囁《ささや》くような小さな声だ。「やあ」

直後に短いノイズが入る。映像が飛んでまた固まる。解像度の低いぼやけた画像だ。テディがスケッチブックから顔を上げてドアのほうを向き、画面の外の誰か、またはなにかを見ている。

「鉛筆を削ってるの」と言ってテディが笑った。「なんでって？　絵を描くから」

今度はノイズが長めに続く。リズミカルなその抑揚が呼吸を思わせる。マイクがパチパチとはじけるような音を拾い、映像がまた飛んだ。テディがカメラをまっすぐに見ていて、頭が倍の大きさに映っている。びっくりハウスの鏡に映ったみたいに身体が極端にデフォルメされていて、腕はヒレみたいにちんちくりんなのに、顔はばかに大きい。

「気をつけて」と囁き声。「そっとだよ」

ノイズが大きくなる。音量を下げようとしてもつまみが利かない。音はどんどんうるさくなって、しまいには四方八方から聞こえはじめる。スピーカーからあふれだして室内に充満しているみたいに。映像がまたスキップしたかと思うと、今度はテディがマットレスに手足を投げだして倒れていた。身体が痙攣していて、ベッドががたがた揺れる音が頭上から聞こえてくる。

わたしはホールへ飛びだして階段を駆けあがった。テディの部屋のドアノブをまわそうとしても、びくともしない。鍵がかかっている。

でなければ、あけられないようになにかが押さえているか。

「テディ！」

拳でドアを叩く。そして少し下がって、映画でよく見るように蹴りつけた。でも足が痛くなっただけだ。肩でドアにぶつかってみたが、激痛に腕を押さえて床にへたりこんだ。そのとき、テディの部屋をのぞけることに気づいた。ドアの下に一センチほどのわずかな隙間がある。脇を下にして横たわり、頭を床につけて片目をつぶって、隙間からなかをのぞいたとたん、悪臭に襲われた。濃厚なアンモニア臭の強烈パンチだ。熱い排気ガスみたいに部屋から吹きだしてくる。口いっぱいにそれを吸いこんだわたしは床を転がって、トウガラシスプレーでも食らったように喉を押さえて咳きこみ、においを吐きだそうとした。涙がだらだら流れる。心臓がすごい勢いで脈打っている。

廊下に転がったまま洟を拭き、なんとか気を取りなおして、身を起こすだけの力をかき集めようとしていたとき、ドアノブの錠がカチッと音を立てた。

どうにか立ちあがってドアをあけた。また悪臭に襲われる。強烈に濃い尿のにおいがシャワーの湯気のように室内に充満している。わたしはシャツをめくりあげて口を覆った。テディはにおいを感じていないようで、わたしの呼びかけにも気づかなかったようだ。ベッドにすわってスケッチブックを膝にのせ、右手に鉛筆を握っている。しきりに手を動かして真っ黒な太い線を何本も画用紙に描きこんでいる。

「テディ！」

テディは顔を上げない。聞こえてもいないようだ。手を止めることなく、画用紙全体に影をつけ、夜空を黒々と塗りこめている。

「テディ、ねえ、大丈夫？」

それでも返事はない。ベッドに近づこうとして、わたしはぬいぐるみのひとつを踏んづけた。ふわふわの馬がかん高くいななく。

「テディ、こっちを見て」肩に手を置くとようやくテディは顔を上げた。でも白目をむいている。目玉が裏返っているみたいだ。それでも手は止めようとせず、見えない目で描きつづけている。その手首をつかむと、肌の熱さに、腕にこめられた力の強さにはっとした。普段のテディの身体は、ぬいぐるみみたいにへなへなでやわらかいのに。抱きあげてぐるぐるまわれるほど軽いので、骨が空洞なんじゃないといつもからかっているくらいだ。なのにいまは、異様なエネルギーを内側にみなぎらせ、全身の筋肉を固くこわばらせていて、襲いかかろうと身がまえる小柄なピットブルみたいだ。

そのとき、目玉が元に戻った。

目をぱちくりさせながらテディが見る。「マロリー？」

「なにしてたの？」

テディは手にした鉛筆に気づいて放りだした。「知らない」

「絵を描いてたでしょ、テディ。見てたよ。身体ががくがく震えてた。発作でも起きたみたいに」

「ごめん――」

「謝らないで。怒ってないから」

テディが下唇を震わせる。「ごめんって言ったんだから、もういいでしょ！」

「とにかく、なにがあったか教えて！」

叫び声になっているのに気づいたが、自分を抑えられない。いま見たものすべてが怖くてたまらなかった。床に二枚の絵が落ちていて、スケッチブックに描きかけの三枚目が残っている。

「テディ、聞いて。この女の子は誰？」

「知らない」

「アーニャの娘？」

「知らないってば！」

「なぜこんな絵を描くの？」

「描いてないよ、マロリー、ほんとだって！」

「なら、なぜこの部屋にあるの？」

テディが深く息を吸いこむ。「アーニャが本物じゃないのは知ってる。ほんとはここにいないんだ。ときどき、いっしょにお絵描きする夢を見るけど、起きたら絵なんてないもん」そしてスケッチブックの存在を否定しようとするように、それを遠くへ投げ捨てた。「絵なんてあるはずないのに！　夢を見てるだけなんだ！」

それでなにが起きているかわかった。アーニャはテディが絵を見ずにすむよう、目を覚ますまえに部屋から持ち去っている。その途中でわたしが押しかけて、いつもの流れをさえぎってしまったのだ。

こらえきれなくなったようにテディがわっと泣きだしたので、両手で抱き寄せると、その身体はいつものようにへなへなでやわらかかった。普通の男の子に戻ったみたいに。わたしはテディが理解できないことを説明させようとしていた。説明なんて無理だったのだ。

テディが右手をわたしの手に預けると、小さなその指は鉛筆の粉で黒く汚れていた。わたしはテディをぎゅっと抱きしめて落ち着かせ、なにもかも大丈夫だと安心させた。

でも本当は、そんな確信はなかった。

この子がたしかに左利きだと知っていたから。

14

夕方、やってきたエイドリアンとふたりですべての絵を見なおした。ポーチに残されていた三枚に、冷蔵庫に貼られていた三枚、昼間にテディの部屋から持ち帰った三枚で、合計九枚ある。エイドリアンは紙をしきりに並べ替えた。正しい順序に並べれば、魔法のようにストーリーが明らかになるかのように。わたしも午後いっぱい頭をひねってみたものの、なにも思いつけずにいた。

黄昏のなか日が沈もうとしていた。裏庭はほの暗い灰色に包まれ、森のあちこちでホタルの光がまたたいている。母屋のキッチンの窓の奥にはキャロラインが食洗機に皿を詰めている姿が見えている。食後の片づけをするあいだに、テッドのほうは息子を寝かしつけているはずだ。

エイドリアンとわたしはコテージの階段に並んですわり、膝がくっつきそうなほど身を寄せあっていた。わたしはベビーモニターを試してみたことを話して聞かせた。テディが目で見もせず、利き手を使いもせずに絵を描くところを目撃したことを。どうかしてると言われるのも覚悟していたので——そう思われても当然だ——まともに受けとめてもらえてほっとした。絵の束に顔を近づけたエイドリアンがむせた。「うへっ、ひどいにおいだ」

「テディの部屋のにおい。いつもじゃなくて、ときどきだけど。キャロラインの話だと、おねしょするんだって」

「これはおしっこじゃないと思う。去年の夏、バーリントン郡で仕事をしたんだ。パインバレンズの近くの。空き地をきれいにしてほしいっていう依頼でね。二千平米ほどの荒地で、きみの背より高いくらいに雑草がはびこっていて、文字どおり大鉈《なた》を振るわなきゃならなかったんだ。どんなゴミが出てきたか、信じられないだろうね。古い服とか、ビール瓶とか、ボウリングのピンとか、とにかくわけのわからないがらくたばかりなんだ。でも最悪なのは鹿の死骸だった。なにしろ七月のどまんなかだったから。こっちはそこをきれいにするために雇われてるから、死骸も袋に詰めて運びださなきゃならなかった。詳しい話はしないけどね、マロリー、悲惨だったよ。一生忘れられないだろうな——なんて映画によくある科白だけど、でも本当なんだ——そのくらい最悪なにおいだった。この絵も同じにおいがする」

「どうしたらいい？」

「わからない」エイドリアンは絵の束を少し離して置いた。すぐそばにあると安心できないとでもいうように。「テディは大丈夫そう？」

「どうかな。昼間はほんとにぞっとした。肌が焼けるように熱くて。それに触った感じがテディじゃないみたいだった。あれは……なにかほかのものみたいだった」

「両親には伝えた？」

「伝えるってなにを？　〝息子さんはアニー・バレットの幽霊に取り憑かれているみたいです〟って？　もう言ってみた。とんでもないって感じだった」

「でも状況は変わった。きみは証拠を持ってる。最近描かれたこの絵を。きみの言ったとおり、テディが誰の手も借りずにこれを描けたはずがない」

「でもアーニャが手を貸したっていう証拠はない。アーニャがコテージにしのびこんで冷蔵庫に絵を残していった証拠も。そんな話、いかれてるでしょ」

「だから間違ってることにはならないだろ」

「あの夫婦のことはわたしのほうがよくわかってる。信じるはずがない。もっと調べて、確実な証拠をつかまなきゃ」

わたしたちは炭酸水を飲みながら、大きなボウルに入った電子レンジポップコーンを分けあっていた。すぐに出せる軽食はそれくらいしかなかった。ろくなおもてなしができずに情けないけれど、エイドリアンは気にするふうもなく、スプリング・ブルック公共図書館での調べ物の件を話しはじめた。母親が保管庫をチェックしてくれているものの、まだなにも見つかっていないという。「ファイルがごちゃごちゃらしいんだ。土地売買証書も、昔の新聞も、まるで整理されてないらしい。あと一週間はかかるだろうって」

「一週間も待ってられないよ、エイドリアン。なにかがわたしのコテージに入ってきてる。霊だか魔物だかわからないけど。視線を感じる夜もある」

「どういうこと？」

その感覚を表す言葉をいまだに思いつけずにいた。意識の端でなにかが奇妙にちらつく感じで、かん高いうなりのような音が聞こえることもある。ペンシルベニア大学での実験のことを話して、〝視線感知〟といった用語を知っているかと訊いてみたいけれど、過去の話につながりそうなことには触れたくなかった。すでにたくさんの嘘をつきすぎて、上手な打ち明け方がますます見つからなくなっているから。

「いいことを思いついた」とエイドリアンが言った。「うちのガレージの上に小さな部屋があるんだ。いまは誰も使ってない。何日かうちに泊まれば？　ここの仕事は続けるけど、はっきりしたことがわかるまでは別の場所で安全に寝たほうがいい」

マクスウェル夫妻に事情を説明するところを思い浮かべてみる。五歳のテディに向かって、あなたの家の裏庭には怖くて住めないから出ていくと告げるところを。

「ここは出ていかない。テディの世話をするために雇われているんだから、ここで暮らしてテディの世話をしないと」

「なら、ぼくが泊まりに来るよ」

「冗談でしょ」

「床で寝ればいい。おかしな真似なんてしない、たんに安全のためだ」エイドリアンのほうを見ると、薄闇のなかでも赤面しているのがわかった。「アニー・バレットの幽霊がコテージにしのびこんできたら、ぼくにつまずくかもしれない。それで目が覚めるだろうから、いっしょにアニーと話してみよう」

「からかってる?」

「ちがうよ、マロリー、力になろうとしてるんだ」

「人は泊められない。マクスウェル家のルールだから」

エイドリアンが声をひそめる。「毎朝五時半には目が覚めるんだ。日の出前にこっそり出ていけばいい。マクスウェル夫妻が起きるまえに。気づきやしないさ」

イエスと言ってしまいたかった。このまま夜遅くまで話していられたらどんなにいいか。どんなにここにいてほしいことか。

でも、その邪魔をしているものがひとつ。真実だ。エイドリアンが力になろうとしているのは、クロスカントリー競走で特待生に選ばれたアスリートで、大学生のマロリー・クインのままなのだ。彼はわたしが元ジャンキーのろくでなしのマロリー・クインだとは気づいていない。わたしの妹が亡くなっていて、母はわたしと口を利こうとしないことも知らない。この世でもっとも大事なふたりを失ったことを知らない。そんなことはとても打ち明けられない。自分でもまともに受け入れられていないのに。

「ほら、マロリー。イエスと言ってよ。きみが心配なんだ」

「わたしのことなにも知らないじゃない」

「なら話して。教えてよ。なにを知っとけばいい？」

でも教えられない。いまこそ彼の助けが必要だからだ。あと何日かは過去を伏せておかないといけない。そのあとすべてを打ち明けることにする、絶対に。

エイドリアンがわたしの膝にそっと手を置いた。

「きみが好きなんだ、マロリー。力にならせてよ」

エイドリアンが思いきったように身を寄せてくる。誰かにキスされそうになるなんて久しぶりだ。わたしもキスしてほしい、でも困る。だからゆっくりと彼が近づいてくるあいだも身を固くしてじっとしていた。

そのとき、庭の向こうの母屋で引き戸があいてキャロラインが現れた。本とワインボトルと柄の長いグラスを手にしている。

エイドリアンがぱっと離れて咳払いした。

「えっと、もう遅いね」

わたしも腰を上げた。「ほんと」

ふたりで裏庭を戻って母屋の表にまわり、敷石の小道を歩いて車二台の幅がある私道へ出た。

「さっきの話、気が変わったらいつでも言って。まあ、心配はないと思うけど」

「なんで？」

「うん、このなにかを――霊だか魔物だかわからないけど――見たことはある？」

「ううん」

「なにか聞こえたことは？　不気味なうめきとか物音とか。夜中に囁き声がするとか」

「とくにない」

「ものに悪さすることは？　壁の絵を落っことしたり、ドアをばたんといわせたり、明かりを点けたり」

「ううん、それもない」

「だろ？　きみを怖がらせる方法なんかいくらでもあるのに。だから、できないか、やらないかだ。たぶんなにかを伝えたいだけだと思う。もっと絵が増えて、全部そろったときに、なにを訴えたいのかわかるんじゃないかな」

そうなんだろうか。わからない。でも、エイドリアンの冷静で確信に満ちた口調がうれしかった。自分の抱えた問題がどれも対処できるものに思えた。

「ありがと、エイドリアン。信じてくれてうれしい」


コテージに戻る途中、パティオにいるキャロラインに呼びとめられた。「友達ができたみたいね。わたしがびっくりさせちゃったんじゃない？」

大声を出さずにすむようにわたしは庭を突っ切って近づいた。「彼、ここに来てる庭師のひとりなんです。〈芝生王《ローン・キング》〉の」

「ええ、知ってる、エイドリアンとは何週間かまえに挨拶したから。あなたが来る少しまえにね。

テディはトラクターに興味しんしんでね」キャロラインがワインをひと口飲む。「彼、ハンサムよね、マロリー。とくに、あの目！」

「ただの友達です」

肩がすくめられる。「わたしには関係ないわね。でもここから見てたら、ずいぶん近くにすわっていたみたいだけど」

顔が赤らむのがわかった。「ちょっとだけ近かったかも」

キャロラインは本を閉じて脇に置き、すわって、と合図した。「彼、どんな人？」

わたしはエイドリアンが三ブロック先に住んでいること、家業を手伝っていること、そしてニューブランズウィックのラトガース大学で工学を学んでいることを話した。「彼は読書が好きで、本屋で偶然顔を合わせたんです。それにスプリング・ブルックじゅうの人と知り合いみたい」

「なにか気になる点は？　欠点はないの？」

「いまはまだなにも。スター・ウォーズおたくっぽいところとか？　その、コスプレしてコンベンションに参加してても驚かないというか」

キャロラインが笑った。「最大の欠点がそれくらいなら、わたしだったらレイア姫のコスプレで彼に飛びついちゃうかも。次はいつ会うの？」

「まだ決まってなくて」

「こっちから押してみるのはどう？　うちに招待するの。プールを使ってくれていいから、そこでいっしょにランチを食べたら？　テディもエイドリアンと遊べるなんて大喜びよ」

「ありがとうございます。そうしてみようかな」

数分のあいだ心地いい沈黙が流れ、夜の静けさを楽しんだあと、キャロラインが本を手に取った。

読み古されてたくさんの書きこみがある。表紙にはエデンの園でリンゴに手を伸ばす全裸のイヴと、そばにひそんだ蛇が描かれている。

「聖書ですか」

「いえ、詩よ。『失楽園』。大学時代はよく読んだけど、いまは一ページも続けて読めないの。根気がなくなってしまって。子育てに集中力を奪われてしまったみたい」

「コテージに『ハリー・ポッター』の一巻がありますけど。テディに読んであげようと思って図書館で借りたんです、よければ持ってきましょうか」

わたしが滑稽なことでも言ったように、キャロラインはにっこりした。「そろそろなかへ入るわね。もう遅いし。おやすみ、マロリー」

キャロラインが母屋に入ったので、わたしも広い庭を歩いてコテージに戻った。ヘイデン渓谷のほうからまたなにかの足音が聞こえてきた。今度もまた鹿か、酔っぱらったティーンエイジャーか、それとも死者たちかもしれない。でももう、その音に怖気《おじけ》づいたりはしなかった。

エイドリアンの言うとおりだと思うことにしたから。

アーニャを怖がる必要はない。

わたしを傷つけようとはしていない。

わたしを怖がらせようともしていない。

なにかを伝えようとしているのだ。

だけどもうテディに霊媒をさせるわけにはいかない。

15

翌朝、わたしはエイドリアンをお昼のプールパーティーに招待したとテディに伝え、ふたりでとびきりのピクニック料理を作りにかかった。グリルドチキンサンドにパスタサラダ、フルーツサラダ、搾りたてのレモネード。テディははりきって全部の皿をプールサイドへ運び、わたしは日陰で食事できるようにガーデンパラソルを開いた。

エイドリアンにはまえもって計画を知らせて、ミッツィとわたしが降霊盤を試すあいだテディの面倒を見てもらうことにしてあった。正午きっかりに、エイドリアンが水着とラトガース大学スポーツチーム〈スカーレット・ナイツ〉の赤いTシャツ姿でやってくると、テディはプールサイドを飛んでいって歓迎した。背丈は百二十センチもないのに、いつのまにかチャイルドゲートのあけ方を覚えてしまっている。そしてウェイターになりきって「うちのレストランへようこそ」とエイドリアンを迎え、テーブルの前へ案内した。

エイドリアンは並んだ料理に目をみはった。「ここで一日じゅう食べていられたらな！　でもエル・ヘフェが一時間しかくれないんだ。それを過ぎたら探しに来るだろうから、みんなが嫌な思いをすることになる」

「急いで食べれば泳げるよ！」とテディが言う。「そのあと、かくれんぼも！」

わたしはエイドリアンに山ほど注意事項を伝えた。テディに浮き輪をさせてね、プールの端の浅いところでもこの子には深すぎるから、と何度も念押しした。緊張でなにも喉を通らず、コテージのほうにたびたび目をやってしまう。そこでミッツィが一時間ほどかけて〝交霊会《ギャザリング》〟の準備をしている。計画が成功する保証はないとミッツィには言われていた。本当はテディが降霊盤のそばにいるのが理想的な状況なのだからと。それでも、二十メートルほどの距離ならなんとかなるかもしれないとのことだった。わたしもそれ以上の危険は冒せない。

遊びたくてたまらないテディはサンドイッチを半分食べただけで満腹だと言った。わたしのほうも準備オーケーだと見て取ったエイドリアンは、料理をかきこんで、片腕でテディを抱えあげた。

「準備はいいかい、ミスター・T?」

テディがきゃっきゃと歓声をあげる。

ここからが肝心だ。

「テディ、ちょっとのあいだエイドリアンが見ててくれるけど、かまわない? わたしはコテージで用があるから」

思ったとおり、テディは大喜びした。プールサイドの先まで駆けていって、エイドリアンが――エイドリアンが‼――ベビーシッターになってくれるんだ、と大興奮で両腕をばたつかせている。

「注意して見ててね。目を離さないようにして。一秒もね。あの子になにかあったら――」

「平気だよ。こっちこそきみが心配だ。ウィジャボードを使うのは初めて?」

「中学時代以来かな」

「気をつけて、いいね? 必要なら大声で呼んで」

わたしは首を振った。「コテージには近づかないで。たとえわたしたちの悲鳴が聞こえても。なにをしてるか、テディに知られたくない。親が聞いたら激怒間違いなしだから」

「でも、もし問題が起きたら？」

「ミッツィはこういうことなら百回はやってるって。安全そのものだそうよ」

「ミッツィが間違ってたら？」

なにも心配はないと答えたものの、きっぱり断言できたかどうかは自信がない。午前中はミッツィから携帯に六回も電話があって、重要な注意点や禁止事項を伝えられていた。香水は禁止。メイクも帽子もスカーフも、爪先が出た靴もだめ。かけてくるたびにミッツィの声は落ち着きを失っていた。神経経路の〝流れをよくする〟ためにＴＨＣを使っているそうで、やりすぎで神経過敏になっているのではと心配だった。

テディが駆けもどってきてエイドリアンの膝にぶつかり、あやうくプールに落としそうになった。

「話は終わった？　もう泳いでもいい？」

「ふたりで楽しんでて。すぐ戻ってくるから」


コテージに戻ってみるとミッツィの準備はすんでいた。キッチンカウンターには解説書が積みあがり、窓は分厚い黒布で覆われて光が完全にさえぎられている。ドアをあけたまま暗がりに目を慣らそうとまばたきしていたとき、ミッツィが外をのぞいてＴシャツを脱ぎ捨てるエイドリアンを見ているのに気づいた。「おやおや。どこであんなにハンサムなスカーレット・ナイトを見つけてきたの」

芝刈り用の作業服を着ていないせいで、エイドリアンだとは気づいていないようだ。ほんの数週間前にレイプ魔だと決めつけたのと同一人物だとは。

「通りの先に住んでるんです」

「子供を預けても心配ない？　邪魔が入るようなことは？」

「大丈夫」

ドアを閉じるとお墓のなかに封印されたような気がした。セージを焚《た》いているせいで森のにおいが立ちこめている。ミッツィによれば悪霊の妨害を防ぐためだそうだ。部屋のまわりには数本の灯明がともされ、あたりがなんとか見えるだけの明るさが保たれている。黒布をかけたキッチンテーブルの中央に木製の降霊盤が置かれていて、小さな透明の粒がそれを丸く囲んでいる。「海塩よ。用心しすぎかもしれないけど、あんたは初めてだから念のために」

はじめるまえにミッツィはわたしの持っている絵をすべて見ておきたいと言った。絵の枚数はさらに増えていた。朝早くに目が覚めたとき、ドアの下から差しこまれたように、床の上に新たな三枚が置かれていたからだ。

ミッツィはとくに三枚目の、女性の横顔の絵が気になるようで、遠くの地面に立つ人影を指差して訊いた。「こっちに近づいてきてるのは？」

「遠ざかってるように見えるけど」

ミッツィが寒気に襲われたみたいに身を震わせ、それから気を取りなおして言った。「それも訊いてみないと。準備はいい？」

「わからない」

「トイレに行く必要は？」

「いいえ」

「携帯はオフにした？」

「ええ」

「なら、準備完了ね」

向かいあってテーブルについた。ふたりのあいだには三脚目の椅子を用意してアーニャのために空けてある。コテージの暗がりに包まれていると、ここがもうスプリング・ブルックではないような気がしてくる。というより、スプリング・ブルックにいながら、同時に別の場所にもいるような感じだ。空気も変わってきて、重く息苦しくなっている。テディの笑い声も、エイドリアンが「大砲だ！」と叫んでザブンとプールに飛びこむ音もまだ聞こえているけれど、どの音も少しひずんでいて、接続の悪い回線ごしに聞いているみたいだ。

ミッツィが小さなハート型をしたプランシェットというプレートを盤の中央に置き、指を添えてと促した。プランシェットの裏には小さな車輪つきの真鍮のキャスターが三カ所に取りつけられていて、ごく軽く押しただけですっと離れていく。「動かしちゃだめ、押さないで。すべてを委ねないと」

わたしは力を抜こうと指を曲げ伸ばしした。「ごめんなさい」

ミッツィがプランシェットの反対側に指を添える。そして目を閉じた。

「それじゃ、マロリー、交信をはじめるからね。わたしが霊を呼びだす。でもうまくやりとりできそうなら、あんたにも質問できるようにする。まずは、目を閉じてリラックスして。大きく深呼吸をするの、鼻から吸って、口から吐く」

不安でたまらず、それに少し気恥ずかしい。でもミッツィの声を聞いて落ち着いてきた。自分も相手に倣《なら》おうと、姿勢と呼吸を真似てみる。漂う香りが筋肉をリラックスさせ、心を静めていく。日々の心配も気がかりも、すべてが遠ざかっていく。テディのことも、マクスウェル夫妻のことも、ランニングのことも、断薬のことも。

「ようこそ、霊よ」ミッツィの声の大きさに驚いて、わたしははっと身を固くした。「ここは安全な場所です。よくお越しくださいました。ぜひお話しをしましょう」

コテージの外ではプールの音がまだ聞こえている。大騒ぎで脚をばたつかせ、水を跳ねあげる音が響いている。でも意識を集中させてどうにかそれをシャットアウトする。指先の力を抜いて、押さないように気をつけながらプランシェットに触れたままにした。

「アニー・バレットはいますか。ぜひともアニー・バレットと話をしたいのです」とミッツィが続ける。「そこにいますか、アニー？　聞こえますか」

硬い木の椅子にすわっているうちに、お尻が触れている座面と肩甲骨に押しつけられた背板が気になりだした。ほんのかすかな動きも見逃さないよう、プランシェットをひたすら見つめる。焚かれたセージがパチパチと音を立てている。

「それではアーニャは？　アーニャはいますか。聞こえますか、アーニャ？」

重くなってきた瞼《まぶた》をそのまま閉じた。催眠術にかかったみたいだ。それか、一日の終わりに温かいベッドに入って心地いい毛布にくるまり、眠りに落ちようとする瞬間にも似ている。

「そこにいますか、アーニャ？　話をさせてもらえませんか」

答えはない。

裏庭の音はもう聞こえない。耳に入るのはミッツィの荒い息遣いだけだ。

「力になりたいのです、アーニャ。どうか、話を聞かせてください」

そのとき、なにかがうなじを撫でた。誰かが椅子の後ろを通ったみたいに。振りむいても誰もいない——でも、盤面に向きなおると、誰かが背後からのぞきこんでいるのを感じる。やわらかな長い髪が頬のそばに垂れかかり、肩にすっと触れた。なにか重みのあるものが手に添えられ、軽く押しだすように力がかかって、プランシェットを前に進めようとする。車輪のひとつがかすかにきしみ、ネズミが小さく鳴いたような音を立てる。

「ようこそ、霊よ！」ミッツィがこちらを見てにっこりした。いまわたしに起きていることには気づいていないみたいだ。わたしの後ろにいるものが見えてもいなければ、気配を感じてもいないらしい。「お答えくださり、感謝します！」

温かい息がうなじをくすぐり、全身に鳥肌が立つ。手首から先にさらに力がかかって、プランシェットがゆっくり円を描きながら盤の中央へと進んでいく。

「アーニャ？」とミッツィ。「あなたはアーニャですか」

盤面にはアルファベット二十六文字と〇から九までの数字が並んでいて、その上の左右の隅には〝YES〟と〝NO〟の文字がある。呆然としたまま、ただただ眺めていると、プランシェットが少しのあいだ〝I〟の文字の上で止まり、続いて〝G〟〝E〟の順に移動した。ミッツィは指を四本プランシェットに添えたまま、空いたほうの手に鉛筆を持ってノートに結果を記入している。〝I-G-E?〟その額に汗が浮きでる。わたしのほうを見て動じるなと首を振る。

「ゆっくりと話してください、霊よ。時間はたっぷりあります。あなたのことを知りたいのです。あなたはアーニャですか」

プランシェットが〝N〟から〝X〟、そして〝O〟へと動く。

「寄りかかってるじゃない」ミッツィが声を尖らせた。わたしに話しかけたのだ。

「え?」

「テーブルに。押してるでしょ、マロリー」

「わたしじゃない」

「椅子の背にもたれなさい。背筋を伸ばして」

わたしはすっかり怯えてしまい、否定することも、本当のことを伝えることもできなかった。いまなにが起きているにしろ、邪魔はしたくない。

「霊よ、どうぞあなたのメッセージを! おっしゃりたいことがあればなんなりと!」

わたしの手にまた力がかかり、プランシェットが速さを増して盤上を動きまわる。次から次へとあちこちの文字の上で止まっては、霊のつぶやきを紡《つむ》いでいく。〝L-V-A-J-X-S〟。ミッツィはすべてを書き留めているが、だんだんと表情が険しくなっていく。結果はまるでアルファベットスープみたいにごちゃごちゃで意味不明だ。

プランシェットは怯えて震える小動物の心臓のようにカタカタ鳴りながら盤上を駆けめぐり、ミッツィが片手で必死にそれを書き留めていく。空気が重くよどんで、息が詰まる。目に涙がにじむくらいなのに、なぜ煙感知器が作動しないんだろう。そのときミッツィが指を離した。プランシェットはそのまま動きつづける。わたしの手が盤の奥へそれを押しやり、テーブルの端から床に落とした。カタン、と音が鳴る。ミッツィがかんかんに怒って立ちあがった。「やっぱり！　押してたでしょ！　最初からずっと押してたんだね！」

手から重みが消え、いきなりトランス状態から覚めた。とたんに意識が部屋に戻る。いまは木曜日の十二時四十五分、外ではエイドリアンが「シックス・ミシシッピ、セブン・ミシシッピ……」と十まで数える声が聞こえていて、ミッツィがわたしをにらみつけている。

「アーニャがやったの。わたしじゃなくて」

「見てたよ、マロリー。ちゃんと見たんだ！」

「エイト・ミシシッピ！」

「アーニャがわたしの手を動かしたんです。わたしを操ったの」

「パジャマパーティーとはわけがちがうんだよ。これはゲームじゃない。わたしの商売なの、だから真剣なんだよ！」

「ナイン・ミシシッピ！」

「あんたはわたしの時間を無駄にした。一日丸ごと無駄にしたんだ！」

そのとき突然、光が差しこんでわたしはまばたきした。コテージのドアが開いていて、テディがポーチに立って暗がりをのぞきこんでいる。静かに、とテディが人差し指を口にあてた。庭にいるエイドリアンが呼びかけた。「テン・ミシシッピ！　もういいかい、探しに行くぞ！」

テディが部屋にすべりこんで静かにドアを閉じた。室内を見まわして、灯明や暗くした窓や海塩の輪に目を輝かせる。「なんの遊び？」

「坊や、これは降霊盤というの」ミッツィがそう言って、よく見えるようにテディを招き寄せた。「正しく使えば交信の道具になる。死者と話すためのね」

ミッツィの言葉が信じられないのか、テディがたしかめるようにわたしを見た。「ほんとに？」

「ううん、ちがう」わたしはすぐに立ちあがってドアのところへテディを連れもどした。「ただのおもちゃ、ゲームだよ」テディから両親に降霊会のことが伝わるのだけは避けたい。「ごっこ遊びをしてただけ。本当に死者と話せるわけじゃない」

「本当ですとも」ミッツィが言う。「降霊盤のパワーに敬意を払えば。真剣に取り組みさえすればね」

ドアをあけると、庭にいるエイドリアンがテディを探してヘイデン渓谷のほうへ向かおうとするのが見えた。「こっちよ」

エイドリアンが走ってくると、テディはわたしの脚のあいだをすり抜けて芝生の上を駆けだした。かくれんぼの続きをするつもりらしい。

「ごめん」とエイドリアンが言う。「テディにはプールサイドから出るなと言っといたのに。台なしになってなければいいけど」

「もうなってたよ」ミッツィが片づけにかかり、灯明を拭き消して、セージの皿を集める。「このコテージには霊なんていない。最初からね。この子が人の気を引こうと話をでっちあげただけ」

「ミッツィ、ちがうの！」

「この盤はもう百回は使ってる。あんなふうに動いたことなんかいっぺんもないの」

「誓って本当だから――」

「誓うなら、ここにいるスカーレット・ナイトの彼氏にするんだね。肩にすがって泣けば、同情してくれるでしょうよ。でも金輪際《こんりんざい》、わたしの時間を無駄にさせないで」

ミッツィは本をバッグに突っこむとわたしを押しのけるように通りすぎ、もつれる足でポーチの階段を下りた。

「なにがあったんだ？」

「アーニャが現れたの、エイドリアン。コテージのなかに。嘘じゃない、わたしの後ろに立ってるのを感じた。腕を動かされるのも。でも、文字の並びはめちゃくちゃだった。まともな綴りになってなくて。それで途中でミッツィがキレて、わたしに怒鳴りだしたの」

ポーチに立ってミッツィのほうを見ると、よろめきながら芝地を歩いていくところだった。右に左にふらふらしてばかりで、まっすぐ進めずにいる。

「大丈夫かな」

「まあ、かなり薬でハイになってるけど、それも手順の一部みたい」

しょげた顔のテディが庭を戻ってきた。なにかまずいことが起きて大人たちが動揺しているのに気づいたようだ。それでも期待をこめた声で「誰が鬼になる？」と訊いた。

悪いけどもう行くよとエイドリアンが言った。「戻らないとエル・ヘフェがかんかんだ」

「わたしが鬼になる。ちょっとだけ待ってて」

望んでいた答えとは明らかにちがったようだ。テディはがっかりした顔でとぼとぼと庭を引き返してプールサイドに戻っていった。

「きみは大丈夫？」

「うん、平気。ただ、テディが両親になにも言わないでいてくれたらいいんだけど――」

いいや、きっと言うはずだ。

16

プールパーティーのあと、テディが寝室に上がって〈おやすみタイム〉を過ごすあいだ、わたしは一階の書斎を出なかった。二階で起きていることを知りたくない気がした。あれこれ探ろうとしないほうが身のためかもしれない。

午後はふたりで遠出をして〈魔法の森〉まで出かけた。〈黄色いレンガの道〉から〈ドラゴンの小道〉を進み、〈王家の川〉へと歩きながら、わたしはマロリー姫とテディ王子の物語を新しくこしらえようとした。でもテディ王子が話したがるのは降霊盤のことばかりだった。電池は要るの？どうやって死んだ人を呼びだすの？　ほんとに死んだ人を呼びだせるの？　エイブラハム・リンカーンはどう？　わたしは「わからない」と繰り返して、テディが興味をなくすのを待った。なのにテディは、降霊盤はいくらで買えるのか、自分で作ることはできるのかを知りたがった。

キャロラインがいつもの時間に帰宅すると、わたしは急いで長いランニングに出た。家から離れてストレスを発散させたかった。七時近くに戻るとテッドとキャロラインがコテージのポーチで待っていた。ふたりの顔を見た瞬間、ばれたとわかった。

「調子よく走れたかい」テッドが訊いた。

軽い調子で、穏やかに話をするつもりのように見える。

「ええ、かなり。十五キロ近くは走りました」

「十五キロだって？　それはすごい」

でもキャロラインは無駄話をする気はないらしい。「わたしたちに言うことはない？」

校長室に連れていかれてポケットを空にしろと言われたような気分になった。とぼけることしかできない。「どうかしたんですか」

一枚の紙が手に押しつけられた。「夕食のまえにこの絵を見つけたの。テディは見せたがらなかった。隠そうとしたのよ。でも取りあげた。さあ、この絵を見て、いますぐあなたをクビにするべきじゃない理由があるなら言って」

テッドがその肩に手を置く。「大げさにするのはやめよう」

「指図はやめて、テッド。マロリーを雇っているのは息子を任せるためよ。なのに庭師にあの子を預けた。ウィジャボードで遊ぶために。それも、隣のジャンキーと。どこが大げさだっていうの？」

その絵はコテージのポーチと冷蔵庫に残された暗く不穏なものとはまるで別物だった。テディが描いた棒人間の絵だ。わたしとミッツィらしき怒った女が、長方形のなかに文字や数字が書かれたものをはさんですわっている。

BX03
A
1 4 0 1 1

「やっぱり！」

キャロラインが眉をひそめた。「やっぱりって？」

「アーニャがいたんです！　降霊会の場に！　ミッツィはわたしがポインターを動かしたと怒ったけど、やったのはアーニャだったんです、あれを動かしていたのは。テディにはアーニャが見えた。この絵が証拠です！」

キャロラインが当惑顔で目を向けると、テッドはわたしたちをなだめるように両手を上げた。

「みんなで深呼吸しよう、いいね？　まずは状況をはっきりさせよう」

ふたりが困惑するのは当然だ。わたしが見たものをまったく見ていないのだから。絵を見せないと話を信じてはもらえない。わたしはコテージのドアをあけてふたりをなかに通した。絵の束を取りだしてベッドの上に四角く並べる。「見てください。紙に見覚えがあるでしょ？　テディのスケッチブックを破いたものです。このあいだの月曜日、最初の三枚をポーチで見つけました。テディに訊いたら、なにも知らないって。次の日の夜、ラッセルと夕食に出たんです。コテージの鍵はかけてありました。でも戻ったとき、冷蔵庫にまた絵が三枚あったんです。それでテディの部屋にカメラをしかけて――」

「なにをしかけたですって？」

「ベビーモニターを。地下室で見つけました。そのカメラで、〈おやすみタイム〉のあいだにテディが絵を描くところを見ていたんです」と、次の三枚を示す。「この目で見たんです、テディがこれを描くのを。それも右手を使って」

キャロラインが首を振る。「残念だけど、マロリー、五歳の男の子よ。テディに特別な才能があるのはたしかだけど、さすがに無理が――」

「そうじゃないんです。テディがこれを描いたんじゃない。アーニャです。アニー・バレットの霊の。その霊がテディに会いに部屋に現れるんです。操り人形みたいに利用するために。あの子の身体をうまく操ってこの絵を描いて、コテージに届けに来るんです。わたしになにか伝えようとして」

「マロリー、ちょっと待ってくれ」

「アーニャがテディに近づかずにすむように、降霊会を試してみたんです。交信しようと思って、直接アーニャと。テディを関わらせないように。でも途中で問題が起きた。うまくいかなかったんです」

そこで言葉を切ってグラスに水を注ぎ、喉に流しこむ。「まともじゃないと思われるのはわかってます。でも証拠がある。見てください、ここにある絵を。次々に現れて、なにかを訴えているんです。どういう意味なのかいっしょに考えてください、お願いです」

キャロラインは椅子にすわりこんで両手で顔を覆った。どうにか話をまとめようとするように、テッドが平静を装って言う。「もちろんいっしょに考えるよ、マロリー。包み隠さず、正直に話してくれてよかった。でも絵の意味を考えるまえに、いくつか事実を確認する必要がある、いいね。もっとも重要な点は、幽霊は存在しないということだ」

「証明はできないでしょ」

「存在しないことを証明するのは無理だ！　逆に言えばだ、マロリー、アニー・バレットの幽霊が存在するという証拠もないだろう」

「この絵が証拠になるでしょ！　どれもテディのスケッチブックの紙に描いたものです。あの子が描いたんじゃないなら、アニーの魔力でコテージに運ばれたんじゃないなら、どうやってここに?」

キャロラインが小さなナイトテーブルに目を留めたのがわかった。そこにわたしの携帯電話とタブレット端末、聖書、そして先月マクスウェル家に来たときにテディにもらったまま使わずにいたスケッチブックが置いてある。

「嘘でしょ。まさか、わたしが描いたと?」

「そんなことは言ってない」そう答えながらキャロラインが頭をめぐらせ、考えを組みたてているのがわかる。

そもそもこの子には記憶に問題があるのでは、とか。

たしか先週、テディの鉛筆がひと箱なくなったはず、とか。

「テディに訊いてみてください。嘘は言わないはずです」

一分後には裏庭を突っ切って二階のテディの部屋にいた。テディはもう歯磨きをすませて消防車柄のパジャマに着替えていた。ベッド脇の床にすわって積み木で家をこしらえ、小さな部屋にプラスチックの動物を並べている。こんな様子のわたしたちをテディに見せるのは初めてだった。すっかり気が立ったまま、三人そろって部屋に押しかけることなど一度もなかった。テディもすぐになにかあったと悟ったようだ。

テッドがベッドに近づいて息子の髪をくしゃっと撫でた。「やあ、ビッグボーイ」

「大事な質問があるの。本当のことを答えてね」キャロラインが絵の束を床に広げる。「これ、あなたが描いたの?」

テディが首を振る。「ううん」

「描いたのを覚えてないだけです。トランス状態っぽくなるから。半分麻酔が効いたみたいに」

深刻な空気にならないように、キャロラインが息子の隣にしゃがんでプラスチックのヤギで遊びはじめる。「アーニャが絵を描くのを手伝ってくれた？　なにを描けばいいか教えてくれたりした？」

わたしが視線を送っても、テディは目を合わせようとしない。「アーニャが本物じゃないのはわかってる」と両親に向かって答える。「頭のなかだけにいる友達だから。本物の絵なんて描けないよ」

「もちろん描けないわね」キャロラインがその肩に手を置いてぎゅっと力をこめる。「そのとおりよ、坊や」

自分の頭がおかしくなりかけているような気がしてきた。これではまるで、目の前にあるものをみんなで見えないふりしているみたいだ。二足す二は五だといきなりみんなで決めたみたいだ。

「でも、この部屋は嫌なにおいがするでしょ？　見てください、窓はあいてるし、エアコンも作動してる、シーツもきれいなまま。シーツは今日洗ったし、毎日洗ってる、なのにいつもこの部屋は変なにおいがする。硫黄とかアンモニアみたいな」黙って、とキャロラインがにらみつける。でもわたしの言いたいことがわかっていないだけだ。「テディのせいじゃない、アーニャなんです！これはアーニャのにおいです。腐りはてた――」

「やめるんだ」テッドがさえぎる。「いいから、ちょっと黙ってくれ。きみが動転しているのはわかる。話はちゃんと聞くから、いいね。だが、問題を解決するには事実を確認する必要がある。明白な真実を。率直に言うがね、マロリー、ぼくは嫌なにおいなんて感じない。この部屋のにおいは清潔そのものだ」

「わたしも」とキャロライン。「変なにおいなんて感じない」

やっぱりわたしの頭がおかしいのかもしれない。頼みの綱のはずのテディはまだ目を合わせてくれない。「ねえ、テディ、まえに話したでしょ。においがするのはアーニャのせいだって」

テディは首を振って下唇を噛んでいたかと思うと、わっと泣きだした。「わかってるよ、アーニャが本物じゃないって」と母親に向かって訴える。「頭のなかにいるだけなんだ。見えてるふりをしてるだけ」

キャロラインがテディを抱き寄せた。「そう、そうよね」と慰めながら、わたしのほうを見る。「もう行って」

「待って――」

「だめ。話はもう終わり。テディはベッドに入る時間だし、あなたもコテージに戻って」

泣きじゃくるテディを見て、キャロラインの言うとおりだとわかった。わたしにできることはもうない。絵を拾い集めて部屋を出ると、テッドが一階までついてきた。

「テディは嘘をついてるんです。あなたたちが聞きたがっているとおりのことを言えば、面倒なことにならないから。でも本心じゃない。わたしのほうを見ようとしないし」

「見るのが怖かったのかもしれない。本当のことを言ってきみに怒られるのが」

「これからどうなるんです？　わたしはクビですか」

「いや、マロリー、そんなわけはない。今夜はいったん頭を冷やそう。冷静になるために。それでどうだい」

どうだろう？　わからない。冷静になる必要があるとは思えない。いまでも自分が正しく、向こうが間違っていると信じているし、パズルのピースはだいたいそろったから、あとは正しい順番に並べるだけだと思っている。

テッドがわたしを抱き寄せた。

「いいかい、マロリー、ここは安全だ。なんの危険もない。きみに怖い思いはさせないよ」

そして、ランニングの汗がまだ引いていないのに——ひどいにおいがするはずなのに——さらに強く抱きしめて髪を撫でた。ほんの一、二秒で安堵は違和感に変わった。生温かい息が首に吹きかけられ、全身を押しつけられ、身を離そうにも離せない。

そのときキャロラインが階段を下りてくる足音が聞こえた。テッドがぱっと離れ、わたしもくるりと背を向けて、キャロラインと顔を合わせないように裏口からそっと外へ出た。

いまのがなんだったのかわからない。でもテッドの言うとおりだった。

誰かが今夜、頭を冷やすべきなのはたしかだ。

17

コテージに戻ると携帯電話にエイドリアンから二文字のメッセージが入っていた――〝吉報〟。電話するとワンコールで彼が出た。

「図書館で見つかったんだ」

「アニー・バレットの写真かなにかが？」

「もっとすごい。彼女の画集だよ」背後でがやがやと声がしている。男女が笑っているので、エイドリアンはバーにでもいるのかもしれない。

「いまから会う？」

「ああ、でもこっちへ来てほしいんだ。うちの家に。親が夕食会を開いてて、ぼくもお客といっしょに食事させられててさ。でもきみが来てくれたら逃げだせる」

いまはランニングウェアのままで、ストレッチもすんでいないし、十五キロ近く走ったせいで喉はからから、お腹もぺこぺこだ。それでも三十分で行くと答えた。一日くらいストレッチをサボっても死にはしない。

水を一杯飲みほし、さっとサンドイッチを作って食べ、シャワーに飛びこんだ。三分後には、キャロラインにもらった服のなかでとびきりの一枚、かすみ草の柄のミントグリーンのミニワンピースに足を突っこんでいた。そして急いで〈花のお城〉へ向かった。

ドアをあけてくれたのが夫妻ではなくエイドリアンだったのでほっとした。服装はカントリークラブ風カジュアル、ピンクのポロシャツをチノパンにベルトでタックインしている。

「絶好のタイミングだ。いまデザートが出たところだよ」そこでエイドリアンは身を寄せて声をひそめた。「ところで、きみがなんでアニー・バレットに興味を持っているのか、親たちに訊かれたんだ。だから、コテージの床下に隠されてたスケッチを見つけたんだと言っといた。アニーが描いたものかどうか知りたいんだってね。ちょこっと嘘をついとくほうが、本当のことを話すより面倒がないから」

「わかる」とわたしは答えた。よくよくわかっている、エイドリアンよりずっと。

〈花のお城〉はマクスウェル家の母屋よりずっと大きく、それでいて内部は小ぢんまりとして温かみがあり、くつろげる雰囲気だった。家具はミッションスタイルで統一され、壁には家族の写真や中南米の地図がたくさん飾られていて、一族の歴史を感じさせる。アップライトピアノに、陶芸品でいっぱいのガラスキャビネット、窓辺を飾る青々とした観葉植物。足を止めてひとつひとつ見てまわりたいところだけど、エイドリアンはそのまま騒がしいダイニングへ入っていく。テーブルには十人以上の中年男女が集まっていて、ワイングラスやデザートの皿がずらりと並んでいた。同時に五つもの会話が進行中で、エイドリアンが両手を振って合図するまで誰もわたしたちに気づかなかった。

「みなさん、こちらはマロリー。夏のあいだベビーシッターとして働いているんだ、エッジウッド通りの家で」

テーブルの主人席にいるイグナシオがグラスを掲げ、赤ワインを手にこぼした。「それになんとなんと、ビッグ・テンの選手でもある。ペンシルベニア州立大で長距離をやっているんだそうだ！」

お客たちはウィンブルドンで勝利したばかりのセリーナ・ウィリアムズが来たみたいに大騒ぎした。エイドリアンの母親のソフィアが空いたグラスにマルベックを注いでまわりながらやってきて、すまなそうにわたしの肩に手を置いた。「ごめんなさいね。あの人、ちょっとアチスパードなの」

「酔っぱらってるって意味さ」とエイドリアンが通訳してから、ダイニングにいるお客をひとりずつ指差して紹介してくれた。大勢すぎて名前は覚えられない。スプリング・ブルックの消防署長に、町のベーカリーをやっているレズビアンのカップル、それに近所の住人も何人か。

「図書館の本のことで来たのよね」とソフィアが言う。

「はい、でもお邪魔になるんじゃ――」

「あのね、この人たちとは三十年の付き合いなの。話すことなんてもうないのよ！」お客たちが笑い、ソフィアはカウンターの書類フォルダーを手に取った。「庭で話しましょ」

ガラスの引き戸が開き、ソフィアに続いて外へ出ると、そこは見たこともないほど見事な花園だった。七月のなかばなので、ありとあらゆる花が咲き誇っている。青いアジサイ、真っ赤な百日草、黄色いユリ、それに初めて目にするエキゾチックな花々。いくつものベンチや踏み石、紫の朝顔のアーチもある。バードバスにレンガの小道、そして何列にも並んだ、わたしの背丈より高いヒマワリ。中央にある杉材のガゼボにはテーブルと椅子が置かれていて、鯉の池と静かに流れる滝を眺められる。ゆっくり時間をかけて楽しめたらどんなにすてきだろう。まるでディズニーランドにいるみたいだ。でもエイドリアンとソフィアにとってはただの裏庭、それだけなのだ。

ガゼボに入るとエイドリアンが携帯電話のアプリで天井に吊るされたイルミネーションライトを点けた。それから席につき、ソフィアが話をはじめた。

「この調べ物はなかなかやっかいでね。第一の問題は、大昔の話だからネット上になにも残っていないこと。第二の問題は、アニー・バレットが亡くなったのが第二次大戦直後で、当時の新聞に載っているのがヨーロッパの情勢ばかりだということ」

「地元の記事は？　スプリング・ブルックの日刊紙みたいなものはなかったんですか」

「ヘラルド紙という新聞があった」とソフィアがうなずく。「一九一〇年から一九九一年まで発行されていたんだけど、保管庫の火事でマイクロフィルムを焼失してね。すべてが煙になってしまったの」ぱっと手を上げた拍子に、左の手首近くに小さなタトゥーがのぞいた。茎の長いほっそりとしたバラの図柄で、上品で趣味のいいものだけど、それでも意外だった。「図書館に新聞の現物が残っていないか調べたけど、だめだった。一九六三年以前のものはまったくなし。お手上げかと思ったところで、同僚のひとりが地元作家の棚を見てみればと言ってくれてね。町の住人が本を出版したら一冊注文することになっているの。儀礼的にね。大半はミステリーか回想録だけど、郷土史のこともある。その棚でこれが見つかった」

フォルダーから取りだされたのはごく薄い本、というよりパンフレットに近いもので、三十数枚のページが錆びた大型ホチキスで厚紙の表紙に綴じられている。タイトルページは昔の手動式タイプライターで打ったもののようだ。


『アン・C・バレット作品集』

（一九二七年〜一九四八年）


「コンピューターシステムには記録がなかった」ソフィアが話を続ける。「世間に出まわらなくなって五十年は過ぎていると思う」

わたしはその本を顔に近づけた。ページが朽ちかけているような、かび臭いにおいが鼻を突く。

「なぜこんなに薄いんですか」

「アニーのいとこが自費出版したものだから。友人や家族にごく少部数を配ったもので、それを誰かが図書館に寄贈したんでしょうね。一ページ目にジョージ・バレットの序文がある」

古びた表紙は抜け殻みたいにもろく、指ではさんだだけで破れてしまいそうだ。わたしは慎重にそれを開いて読みはじめた。

一九四六年三月、いとこのアン・キャサリン・バレットは、新たな生活をはじめるためにヨーロッパからこのアメリカの地へ移り住んだ。キリスト教徒としての親切心から、妻のジーンと私は〝アニー〟をわが家に受け入れた。ジーンも私も兄弟姉妹がおらず、大人の親族が同居することを楽しみにしていた。三人の娘がまだ幼いため、子育ての手が増えることも期待していた。

アメリカへ来た当時、アニーはまだ十九歳だった。非常に美しく、しかし若い娘の多くがそうであるように、非常に無分別でもあった。ジーンと私はアニーをスプリング・ブルックの町になじませようと手を尽くした。私は町会議員であり、セント・マークス教会の執事も務めている。妻のジーンも地元の婦人会の活動に精力的に参加している。われわれの親しい友人たちにも歓迎され、温かく心のこもった招待をたびたび受けたにもかかわらず、アニーは一度も応じようとしなかった。

彼女は愚かにも人との交わりを避け、画家を自称していた。暇さえあればコテージで絵を描き、あるいはわが家の裏の森を裸足で歩いた。ときには獣のように四つん這いになり、熱心に芋虫を眺めたり花の香りを嗅いだりする姿を見ることもあった。

ジーンは部屋と食事を提供する代わりにアニーにごくわずかな家事を任せた。それらは毎日のように途中で投げだされた。アニーはわが家の一員であることにも、この町の一員であることにも、それればかりか、偉大なるアメリカという実験の一部であることにも興味を示さなかった。

アニーの選択には同意しかねる点が多々あった。彼女の振る舞いは無責任で不道徳ですらあり、いつか自業自得の目に遭うだろうと私が警告することもたびたびだった。そのとおりの結果となったことを残念に思っている。

一九四八年十二月九日、いとこは襲撃され、わが家の裏庭の小さな客用コテージから連れ去られた。これを書いているほぼ一年後の現在、地元警察はすでにアニーが死亡したものとみなしている。おそらくは、わが家の裏の百ヘクタールの森のどこかに遺体が埋められていることだろう。

この悲劇のあと、スプリング・ブルックに住む多くの方々に祈りと友情の手を差しのべていただいた。本書を以ってご支援に対する感謝のしるしとしたい。相容れない点こそあれ、いとこにはつねに才能のきらめきを感じており、この本は彼女のささやかな足跡を記念するものである。ここに集めたのはアン・キャサリン・バレットが遺した完成作品のすべてであり、可能なものについてはタイトルと制作日を記した。この画集が、哀れで悲劇的な短い人生への手向けとなることを願う。

ジョージ・バレット
一九四九年十一月
ニュージャージー州スプリング・ブルック

わたしはぱらぱらとページをめくった。どれもアニーの油絵作品を写した不鮮明なモノクロ写真ばかりだ。〈ラッパズイセン〉や〈チューリップ〉と題された絵にはいびつな長方形が散らばっていて、花にはまるで見えない。〈狐〉の絵にはキャンバスを切り裂くように斜めの線が描きなぐられている。この画集には写実的な絵がただの一枚もない。抽象的なフォルムと飛び散った絵の具のしみばかりで、まるで教会のお祭りでよくある子供向けのスピンアートマシンを使って描いたものみたいだ。

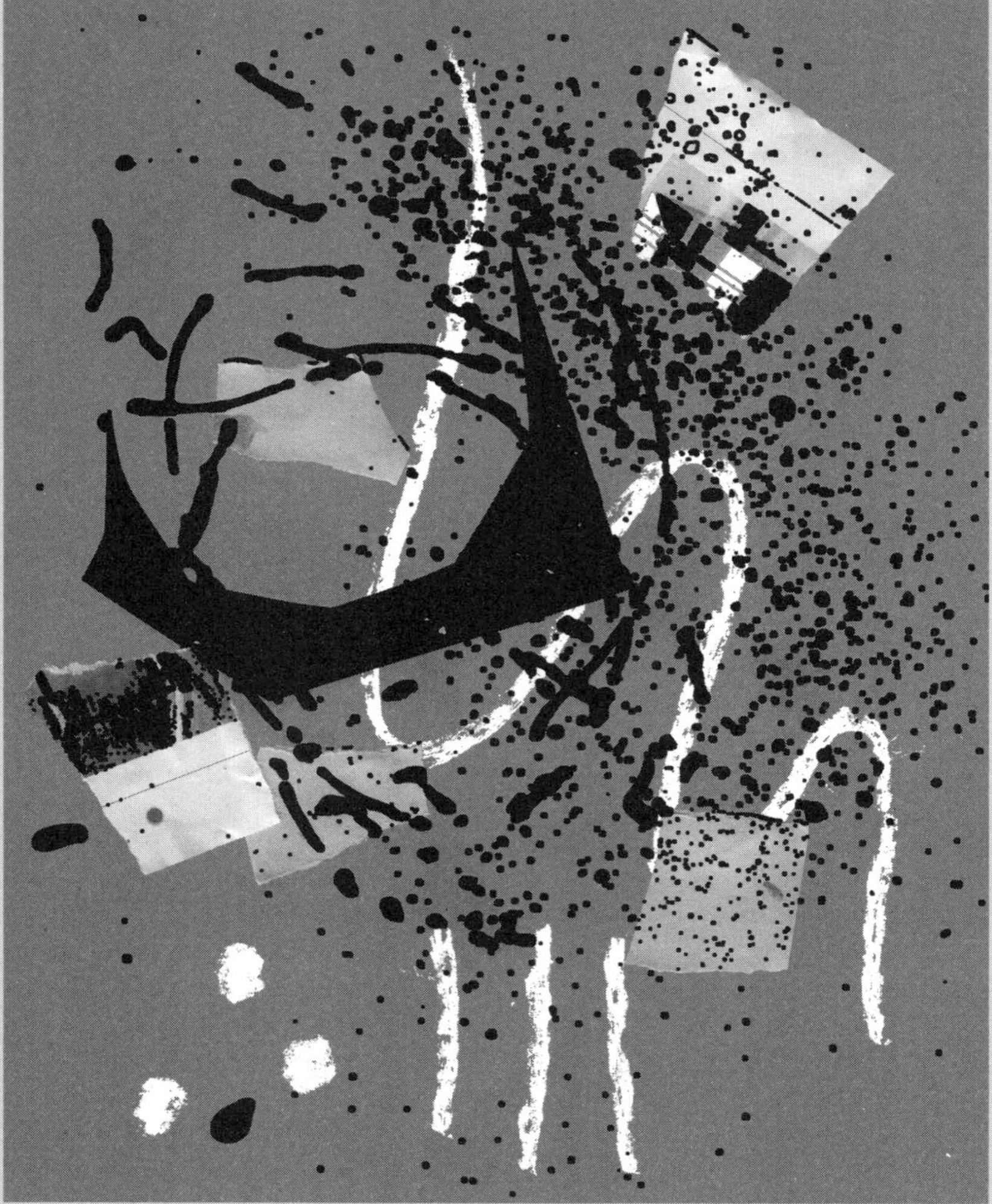

わたしはがっかりして言った。「どれもコテージにあるのとは似ても似つかない」

「でも、油絵とスケッチは別物だから」とソフィアが答えた。「画材によって画風も変える作家もいるしね。まぜこぜにすることもある。わたしのお気に入りのゲルハルト・リヒターは、長い活動期間のなかで、すごく抽象的な作品とすごく写実的な作品のあいだを行ったり来たりしているの。アニーも両方を好んでいたんじゃないかしら」

「でも、もしそうなら、この本からはなにもわからないってことですね」

「まあ待って、もうひとつ見せたいものがあるの。昨日、郡庁舎に行ってみたのよ、古い遺言書が保管されているから。公文書扱いになっていて誰でも閲覧できるの。人が死後にどんなことまで公開したがるか知ったら、あなたもびっくりするわよ」ソフィアがフォルダーを開いて不鮮明な二枚のコピーを取りだす。「アニー・バレットが遺言書を作っていたとは思わなかった、ごく若くに亡くなったから。でも、ジョージ・バレットのものが見つかったの。一九七四年に亡くなって、すべてを妻のジーンに遺してる。面白いのはそこから。ジーンはフロリダで老後を過ごして一九九一年に亡くなった。死後に遺産の大半は娘たちが相続した。でも、五万ドルは姪に遺しているの、オハイオ州アクロンに住むドロレス・ジーン・キャンベルに。さて、なぜそれが驚くようなことだと思う？」

そのとたん、この本がどんなに重要な発見かが理解できた。「ジーンとジョージにはきょうだいがいなかったから。ジョージの序文にそう書いてありますよね」

「そのとおり！　では、この謎の姪は何者で、どこから現れたのか。こう考えてみたの、ジーンはその子のことを姪同然に思っていただけで、実際はいとこの子だったんじゃないか。その子はアニーの〝無責任〟で〝不道徳〟な振る舞いの結果だったんじゃないかと。そうしたらこう思えてきたの、ジョージが明かしている以上の事情があるんじゃないかって。ジーンはその子になんらかの責任を感じていたのかもしれない」

　わたしは頭のなかで計算した。「ドロレスが一九四八年生まれなら、すごく高齢というほどじゃないですね。まだ健在かも」

「きっとね」ソフィアが小さな四角い紙をテーブルごしによこした。そこには〝ドロレス・ジーン・キャンベル〟という名前と十桁の電話番号が書かれている。「エリアコードはオハイオ州アクロンのものよ。ドロレスは〈レスト・ヘイヴン〉というシニアタウンに住んでいるみたい」

「もう話したんですか」

「つまり、この番号にかける楽しみをあなたから奪ったかって？　するもんですか、マロリー。でも、誰が電話に出るかはとても気になってる。なにがわかったか教えてもらえるとうれしいわ」

「ありがとうございます。ほんと、感激です」

　家のなかでグラスが割れる音が響き、爆笑が続いた。ソフィアが息子に目をやった。「お父さんがまた下品なジョークを言ってるようね。わたしが恥をかくまえに行ってこなきゃ」と立ちあがる。「でも、なぜこのことに興味を持ったか、もう一度聞かせて」

「マロリーがコテージで絵を見つけたんだ。床板の下に押しこまれてたのを。もう話したろ」

　ソフィアが笑う。「坊や《ミホ》、あなたは四歳のころからひどい嘘つきだったけど、いまはもっとひどいわね。今朝はマロリーがクロゼットで絵を見つけたと言ったじゃない」

「クロゼットの床板の下でだよ」エイドリアンが言い張る。

〝こんな子信じられる？〟とソフィアがわたしに目で訴えた。「言いたくないならかまわない。でも、ふたりとも気をつけてね。家族の秘密に鼻を突っこんだりしたら、誰かにがぶりとやられるかもしれない」

すぐにドロレスに電話したいところだけど、もう十時に近く、朝のほうがうまくいくはずだとエイドリアンにも勧められた。「もう寝てるかもしれないよ」

わかってはいても、もどかしくてたまらなかった。証拠をつかまないといけない、それもできるだけ早く。わたしは今夜のマクスウェル夫妻とのいざこざのことをエイドリアンに話した。「ふたりにアーニャの描いたものを見せた。コテージに次々と絵が現れたことも。でも信じてくれないの、エイドリアン。そりゃ、信じないのも無理はないと思う。ばかげた話だから。ばかげてるのはわかってる。キャロラインは、絵を描いたのはわたしじゃないかって顔をしてた、みんなの気を引くために話をでっちあげてるんだろうって」

「本当だって証明できるさ。でもそのまえに、家に入ってチュロスを取ってこなきゃ」

「なんで?」

「絶品だから。悩みなんて吹っ飛ぶよ。ほんとに」

家に戻ると、夕食会はいちだんと盛りあがっていた。ステレオからはトップ40が流れ、全員が居間に移動していて、イグナシオはさっきよりいっそうアチスパードに見えた。若いころに覚えたというパソドブレを披露している最中で、驚いたことにソフィアもノリノリでスカートを揺らし、夫のリードに合わせている。お客たちも拍手喝采しているのに、エイドリアンはばつが悪そうにうんざりした顔で首を振った。「人が来るたびにこれなんだ。親父はほんとに目立ちたがり屋でね」

冷蔵庫から炭酸水を二缶出したあと、エイドリアンは皿にチュロスを盛ってチョコレートソースをかけてから、わたしを庭へ散歩に連れだした。そこは父親が三十年かけてこしらえた自分だけのヴェルサイユなのだという。

「ヴェルサイユって？」

「宮殿だよ。フランスの」

わたしがきょとんとすると、エイドリアンは意外そうな顔をした。でも、どうしろと？ サウス・フィラデルフィアの住人はフランス王家の話に花を咲かせたりしない。それでもばかに見られたくはないので、またまた嘘をひねくりだした。

「ああ、ヴェ、ル、サ、イ、ユね」と笑ってみせる。「よく聞こえなくて」

小道を歩きながらエイドリアンが庭の秘密を残らず教えてくれた。スミノミザクラの上にあるカーディナルの巣。静かに祈りを捧げるための聖母マリアの小さな祠《ほこら》。鯉の池の滝のそばにある木のベンチ。そこに立ってふたりでチュロスを鯉たちにおすそ分けした。全部で七、八匹、口をあけて水面にぷかぷか浮いている。

「ほんとにすてき」

エイドリアンが肩をすくめる。「プールがあるほうがいいよ。マクスウェル家みたいに」

「ううん、こっちのほうがいい。あなたってラッキーだね」

手が腰にまわされ、顔を上げると、エイドリアンがキスをした。唇はシナモンとチョコレートの甘い味がして、思わず抱き寄せてキスを返したくなる。

でも先に本当のことを打ち明けないと。

彼の胸を手で押さえた。

「待って」

エイドリアンの動きが止まる。

わたしの目をのぞきこんで待っている。

情けないことに、どう伝えたらいいのかわからない。まわりのすべてが完璧すぎるから。やわらかく輝くイルミネーション、音楽の調べのような滝の音、うっとりする花々の香り。完璧なこの瞬間を台なしになんてできない。

あと戻りできないところまで来てしまったのは明らかだ。エイドリアンに嘘をつくだけでも悪いのに、そのうえ彼の両親と友人たちにまで嘘をついてしまった。真実を知れば、あの人たちが受け入れてくれるはずはない。エイドリアンと恋人同士になれるチャンスなんてあるはずがない。ふたりの関係はまるで、テディの好きなシャボン玉だ。ふわふわと夢見心地で、空気より軽く——最後ははじけて消える。

なにかを察したエイドリアンが身を引いた。

「いまの、ごめん。勝手に勘違いしたみたいだ。でもこのましゃべりつづけて、なにもなかったことにすればいい、だろ?」と、きまり悪げに立ちあがる。「ガレージに卓球台があるんだ。やってみる?」

わたしはエイドリアンの手を取ってベンチにすわらせた。今度はわたしからキスする。胸に手を置いて身を寄せ、誤解がないように、はっきりと気持ちを示した。

「ううん、ずっとここにいたい」

もちろん、ずっとはいられない。

夕食会は十時半ごろにお開きになった。庭の奥のベンチにいるわたしたちのところにも、車のドアが閉まる音や、エンジンがかかる音、そしてお客たちが広い車回しを出ていく音が聞こえてきた。

エイドリアンとわたしは零時過ぎまで庭に残っていた。やがて家の明かりが全部消え、両親もベッドに入ったようなので、わたしも帰ることにした。

エイドリアンが送るよと言った。大丈夫、ほんの数ブロックだからと言っても聞かなかった。

「ここはサウス・フィラデルフィアじゃないんだ、マロリー。スプリング・ブルックの夜の通りは真っ暗だろ」

「キーホルダーにスタンガンをつけてるから」

「酔っぱらってミニバンを運転してるママさん相手じゃ役に立たないさ。送らせてよ、ちゃんと安心したいんだ」

あたりはしんと静まりかえっていた。通りはがらんとしていて家々の明かりも消えている。庭を出たとたん、魔法が解けたみたいに感じた。マクスウェル家が見えてくると、過去の問題の数々を、本当のわたしを思いださずにはいられなかった。やっぱり正直にならないと、そんな思いに駆られた。すべてを打ち明ける勇気はまだ見つかりそうにない。今夜はまだ。でもひとつくらいは本当のことを伝えたかった。

「ボーイフレンドができるのなんて久しぶり」

エイドリアンが肩をすくめる。「こっちはボーイフレンドがいたことなんてないよ」

「わたしが言いたいのは、急いで先に進まないほうがいいってこと。お互いをもっとよく知るまではね。ゆっくり進めていきたい」

「明日の夜はなにしてる?」

「真面目に言ってるんだってば、エイドリアン。わたしの嫌いなところが見つかるかもしれないでしょ」

エイドリアンがわたしの手をぎゅっと握った。「きみのことならなにもかも知りたい。専攻をマロリー・クインに変えて、じっくり研究したいくらいだ」

知らないからよ、とわたしは心でつぶやいた。なにも知らないから。

ブリジット・フォイの店に行ったことはあるかとエイドリアンが訊いた。フィラデルフィアでいちばんのお気に入りのレストランだという。フィラデルフィアには六週間も行っていないし、もうしばらくは戻りたくない、とわたしは答えた。「なら、プリンストンは？　町のほうだよ、大学じゃなく。すごくいいタパスの店があるんだ。タパスは好き？　席を予約しようか」

ちょうどマクスウェル家の裏庭を横切ってコテージの前に着いたところだった。もちろんわたしはイエスと答え、五時三十分には出られると伝えた。

それからまたキスがはじまり、目を閉じたとたんにお城の庭に戻ったつもりになれた。クロスカントリー競走のスーパースター、前途有望で悩みなどひとつもないマロリー・クインになったつもりに。わたしはコテージの横手の壁にもたれた。エイドリアンが片手でわたしの髪を撫で、もう一方の手を脚に這わせてワンピースの下にもぐりこませる。こんなときに本当のことなんて言えっこない。どう考えても。

「これじゃ、ゆっくり進めてることにならないでしょ。ほら、もう帰って」

エイドリアンがわたしの身体から手を離し、後ろに下がってふかぶかと息を吐いた。「また明日来るよ」

「五時半にね」

「じゃあまた、おやすみ、マロリー」

エイドリアンが裏庭を引き返して夜の闇に消えていくのをポーチに立って見送りながら、真実を打ち明けなくてはとまた思った。明日、プリンストンでの夕食のときに告白しよう。それなら怒ったとしても、エイドリアンはわたしを置き去りにはできないだろうから、しかたなく家まで車で送ってくれるはず。そのあいだにじっくり話をすれば、二度目のチャンスをもらえるかもしれない。

コテージのドアの鍵をあけて明かりを点けると、テッド・マクスウェルがわたしのベッドに寝ていた。

18

テッドは身を起こして明かりを手でさえぎった。「なんなんだ、キャロライン、消してくれないか」その声は普段より一オクターブ低く、眠たげにくぐもっている。

わたしは戸口に立ったまま言った。

「マロリーですけど」

指のあいだからのぞいたテッドは、自分がわたしのコテージに、わたしのベッドに、わたしのブランケットの下にいることに驚いた顔をした。「まったく、なんてことだ。ああくそ。すまない」ベッドから脚を下ろして立ちあがった拍子によろける。壁に手をついて身体を支え、めまいがおさまるのを待っている。ひどく酔っぱらっていて、チノパンを脱いでポロシャツと黒いボクサーブリーフだけの姿で壁にもたれていることにも気づいていないようだ。ベッドの足もとにはグレーのパンツがだらんと脱ぎ捨てられている。脱いですぐベッドにもぐりこんだらしい。

「どう見えるか知らないが、ちがうんだ」

どう見えるかといえば、テッドが警察にボディチェックを受けているところに見える。両脚を開いて両手を壁についているせいだ。

「キャロラインを呼んできます？」

「だめだ！　頼む、やめてくれ」テッドがこちらを振りむいた。「ひとまず――ああ、まいったな」と、また壁を向いてめまいをこらえる。「水をもらえるかい」

わたしは室内に入ってドアを閉じた。シンクの前へ行ってテディ用に使っている小さなプラスチックカップに水を注ぐ。白クマとペンギンの絵柄の。それをテッドのところへ運ぶとお酒のにおいがした。スコッチと酸っぱい汗のにおいが混じっている。テッドがカップを口に運ぶと水はほとんど首と胸にこぼれた。もう一度水を注いで渡すと、今度はまともに口に入った。それでもまだ重力を受けとめる準備ができていないのか、壁に寄りかかったままでいる。

「テッド、ここで寝たらどうです？　わたしは母屋へ行くので。ソファで寝ます」

「いや、いや、だめだ、戻らないと」

「やっぱりキャロラインを呼んできたほうがいいと思いますけど」

「だいぶ楽になったよ。水のおかげで。ほら」

テッドがまっすぐに立ち、ぐらつきながら一歩こちらへ近づく。そしてよろめき、助けを求めて手を差しのべた。わたしはその手を取って支えながらベッドの足もとへ誘導した。テッドがマットレスに沈みこみ、わたしを隣にすわらせてようやく手を離す。

「五分だけくれ。ずいぶんましになってきた」

「もっと水を飲みます？」

「いや、吐いてしまいたくない」

「タイレノールは？」

そうやってテッドから離れる口実をこしらえ、バスルームに入ってチュアブルタイプの低用量アスピリンを三錠持って戻った。汗ばんだ手で受けとったテッドはおとなしくそれを嚙みくだいた。

「キャロラインと喧嘩したんだ。それでひと息つきたくてね、ひとりで頭を冷やしたかったんだ。

ここの明かりが消えているのが見えたから、今夜は出かけたんだと思った。眠ってしまうつもりはなかったんだ」

「わかります」そう答えたものの、本当はよくわからない。なぜわたしのベッドにもぐりこんだりしたのか。

「わかってくれると思ったよ。きみは思いやりぶかいからね。だからそんなにすばらしい母親なんだ」

「まだ母親じゃないですけど」

「きっといい母親になる。やさしいし、世話好きだし、子供のことを第一に考える。たやすく想像がつくよ。その服はキャロラインのかい」

全身を舐めるように見られ、わたしはキッチンカウンターの奥に移動した。仕切りになるものができてほっとする。「先月、何枚かもらったんです」

「お下がりか。古着だな。きみにはもっといいものがふさわしいよ、マロリー」さらにぼそぼそと言葉が続くが、最後のところしか聞きとれない。「こんなゴミ溜めでくすぶってちゃいけない、外には広い世界が待っているんだ」

「ここが気に入ってるんです。スプリング・ブルックが」

「それはほかの場所を知らないからだ。遠くへ旅をすれば、ウィッビー島に行ったことがあれば、きっとわかる」

「どこにあるんですか」

そこは太平洋岸北西部にある列島の一部なのだという。「大学時代にそこでひと夏を過ごしてね。人生最高の夏だった。農場でアルバイトをしていたから、昼間はずっと太陽の下で過ごして、夜はビーチにすわってワインを飲むんだ。テレビもコンピューターもない。気のいい人たちと、自然と、見たこともない絶景があるだけだ」

そのときテッドがベッドカバーの上のチノパンに目を留めた。それが自分のもので、脚に穿いているべきものだと悟ったようだ。それを軽く振って広げ、足もとに持っていったとたんに床に落とす。手伝うしかなさそうだ。わたしはテッドの前にしゃがんで脚を通しやすいように広げて持った──片脚、そしてもう片脚。テッドはパンツを腰の下あたりまで引きあげると、わたしの目をのぞきこんだ。「賭けてもいい、マロリー、ピュージェット湾を見たら、スプリング・ブルックなど五分で忘れてしまう。ここがゴミ溜めだと気づくはずだ。落とし穴だと」

わたしはろくに聞いていなかった。サウス・フィラデルフィアで生まれ育つと、いろんな酔っぱらいといろんな形で遭遇するせいで、相手の言うことの大半が戯言《たわごと》だと学ぶ。テッドの話にも意味なんてない。

「スプリング・ブルックはすてきなところです。あなたはここですばらしい生活を送ってる。すてきな家族、すてきな奥さんといっしょに」

「キャロラインは客間で寝るんだ。ぼくに触れようともしない」

テッドがつぶやくように言ってパンツに目を落としたので、聞こえなかったふりができた。

「すてきな家もあるし」

「買ったのは妻だ。ぼくじゃない。こんなところ、世界中のどこよりも願い下げだ」

「どういう意味です?」

「キャロラインの父親はとても裕福だった。だからどこだって住めたんだ。マンハッタンだろうが、サンフランシスコだろうが、どこだろうが。だが彼女がスプリング・ブルックを選んだから、スプリング・ブルックに来るしかなかった」口をはさむ余地など自分にはないといった口ぶりだ。「誤解しないでほしい、マロリー。彼女はいい人だ。心も広い。それにテディの幸せのためならなんでもする。でもこれはぼくが望んだ生活じゃない。こんなもののために結婚したわけじゃないんだ」

「もっと水を飲みます？」

わかってないな、という顔でテッドが首を振る。「世話を焼いてほしいわけじゃない。こっちが世話してあげたいんだ」

「ですよね。考えときます。でもいまは家へ戻らないと。キャロラインが心配してるかも」

テッドの話はますます支離滅裂になっている。セネカ湖がどうしたとか、ワインカントリーがどうしたとか、すべてから逃げだすとか。わたしの手を借りずにどうにか腰を上げると、チノパンを引っぱりあげてボタンを留めた。「こんなもの燃やしてしまわないと」

「明日ね」とわたしは答えた。「燃やすのは明日にしましょ」

「でもコテージのなかではだめだ」テッドは壁の煙感知器を指差す。「ここの配線は碍子引き《がいし》だから、すごくもろいんだ。ひどく壊れやすい。自分で修理したりしないでくれ。ぼくに言ってくればいい」

わたしがコテージのドアをあけると、テッドはふらつきながらポーチへ出た。どうにか転ばずに三段の階段を下りて芝生に立ち、暗がりのなかを母屋へと歩きはじめる。

「ゆっくり休んでください」

「どうかな」

わたしはドアを閉じて鍵をかけた。ナイトテーブルに丸めたティッシュが見つかった。ペーパータオルでそれを包んでゴミ箱の底に突っこむ。それからブランケットをどけてシーツをはいでみると、ごちゃごちゃに絡まったわたしのブラが三枚出てきた。なぜベッドにそんなものが入っていたのかはわからないし、わかりたくもない。明日まとめて洗濯機に放りこんで、あったことを忘れるようにするしかない。

替えのシーツがないので、バスタオルをマットレスの上に敷いてそこに寝た。思ったほど寝心地は悪くない。目を閉じさえすれば、美しいお城の庭に舞いもどることができる。穏やかに流れる滝も、甘い香りの花のアーチもそこにある。今夜の思い出を台なしにできるものなんてなにもない。降霊会の件でキャロラインと喧嘩になったことも、もちろんテッドがコテージにいたことも。眠りに落ちるまえに、わたしはエイドリアンに嘘をついたことをお許しくださいと神様にお願いした。ちゃんと真実を打ち明けられるよう、力をお貸しくださいと祈った。エイドリアンがわたしの過ちの数々を咎《とが》めず、過去の最低なわたしではなく、いまのわたしを見てくれますようにと。

19

翌朝、母屋に行くと出勤前の身じたくをすませたキャロラインとテッドが朝食スペースにすわっていた。キャロラインは紅茶を、テッドはブラックコーヒーを飲みながら、押し黙ったままお互いを凝視している。わたしを待っていたようだ。

「あなたもすわってくれる？　テッドから話があるから」

テッドはひどいありさまだ。二日酔いだとひと目でわかる。本当はまだ二階のベッドで寝ていたそうだ。それか、バスルームの床に膝をついて便器に覆いかぶさっているか。「ゆうべの振る舞いを謝罪したい。とうてい許されないことで――」

「テッド、いいんです。もう忘れてました」

キャロラインが首を振る。「いいえ、マロリー、なにもなかったことにはできない。ゆうべ起きたことをすべてはっきりさせないといけないの」

テッドがうなずき、公式声明でも暗唱するように神妙に言葉を続けた。「ぼくの行動は傲慢で無礼だった。自分の振る舞いを恥じ、なぜ立場を悪用するようなことをしたのか、みずからを省みるつもりだ」

「もういいですって。それ以上言わないで。水に流したほうが気も楽だから、ね？」

テッドが視線を送ると、キャロラインはわかった、と肩をすくめた。

「理解してもらえて感謝するよ、マロリー。二度としないと約束する」

テッドは立ちあがってブリーフケースを手に取り、ふらふらと玄関ホールのほうへ出ていった。まもなくドアが閉じる音がして、私道を走り去る車の音が続いた。

「あなたがわたしたちを訴えるんじゃないかとテッドは心配してるの。なにがあったか聞かせてもらえない？　あなた自身の言葉で」

「キャロライン、ほんとのほんとに、なにもなかったんです。ゆうべはエイドリアンの家に行ってました。ご両親がパーティーを開いていて。真夜中過ぎに戻ったら、テッドがコテージにいました。酔っぱらって。夫婦喧嘩をしたから静かなところで頭を冷やしたかったそうです」

「一階にいると思っていたのに。ソファで寝ているとばかり」

「わたしが戻ったので、テッドはすぐに謝って帰りました。それだけです」

「喧嘩のことはなにか言っていた？」

「いえ、あなたはいい人で、心が広いって。家族のためならなんでもするだろうって」

「それから？」

「それだけです。あとはよくわからなくて。どこかの島がどうしたとか。大学時代にそこで夏を過ごしたとか」

「〝太陽の下で働いて、星の下で眠ったんだ〟でしょ」とキャロラインは少しばかにしたように夫の口真似をした。「酔うといつもウィッビー島の話をするの」

「別にいいんです。水と低用量のアスピリンを飲んでもらって、ドアをあけたら帰っていきました。それで全部です」

キャロラインが探るようにわたしの顔を見る。「次は訊きにくいことなんだけど、形式的にはわたしはあなたの雇い主だから、確認しておかないと。あの人になにかされた？」

「いいえ。まったくなにも」

もちろん、わたしがいない部屋でテッドがチノパンを脱いで下着入れをあさり、ベッドでごそごそしていたと伝えることもできる。でもなんの意味が？　気の毒なキャロラインはいまでさえ意気消沈しているし、テッドからは謝罪を受けた。話を長引かせてもしかたがない。昨日のことで辞めるつもりなどないのだから。

「キャロライン、正真正銘、なにもされたりしてません。まったくなにも」

キャロラインがふかぶかとため息をつく。「テッドはこの夏に五十三歳になったの。男性の中年の危機についてはは聞いたことがあるでしょ？　自分のこれまでの選択をなにもかも疑問に思いはじめるの。おまけに、彼は仕事もうまくいっていない。それでプライドが傷ついているのよ。秋に新しく人を雇うつもりだったんだけど、そうもいかないみたい」

「大きな会社なんですか」

キャロラインが苦笑する。「四十人はスタッフが欲しいらしいんだけど、いまは彼だけ。個人事業ってこと」

テッドだけ？　なんとなく、勤務先はフィラデルフィア中心街の高層ビルで、大勢の秘書がいて、高価なコンピューターがずらりと並び、ガラス張りの窓からリッテンハウス・スクエアを眺められる、そんな場所だと思っていた。「でも、クラッカー・バレルと取引があるんでしょ？　ヤンキーキャンドルとも。大企業ばかりと」

「売りこみには行ってるけどね。たくさんの会社をまわって、ウェブサイト運営のプランを提案しているの。eコマース業務の請負プランを。でも個人事業だと大企業に採用されるのは難しくて」

「同僚の話も聞きましたけど。マイクとかエドとか。お昼はみんなで食べるんだって」

「ええ、同じウィワークのコワーキングスペースを使っている人たちとね。月額料金を払ってそこにデスクを借りているの。郵便の宛先を中心街の所番地にしたいから。仕事柄、立派に見られることが重要なのよ。実際より大物だと思わせることがね。この夏はずっと気持ちが張りつめていたみたいで——それでゆうべ、とうとうそこにひびが入ったところをあなたに見せてしまったんだと思うの」

キャロラインが声を詰まらせた。きっとテッドのことだけでなく、夫婦生活のこと、家族全体のことが心配なんだろう。そう思うとかける言葉が見つからなかった。だから二階から下りてくるテディの足音が聞こえてほっとした。キャロラインが背筋を伸ばしてナプキンで目もとを拭く。

テディはiPadを持ってキッチンに入ってきた。画面を指でスワイプするたびに騒々しい爆発音が響く。

「あら、テディベアちゃん！　なにを持ってるの？」

テディは画面から目を上げようとしない。「ゆうべママがくれたの。パパのだったけど、いまはぼくのだよ」プラスチックのカップを持ってシンクで水を注ぐ。ほかにはなにも言わず、カップとiPadを持って書斎へ入っていった。

「テディにはお絵描きを休ませることにしたの」キャロラインが説明する。「いろいろとややこしい状況だから、あの子には新しいことに興味を持ってもらいたくて。アプリストアには山ほど教育的なアプリがあるし。算数ゲームとか、フォニックスとか、それに外国語学習まで」そこでキッチンの奥へ行き、冷蔵庫の上の、テディには手が届かない戸棚をあけた。「クレヨンやマーカーは全部まとめてここにしまってある。テディはiPadに夢中だから、気づきもしないはずよ」

ベビーシッターの第一の心得は、母親のやり方にけちをつけないことだ。わかってはいても、間違いだと思わずにはいられなかった。テディはお絵描きを心から楽しんでいるから、その喜びを奪ってしまうのがいいとは思えない。おまけに、こんなことになったのはわたしのせいなのだ。わたしがアニー・バレットのことを黙っていられなかったから。

キャロラインはしょげているわたしに気づいた。「試しにやってみるだけよ。ほんの二、三日。そのあいだに、なにが問題なのかはっきりするかもしれないから」そしてこの件はおしまいとばかりに戸棚を閉めた。「ところで、エイドリアンの家でのパーティーの話を聞かせて。楽しかった?」

「ええ、とても」話題が変わるのはわたしも歓迎だった。朝起きてからずっと、夜のデートのことで頭がいっぱいだったから。「今夜はディナーに行くんです。彼がプリンストンへ行こうって。タパスの店かどこかへ」

「あら、すごくロマンチックじゃない」

「五時半に迎えに来ることになってて」

「だったら、早く帰るようにするわね。ゆっくり身じたくできるように」そこでキャロラインは時計を見た。「ああもう、行かなきゃ。わたしまでわくわくしてきたわ、マロリー! 今夜は思いきり楽しんでね!」

キャロラインが家を出たあと、書斎にいるテディのところへ行くと、すわりこんでゲームの〈アングリーバード〉に夢中になっていた。指で特大パチンコのゴムを引っぱって、木や石でできた豚の陣地めがけてカラフルな鳥たちを飛ばしている。一度の攻撃ごとに、悲鳴と爆発と衝撃と突風、それにコミカルな笛の音が入り混じった騒音があがる。わたしはテディの向かいにすわってぽんと手を叩いた。「さて、今朝はなにをする？　〈魔法の森〉へちょっと散歩に出かける？　それか、パン焼きコンテストでもする？」

テディはしきりにスワイプを続けながら肩をすくめる。「なんでもいいよ」

そして一羽の鳥が的を外すと、悔しそうに眉をひそめた。画面のなかに入りこもうとするみたいに、いっそう顔を近づけてのぞきこむ。

「ほらほら、テディ。ゲームはやめにして」

「まだ終わってないよ」

「ママは〈おやすみタイム〉用だって言ってたでしょ。午前中ずっと使っていいなんて言ってない」

テディはこちらに背を向けてタブレットを取りあげられまいとする。「あと一レベルだけ」

「一レベルってどのくらいかかるの」

結局、一レベル進むのに三十分もかかった。ゲームを終えると、テディはあとで続きができるようにiＰａｄを充電したいとせがんだ。

午前中は〈魔法の森〉へ散歩に出た。わたしがテディ王子とマロリー姫の新しい冒険物語をこしらえようとしても、テディが話したがるのは〈アングリーバード〉の攻略法ばかりだった。黄色い鳥は木のオブジェクトに強いとか。黒い鳥はコンクリートの壁を破壊できるとか。白い鳥は卵の爆弾を落としたあと急に加速するとか。こんなの会話じゃない。テディはただ、決まり事とデータを片っ端から口に出して言って、頭のなかでルールを確認しているだけだ。

落ち葉の山のなかで銀色に光るものが見え、わたしはしゃがんでそれをたしかめた。矢の下半分だ。羽根のついた上半分はなくなっていて、アルミの矢柄とピラミッド型の矢尻だけが残っている。

「これは魔法のミサイルね。ゴブリンを倒すための」

「いいね」とテディ。「あと、緑のやつはブーメラン鳥。往復で攻撃できるんだ。だから最初に飛ばすの」

〈大きな豆の木〉にのぼって矢を武器庫にしまってこよう、とわたしは提案した。テディは同意したものの、終始うわの空だった。適当に時間をつぶしながら、午前中が終わって家に帰れるときが来るのをただ待っているみたいに。


昼食は好きなものを作ってあげると言ったのに、テディがなんでもいいと言うのでグリルドチーズサンドですませた。サンドイッチを大急ぎで食べるテディに向かって、〈おやすみタイム〉にiPadを使わないといけないわけじゃないよと言ってみた。レゴや積み木やおもちゃの動物たちで遊ぶのも楽しいよと。するとテディは、わたしがペテンにかけようとしているような、正当に手に入れた権利を騙《だま》しとろうとしているような目で見た。

「ありがと、でもゲームがいい」

そう言ってタブレットを寝室に持ってあがったので、数分後にわたしも二階へ行ってドアに耳を押しあてた。囁き声も、会話の断片も聞こえない。たまにテディの笑い声がして、パチンコのゴムを引っぱる音と、鳥たちの鳴き声と、建物の爆破音が響いてくるだけだ。テディは楽しくてしかたがないらしい。でも、ご機嫌なその声になぜか悲しくなった。たったひと晩で、スイッチでも切るように、かけがえのないものが失われてしまったように思えた。

そのあと一階へ下りて携帯電話を出し、〈レスト・ヘイヴン・シニアタウン〉の番号にかけた。

受付係に居住者のドロレス・ジーン・キャンベルと話したいと伝えると、コール数回のあと留守電に切り替わって、デフォルトの応答メッセージが流れた。

「ええっと、こんにちは、マロリー・クインといいます。お会いしたことはないんですけど、お願いがあるんです」

知りたいことをどう説明すればいいかわからない。かけるまえに考えておくべきだった。でもいまさらどうしようもないので、とにかく話してみることにする。

「あなたのお母さんはアニー・バレットという人じゃありませんか。ニュージャージー州スプリング・ブルックの。もしそうなら、ぜひお話ししたいことがあるんです。できれば電話をください」

自分の番号を残して通話を切り、終わった、と思った。かかってこないのは確実だ。

昼食の皿を片づけたあと、できることはないかと考えて、洗剤をつけたスポンジでキッチンの掃除にかかり、カウンターをぴかぴかにした。これまで以上に失業の危機を感じていた。キャロラインにクビにされる理由が日ごとに増えていく気がする。だから業務外の作業にせっせと精を出した。床を掃いてモップをかけ、電子レンジの内側も拭きあげる。オーブントースターをあけてパン屑トレイもきれいにする。シンク下に手を突っこんでビルトイン式のソープディスペンサーに洗剤を補充してから、今度は椅子にのぼってシーリングファンの埃を拭った。

そうやってちょっとした作業をこなすことで気分はましになったものの、キャロラインが気づいてくれるかどうかはわからない。それで、もっと大がかりで大胆な、絶対に見過ごされないプランを考えることにした。書斎へ行ってソファに寝そべり、あれこれ案を検討しているうちに、完璧なアイデアが閃いた。テディとスーパーマーケットで食材を買いこみ、夫妻のためにサプライズディナーを用意しよう。料理はみんなオーブンのなかで温めておいて、帰ってすぐ食べられるようにしておく。なにひとつしなくていいように、テーブルセッティングも忘れずに。玄関を入ってすぐにおいしい料理が並んだテーブルにつけば、ふたりともわたしが家族の一員なのを喜んでくれるはず。

ところが、アイデアを実行に移すどころか、起きあがって買い物リストを作りもしないうちに、わたしは眠ってしまった。

なぜそんなことになったのかわからない。とくに疲れていたわけでもないのに。ほんの一分、目を休めようと思っただけだ。なのにいつのまにか、子供のころに行ったストーリーブックランドという小さな家族経営の遊園地の夢を見ていた。そこは一九五〇年代に誕生した施設で、有名なおとぎ話やマザーグースの童謡がテーマになっている。子供たちは大きな豆の木にのぼったり、三匹の子豚の家を訪れたり、靴の家の窓ごしに、うつろな目でカタカタと動くおばあさんの人形に手を振ったりできる。

夢のなかで、わたしはテディといっしょにメリーゴーラウンドの前を歩いていた。テディはすっかり興奮して、乗り物に乗りたいから鉛筆とクレヨンを全部持っていてとせがんだ。箱の中身がわたしの両手にぶちまけられて、全部は受けとめられずに鉛筆がばらばらと足もとに散らばる。とても持ちきれないのでポケットに突っこむことにした。残らず拾い集めたときには、テディは消えていた。人込みのなかで見失ってしまったのだ。そこから悪夢がはじまった。

わたしはテディの名前を呼びながら駆けだし、よその親たちを押しのけてそこらじゅうを探した。園内は五歳児だらけで、後ろ姿がそっくりで紛らわしく、なかなかテディが見つからない。そばにいた親たちに声をかけて、助けてください、どうか助けてと訴えてみても、呆れ顔でこう言われただけだ。「でも、保護者はあなたでしょ。なぜこっちが助けなきゃならないの？」

マクスウェル夫妻に電話するしかない。起きたことを話すのは気が引けるけど、緊急事態だ。携帯電話を出してキャロラインの番号にかけようとする。そのとき、テディが見えた！　敷地の反対側の、赤ずきんのコテージの階段にすわっている。わたしは人波を肘でかき分けて必死でそちらへ急いだ。けれどもコテージの前に着いたときには、その子はもうテディではなくなっていた。妹のベスだ！　黄色いTシャツに色落ちしたジーンズ、白黒チェックのヴァンズのスニーカー。

わたしは駆け寄ってベスに飛びつき、身体を抱えあげた。信じられない、妹がここにいるなんて、生きていたなんて！　ぎゅっと抱きしめると妹は笑いだし、歯列矯正の金具が日差しにきらめいた。

「死んだと思ってたのに！　わたしが殺しちゃったんだって！」

「なに言ってるの」とベスが言う。あまりにリアルな夢で、妹のにおいまではっきりと感じた。コナッツとパイナップルのにおい。妹が友達とキング・オブ・プルシア・モールに行って、ばか高い石鹸ショップのラッシュでよく買っていたピニャ・コラーダのバスボムのにおいだ。

事故のことは大きな勘違いだったそうだ。なのにずっと意味もなく悔やんでいたなんて。

「ほんとに大丈夫なの？」

「そうだよ、マル、正真正銘、わたしは大丈夫。だからトランポリンで遊ばない？」

「いいよ、ベス、もちろん！　なんでもやるよ！　なんでも好きなことを！」

でも、そこでテディが戻ってきた。わたしの腕を引っぱり、軽く揺すって起こそうとしている。目をあけるとわたしは書斎のソファの上で、テディがｉＰａｄを差しだしていた。

「また切れたよ」

そんなはずはない。昼食のあいだに百パーセントまで充電したんだから。でも起きあがってみると、部屋のなかはずいぶん暗くなっていた。南向きの窓からはもう日が差しこんでいない。暖炉の上の時計の表示は午後五時十七分。でも、まさか、そんなのありえない。

携帯電話を手に取ってたしかめると、実際は五時二十三分だった。

四時間も眠っていたなんて。

じきにマクスウェル夫妻が帰ってくる。

「テディ、どういうこと？　なんで起こしてくれなかったの」

「レベル三十まで行ったんだ」テディが得意げに言う。「八枚の羽根のカードをロック解除できたよ！」

わたしの手は汚れている。指もてのひらも真っ黒なすすにまみれ、庭で土いじりでもしていたみたいだ。膝の上にはちびた鉛筆が転がり、床にもたくさんの鉛筆やマーカーやクレヨンが散らばっている。どれもキャロラインがキッチンにしまいこんだものだ。

テディが目をまんまるにして部屋を見まわした。

「ママがかんかんに怒るよ」

テディの視線を追うと壁一面のスケッチが目に入った。黒々とした細かなスケッチが、天井から床までいくつもいくつも描かれている。

「テディ、なんでこんなことしたの」

「ぼく？　ぼくはなにもしてないよ！」

もちろんしたはずはない。できたはずがない！　手が届かないんだから！　それにテディの手は木炭や黒鉛で真っ黒になってもいない。しっかり見ようとわたしは壁に近づいた。これはアーニャが描いたものだ、間違いない。どの壁も、窓やエアコンの操作パネルや照明のスイッチ以外のあらゆるスペースにびっしりと描きこまれている。

「マロリー、大丈夫？」

テディがわたしのシャツの裾をつかんでいる。いや、大丈夫じゃない。

ぜんぜん大丈夫じゃない。

「テディ、よく聞いて。ママとパパが帰ってくるまでにこれをなんとかしなきゃ。部屋に消しゴムはない？　大きなピンクの消しゴムとか」

テディは床の上の鉛筆やクレヨンやマーカーを見まわした。「持ってるのはこれだけ。でも、もう使っちゃいけないの。なにが起きてるか、わかるまでは」

どっちにしても、もう遅い。私道に車が入ってくる音が聞こえる。窓から外をのぞくと、テッドとキャロラインだけでなく、エイドリアンの姿も見えた。家の前にピックアップトラックをとめているところだ。本当はいまごろ、キャロラインのサマードレスを着て、プリンストンでのとっておきのディナーデートの準備をしているはずだったのに。

「二階に行ってて、テディ」

「なんで？」

「ここにいてほしくないから」

「なんで？」

「いいから二階に行っててくれない？　お願い」コーヒーテーブルの上のＵＳＢケーブルをテディに渡す。「部屋でｉＰａｄを充電してきて」

「オーケー、わかった」

テディはｉＰａｄとケーブルを持って部屋を飛びだした。さっさと逃げだそうとするみたいに。

小さな足が階段を駆けあがって部屋に入っていく音が聞こえた。

そのとき玄関のドアがあいて、タイルの床をやわらかくこする音がした。キャロラインがなかへどうぞとエイドリアンに声をかけている。「ディナーはどこへ行く予定？」

「すごくおいしいタパスの店があるんです。パタタス・ブラバスが絶品の」

「へえ、なんだい、それ」とテッドが訊く。

「フライドポテトです、ミスター・マクスウェル。食べたことないくらいおいしいですよ、保証します」

三人がこれを見るまえに、心の準備をしてもらわないと。キッチンに行くと、キャロラインがエイドリアンに飲み物を勧めているところだった。冷蔵庫の上の戸棚はあけっぱなしで、中身は空っぽのままだが、キャロラインはまだ気づいていない。

そしてエイドリアンがあんまりすてきで、心臓が止まるかと思った。シャワーを浴びたばかりらしく、髪はまだ少し濡れていて、濃い色のジーンズと皺ひとつない白のボタンダウンシャツをきりっと着こなしている。わたしが来たことに誰も気づかないので、声をかけた。

「ちょっと問題が起きて」

キャロラインがまじまじとわたしを見る。「マロリー？」

「その手、どうしたんだ？」テッドが訊く。

エイドリアンが飛んできた。「大丈夫？」

そう、彼だけが頼りだ。

彼だけは、もしかすると信じてくれるかもしれない。

「ばかげてると思うでしょうけど、誓って本当のことを言います。テディが〈おやすみタイム〉で二階に上がったあと、なんだか疲れてしまって、ひと休みしようとソファに横になったんです。ほんの数分だけ目を閉じようと思って。そしたらなぜだか――ほんとに、どういうわけか――アーニャの霊に身体を乗っ取られたんです」

キャロラインが目をむく。「なんですって」

「わかってます。ばかげた話だって。でも眠っているあいだに、アーニャが鉛筆とマーカーとクレヨンをわたしに取りださせたんです」わたしは冷蔵庫の上の空っぽの戸棚を示した。「そして、紙も全部片づけられていたから、壁に絵を描かせたんです。テディのなかに入れなくて、わたしを代わりにして」

エイドリアンがわたしの腰に腕をまわした。「大丈夫、もう安全だよ。どういうことなのか、いっしょに考えよう」

キャロラインがわたしを押しのけて書斎に入っていき、わたしたちもあとに続いた。キャロラインがはっと息を呑み、驚愕の目で壁を見つめる。

「テディはどこ？」

「部屋に。あの子は無事です」

キャロラインが夫に目で合図した。テッドがすぐに二階へ向かう。

わたしは午後の出来事を一から説明しはじめた。「テディは一時に部屋に入りました。〈おやすみタイム〉に。言われていたように、iPadを持たせました。下りてきたのは十分前で、そのあとすぐあなたたちが帰ってきたんです」

「四時間も部屋に？」とキャロライン。

わたしはエイドリアンに右手を見せた。黒鉛と木炭にまみれ、いくつもまめができている。「わたしは左利きなの、テディと同じで。それに自分じゃこんなふうには描けない。コテージにある絵にそっくりだし」

「うん、たしかに！　絵のタッチがまるで同じだ」エイドリアンが携帯電話を出して、さまざまな場面が描かれた絵を写真に撮ってまわる。「まず最初に、ここにある絵をほかのやつと突きあわせないと。どの順に並べればいいのか考えよう」

「いいえ」とキャロラインが言った。「まず最初にするのは薬物検査よ。いますぐに。嫌なら警察を呼ぶ」

エイドリアンがぽかんとする。「薬物検査？」

「息子をあなたに預けるなんて、自分が信じられない。あなたを信用するなんて！　まったく、なにを考えていたのか」

「薬はやってません」わたしは小声で答えた。そうすれば内緒の話にできるかのように。エイドリアンがすぐそばで聞いてはいないかのように。「誓ってほんとです、キャロライン。やってません」

「それなら検査しても問題ないでしょ。ここで働きだしたとき、週に一度、抜き打ち検査を受けると言ったわね。自分からそう言ったのよ。言われた日にいつでも受けるからって」キャロラインがわたしの手首をつかんで腕に注射の跡がないか調べる。「もっと早くやっておくべきだった」

テッドが二階から戻ってきて、テディは無事だとキャロラインに目で伝えた。エイドリアンのほうは、とんでもない勘違いだとキャロラインに訴えはじめる。

「ミセス・マクスウェル、いったいなんの話ですか、マロリーはドラッグなんてやってません。ヘロインをやってる人間がスポーツ特待生に選ばれるなんて本気で思いますか。そんなことが大学にばれたら、たちまち退部処分になる」

気まずい沈黙が部屋に落ち、キャロラインがわたしに説明のチャンスを与えてくれているのがわかった。涙がこみあげる。こんなことになるなんて。「ちょっと聞いて」とエイドリアンに向かって言った。「その、じつは、あなたに隠してたことがあって」

腰にまわされていたエイドリアンの腕からふっと力が抜けた。「どういうこと?」

「今夜本当のことを話すつもりだった」

「なんの話だよ」

それでもまだ言いだせない。

どこからはじめていいのかわからない。

「マロリーはペンシルベニア州立大には行っていない」テッドが口を開いた。「一年半のあいだリハビリ施設にいたんだ。社会復帰のためのね。処方鎮痛薬とヘロインを乱用していたせいで」

「ほかにも、覚えてもいないくらい、いろんな薬を」とキャロラインが付けくわえる。「脳の回復には時間がかかるのよ、マロリー」

エイドリアンの腕はもうわたしに触れていない。わたしのほうがしがみついているだけだ。みっともない哀れな怪物か寄生虫みたいに。エイドリアンがわたしの手を振りほどいて顔をのぞきこむ。

「本当のこと?」

「いまはやってない。ほんとよ、エイドリアン。今度の火曜日で断薬二十カ月になる」

エイドリアンは殴られたみたいに一歩下がった。キャロラインがその肩にそっと手を置く。「こんな話を聞くのはつらいわね。マロリーは過去を打ち明けたものと思ってた。本当のことを話したと思ってたの」

「いいえ、まったく」

「エイドリアン、わたしは退役軍人病院で大勢の依存症患者を診ているの。みんないい人だし、彼らの社会復帰こそがわたしたちの目標よ。でも、タイミングを間違えることもある。ときには、準備が不十分な人を社会に戻してしまうこともあるの」

わたしはかっとなってキャロラインを見上げた。「ちがう、そうじゃない！　ドラッグはやってないし、絵なんて描けないんだから！　本当なんです、キャロライン。この家は普通じゃない。アニー・バレットの霊がテディに取り憑いて、今度はわたしに取り憑いた。これはアニーのメッセージなんです」と四方の壁を示す。「アニーが話しかけてきてるの！」

自分がどんなにいかれて見えるか、いまの話し方がどんなにいかれて聞こえるか、エイドリアンの当惑顔を見て気づいた。まるで初対面の相手を見るような目をしている。

「でも、それ以外は本当ってこと？　リハビリ施設にいたって話は？　ヘロインをやってたっていうのは？」

恥ずかしくて答えられない。でもわたしの顔を見ただけで本当だとわかったようだ。エイドリアンは背を向けて部屋を出ていった。追いかけようとすると、キャロラインが立ちふさがった。「行かせてあげなさい、マロリー。これ以上つらい思いをさせないで」

窓から外をのぞくと、エイドリアンが敷石のアプローチを出ていくところが見えた。つらそうに顔をゆがめている。途中で足取りが小走りに変わった。一刻も早くわたしから離れたがっているように。そして通りの端にとめた黒のピックアップトラックに乗りこんで走り去った。

振り返ると、キャロラインがプラスチックカップを持っていた。「さあ、すませてしまいましょう」

トイレに連れていかれ、なかに入ってドアを閉めようとすると、キャロラインが首を振ってそれを止めた。わたしが尿に細工するのを心配しているようだ。まさか、いざというときのために薬の混じっていない尿を持ち歩いているとでも？　それでも顔は背《そむ》けてくれたので、ショートパンツを下ろして便座にすわった。何百回もテストを受けてきたので採尿はお手のものだ。一滴もこぼさずに百二十ミリリットルカップを満杯にした。それを洗面台の端に置いてから、パンツを引っぱりあげて手を洗う。水が黒く汚れ、洗面ボウルにざらざらした粉末が残った。石鹸で指とてのひらの汚れをこすり落としてみても、黒鉛がインクのように、取れないしみのように皮膚にこびりついている。

「書斎で待ってるわね。あなたが来るまではじめないから」

　手を洗ったせいで真っ白な洗面台に灰色の輪じみを残してしまった。またひとつ気が咎めることが増えた。トイレットペーパーでいくらかきれいにしてから、パンツで手を拭いた。

　書斎に戻るとキャロラインとテッドはソファにすわっていて、ペーパータオルを敷いたコーヒーテーブルの上に尿のカップが置かれていた。キャロラインがセロハンに包まれたままの検査カードを見せて細工していないことを示す。それから包みをはがし、五種類の検査紙の先端をカップに浸した。

「聞いてください、検査をしたくなる気持ちもわかります、でも陽性なんて出ません。誓います。もう二十カ月も薬はやってないんです」

「わたしたちもそう信じたい」とキャロラインが言って、そこらじゅうに絵が描かれた壁を見まわした。「でも、今日ここでなにがあったのかを理解する必要があるの」

「なにがあったかはもう話したでしょ。アーニャがわたしの身体を乗っ取った。操り人形みたいに利用したんです。わたしはこんな絵描いてない！　描いたのはアーニャです！」

「その話をするなら、まずは落ち着いてもらわないと。怒鳴りあうなんて無理」

わたしは深呼吸した。「ええ、わかりました」

「さて、あなたがここに働きに来るまえのことだけど、過去のことについてラッセルからじっくり話を聞いたの。あなたが抱える問題のことも教えてもらった。偽りの記憶や、記憶の欠落──」

「これはちがいます。いまはもう問題なんてありません」

「つい先日、テディのお絵描き用の鉛筆がなくなったでしょ。あの子、泣いてわたしに訴えたのよ。どこにも見つからないって悲しんでた。そのすぐあと、どういうわけか、あなたのコテージに絵が現れるようになった。偶然にしてはできすぎだと思わない？」

わたしはカップを見下ろした。まだ一分しかたっていない。結果が出るには早すぎる。

「キャロライン、わたしは直線だってまともに引けないんです。高校で美術の授業を取ったけど、成績はCプラスだったし。こんなの描けるわけがない。こんな上手な絵なんて」

「わたしの患者もいつも同じことを言う。〝絵なんて絶対に無理だ！〟ってね。でも、アートセラピーを受けてもらうと、びっくりするような結果が出るの。トラウマを克服する過程で、それはそれはすばらしい作品が生まれるのよ。少しずつ真実と向きあううちに」

「でも、これはそうじゃない」

「あなたが描いた女の人を見て。若くて背が高い。アスリートっぽい体格。それに、実際に走ってるでしょ、マロリー。誰かを思いださない？」

言いたいことはわかる。でも間違いだ。「これは自画像じゃありません」

「象徴的表象というものよ。あるいは視覚的隠喩。あなたは妹のベスを亡くした。そのことで苦しんで、パニックになって、必死でベスを取りもどそうとするけど、もう間にあわない。ベスは死の谷に迷いこんでしまった」キャロラインは部屋のなかを歩きながら、次々に絵を指し示していく。「そして天使がベスを助けに来る。その隠喩は明白でしょ？　天使がベスを光のほうに導き、あなたはそれを止められない。ベスは向こうの世界へ行ってもう戻ってこない。わかってるはずよ、マロリー。すべて壁に描かれてる。これはアーニャの話じゃない。あなたの話。ベスの話よ」

わたしは首を振った。ベスのことを持ちだされるのはごめんだ。キャロラインの口から名前を聞くのさえ耐えられない。

「なにがあったかは知ってる。ラッセルから聞いたの、つらい思いをしたわね、マロリー。本当にお気の毒に。あなたが大きな罪悪感と悲しみを抱えているのはわかってる。でも、その感情に向きあわずに、抑えこんだままでいると――」と、キャロラインが壁に描かれたものをぐるりと手で示す。「これは圧縮された蒸気みたいなものなの、マロリー。亀裂を探して、飛びだそうとしてる」

「でも、ほかの絵は？　首を絞められてる女の人は？」

「抽象概念を表したものよ。苦悩かもしれないし、依存かもしれない。ドラッグがあなたの身体をがんじがらめにしているってこと」

「女の人が森のなかを引きずられてるのは？」

「あなたを危険から助けだしてくれた人のことかもしれない。相談役とか指導者とか。ラッセルみたいな」

「なら、なぜ彼はわたしを埋めてるの？」

「埋めてるんじゃないでしょ、マロリー。解放してるの。ヘロインの山からあなたを掘りだして、社会に戻そうとしているところよ。その結果がいまのあなたってこと！」

キャロラインが検査カードをひっくり返してわたしに結果を見せる。ＴＨＣ、オピオイド、コカイン、アンフェタミン、メタンフェタミン、合計五種類の検査紙はどれも陰性だ。

「断薬二十カ月、たいしたものだ！」とテッドが言った。

「本当にあなたを誇りに思う。でも、まだまだ問題は残っているようね、でしょ？」

なんと答えるべきだろう。

たしかに、アーニャの絵とわたし自身の経験には不思議な共通点がある。

それに薬物依存症のせいで、記憶の欠落や偽りの記憶といった精神障害をたくさん抱えていたのもたしかだ。

でも、コテージには死臭のする絵が十二枚あるし、それを描けるのはひとりしかいない。

「アーニャが描いたんです。わたしじゃない」

「アーニャは空想の友達よ。頭のなかで作りだしたものだってテディもわかってる。実在はしないって」

「テディは怯えて混乱していて、教わったことをそのまま言っているだけです。あなたたちは立派な大学を出て、世のなかのことはなんでも知っていると思ってる。でも、この絵については間違ってます。この家についても、テディについても間違ってる。ものすごくおかしなことが目の前で起きてるのに、それを認めるのを拒否してる！」

こらえきれず、とうとう大声をあげてしまった。でもテッドもキャロラインも平気な顔で、わたしの言葉を聞き流して話を切りあげようとしている。

「まあ、見解の相違ということにしときましょ。アーニャは幽霊かもしれないし、ただの罪悪感の表れかもしれない。どっちでもいいわ、マロリー。重要なのは、あなたがわたしたちの息子を四時間も放置したこと。もうあなたにはあの子を任せられない」

テッドも「変化が必要だ」とうなずき、キャロラインはこれを大きな契機だと、みんなで前に進むためのいい機会だと考えましょうと続けた。

ふたりの言葉がひどく前向きで、支え励ましてくれているように聞こえたせいで、すぐには自分がクビだと気づかなかった。

20

コテージに戻って十分後に携帯電話が鳴った。

ラッセルだ。ラスベガスとグランドキャニオンのあいだの砂漠にいて、ルート66沿いの小さなモーテルからかけているという。電波が弱いのか雑音が混じっている。

「クイン！　なにがあった？」

「失業したかも」

「いや、間違いなく失業だ！　キャロラインがきみのいかれたアートプロジェクトの写真をメールで送ってきた。そっちでいったいなにが起きてる？」

「この家にはなにかいるの、ラッセル。なにかが存在してる。それが最初はテディに取り憑いて、いまはわたしが狙われてる」

「なにかがいるって？」いつものラッセルは元気と熱意の塊なのに、急にその声に疲れと、それにほんのわずかな失望が混じった。「幽霊とか？」

「薬はやってない。キャロラインに検査されたし」

「知ってる」

「そういうことじゃない。これは――」

雑音で話がさえぎられ、回線が切れたかと思った。やがてまたラッセルの声がする。

「ミーティングに行きなさい。そっちはいま何時だ、六時半か、金曜の夕方の。聖救世主教会がいい。七時からのはずだ」

「ミーティングなんて行く必要ない」

「電話できる友達はいるか。泊めてくれる人は？　今夜はひとりでいてほしくない」わたしが返事をしないので、頼れる相手はいないと察したらしい。「なら、こうしよう。わたしが帰るよ」

「だめ！」

「いいんだ。どっちみちこっちはひどいから。最悪な気候でね。ランニングは屋内のマシンでやるしかない。十分も外にいると熱気で心臓が止まっちまう」

迎えに行くまで二、三日かかるとラッセルは続けた。いまはグランドキャニオンに向かう途中なので、一度ラスベガスに戻って、航空券を予約しなおす必要があるという。「だから日曜か、月曜には間違いなく行くよ。月曜までがんばるんだ、いいね。ドリーンと迎えに行くから。何週間かうちに泊まって、医者に診てもらおう。プランBを考えるんだ」

「ありがと、ラッセル」

わたしは携帯を床に落として目を閉じた。ベッドから出ないといけないのはわかっている。ミーティングにも行かないといけないし、夕食だけでも作らないといけない。でもコテージの外では雨が降りはじめていた。いきなりやってくる夏の雷雨だ。風が屋根を震わせ、雨が滝のように窓ガラスを流れ落ちている。コテージにこもっているしかないなら、せめて電話できる相手が欲しかった。長い週末を、ラッセルの迎えが来るまでの長い時間をひとりきりで過ごすのがつらかった。〈セーフ・ハーバー〉にはほかの友達もいるけれど、こんなことになったなんて、恥ずかしくてとても話せない。

もちろん、〈セーフ・ハーバー〉に入るまえからの友達もいる。名前と電話番号は連絡先から全部消してしまったけど、会うのは難しくないはずだ。スプリング・ブルックからフィラデルフィアへは電車で三十分。ケンジントン・アベニューに行けば知った顔にいくらでも会えるだろうし、昔の友達は喜んで迎えてくれるだろう。当座預金口座には千二百ドルある。荷物をまとめて出ていっても、寂しがってくれる人は誰もいない。

テディ以外は。

テディは寂しがるはずだ、きっと。

さよならも言わずに出ていくなんてできない。

きちんと説明して、テディはちっとも悪くないのだと伝えるまではここにいないと。

だから完璧に整ったこの小さなコテージに留まることにした。これまで住んだこともないほどすてきな、美しくしつらえられたこの部屋で、失ったすべてのものを思いながら。雨はやみそうになく、頭のなかの雑音がいつにも増してひどくなる。たくさんの蚊が閉じこめられているみたいだ。枕を顔に押しつけて叫んでみても、いっこうに消えてくれない。

その夜は十時間、十二時間、十四時間とひたすら眠りつづけた。目が覚めるたびに起きたことを思いだし、ブランケットをかぶってまた眠りに落ちた。

土曜日の朝十時、起きあがってどうにかシャワーを浴びた。それで少し気分が晴れた気がした。外に出ると、ポーチに石で重しをした紙が置いてあった。

ああ、神様、わたしほんとに頭がおかしくなってる。

でもそれは、ただのキャロラインからの手紙だった。

マロリーへ
テッドとわたしはテディを連れて海辺へ行きます。あなたが出ていくと話したので、あの子はもちろんがっかりしています。ビーチと遊園地で一日遊んで、元気になってくれればいいのですが。帰りは遅くなるので、プールと庭は自由に使ってください。

それと、ラッセルが今朝電話をくれました。明日の深夜便のチケットを取ったから、月曜日の午前十時から十一時のあいだに来るそうです。

明日の午後はあなたの送別会をと考えています。泳いで、食事をして、デザートも食べて、みんなで過ごしましょう。さしつかえなければ三時ごろにはじめましょうか。必要なものがあるときや、話があるときには電話をください。迎えが来るまで、あなたの力になるつもりです。

愛をこめて、キャロラインより

母屋にオレンジジュースを取りに行くと、キーパッドに暗証番号を入れてもドアがあかなかった。当然だ。裏庭を使わせるくらいの信用は残っていても、テッドもキャロラインもわたしを家のなかに入れる気はもうないはずだ。壁じゅうに落書きされたんだから。

走りに行くべきなのはわかっている。外に出て何キロか走れば気分もよくなるはず。でも裏庭を出る気にはなれなかった。近所の人に顔を見られるのが恥ずかしい。わたしが話をでっちあげたという噂がとっくに広まっていて、スプリング・ブルックじゅうの人に秘密を知られてしまったような気がする。コテージに戻ってシリアルをボウルに入れてから、ミルクを切らしていることを思いだした。だからそのまま手で食べた。タブレットを持ってベッドに寝転び、ホールマーク・チャンネルの映画を選ぼうとしてみたものの、急にどれも嘘っぽく、くだらないものにしか思えなくなった。偽りの約束とでたらめなハッピーエンドばかりだ。

《シュー・アディクツ・クリスマス》とかいう映画を十分くらい見たところで、ポーチに足音がして、ドアがそっとノックされた。きっとミッツィが降霊会のときの振る舞いを謝りに来たんだろう。

「忙しいの」と声を張りあげて、タブレットの音量を上げた。

エイドリアンが窓から顔をのぞかせた。

「話したいんだ」

わたしはベッドを飛びだしてドアをあけた。「そう、話さなきゃ、だって――」

「ここじゃだめだ。前にトラックをとめてある。ドライブに行こう」


行き先は聞かなくても、295号線への進入車線に入ったとたんにわかった。速い車の流れに合流して西行きの76号線に乗り継ぎ、デラウェア川の造船所や港をはるかに見下ろすウォルト・ホイットマン橋を渡る。その先はサウス・フィラデルフィアだ。エイドリアンはわたしを実家に連れていこうとしている。

「こんなことしなくていい。車を戻して」

「もうすぐだ。あと五分で着くよ」

フットボールの試合にはまだ時間が早く、フィラデルフィア・フィリーズも遠征中なのか、道路はがら空きだった。車はオレゴン・アベニューへの出口で高速を降りた。エイドリアンはたびたびナビを確認しているが、ここからは目隠ししていても道案内できる。どの通りも標識も信号も覚えている。昔からある店が変わらず残っている。ファストフード店にチーズステーキサンド店、アジア系スーパーマーケットに携帯電話ショップ、クラスメートふたりが高校を出てすぐ働きだしたスポーツバー兼ストリップクラブ。わたしが生まれ育ったこの界隈とスプリング・ブルックを見間違う人などいないだろう。道路は穴ぼこだらけ、歩道にはガラスの破片やチキンの骨が散らばっている。でも、テラスハウスの多くはアルミ製の外壁に替わり、わたしがいたころよりきれいになっている。少しでもよくしようと、住民たちが手を入れているようだ。

エイドリアンが八番街とシャンク通りの角で車をとめた。わたしの住所をネットで突きとめたらしい。昔はわが家と呼んでいたちっぽけなテラスハウスが正面にある。レンガは補修され、鎧戸《よろいど》のペンキは塗りなおされ、白い砂利敷きだった〝庭〟は青々とした芝に変わっている。玄関脇の梯子に男性がのぼり、軍手をして雨樋に溜まった枯葉をかきだしている。

エイドリアンがギアをパーキングに入れてハザードランプを点けた。高校卒業後は近所の人に会っていないので、誰にも気づかれたくない。ひしめきあうように建った家々のドアからみんなが飛びだしてきて、まじまじとわたしを見つめるところが目に浮かぶ。

「お願い、車を出して」

「ここで育ったの？」

「もう知ってるでしょ」

「梯子の人は？」

「知らない。いいから車を出してよ」

梯子の男性が振り返ってこちらを見た。中年で、髪は薄く、背丈はそこそこ、フィラデルフィア・イーグルスのジャージを着ている。「なにか用かい」

見覚えのない人だ。母が雇った便利屋かもしれない。というより、母は家を売って引っ越し、この人が新しい住人なのだろう。わたしは手を振って謝り、エイドリアンに向かって言った。「いますぐ出さないと、車を降りてスプリング・ブルックまで歩いて帰る」

エイドリアンがギアをドライブに入れて青信号とともに車を出した。わたしの案内で大通りに出てFDRパークに向かった。ピクニックや誕生会や結婚パーティーの写真撮影によく使われるサウス・フィラデルフィアの人気スポットだ。湖や池がいくつもあって、わたしが子供のころは〝ザ・レイクス〟と呼ばれていた。いちばん広いメドウ湖のほとりに眺めのいいベンチを見つけてすわった。湖の向こう、灰色の空の下に95号線の高架が横たわり、空港を行き来する車が六車線の道路を飛ばしている。ずいぶん長いあいだ、ふたりとも黙っていた。どこから話しはじめればいいかわからない。

「奨学金のことは嘘じゃない」わたしは口を開いた。「高校二年のとき、五千メートルを十五分二十三秒で走った。ペンシルベニア州の女子選手で第六位の記録だった。ググれば出てくるはず」

「もうググったよ、マロリー。初めて会った日、うちへ飛んで帰ってフィラデルフィアのマロリー・クインについて検索しまくった。高校時代の記録も全部見つけたよ。それできみの話を信じこんだってわけさ」とエイドリアンが笑う。「でも、ツイッターのアカウントは見つからなかった、ほかのSNSも。かっこいいと思ったんだ、謎めいたオーラって感じでね。ラトガース大の女の子たちは四六時中インスタをやってて、イケてる写真をアップしては、賞賛コメントをもらおうと必死になってる。でも、きみはちがった。そんなことしなくても自信を持っていられるんだなと思ったんだ。隠したいことがあるんだとは思いもしなかったよ」

「ほとんどは本当のことだった」

「ほとんどって、つまり？」

「嘘をついたのは過去のことだけ。それ以外は嘘じゃない。アーニャの絵のことも。あなたに対する気持ちも嘘なんかじゃない。ゆうべ正直に話すつもりだった、ディナーの席で。本当に」

エイドリアンはなにも言わず、ただ湖を眺めていた。近所の子供たちがドローンで遊んでいる。ミニチュアのUFOみたいな形をしていて、そばを通るたびに、高速で回転する八枚のプロペラがハチのうなりに似た音を響かせている。エイドリアンが話の続きを待っていることにわたしは気づいた。すべてを打ち明けるチャンスをくれるつもりなのだ。わたしは深呼吸をひとつした。

「それじゃ、話すね――」

21

すべてのはじまりは、仙骨の軽い疲労骨折だった。背骨のいちばん下にある三角形の骨がほんの少し折れてしまったのだ。医者の勧めは八週間の安静。それも高校四年の九月、クロスカントリー競走のシーズンがはじまった矢先のことだった。ショックではあったけど、最悪な事態というわけでもなかった。若い女性ランナーにはよくある故障で、治療も簡単なので、ペンシルベニア州立大学への進学に影響はないはずだった。医者からは痛み止めにオキシコンチンを処方された。一日に二回、四十ミリグラム錠を一錠ずつ。十一月の冬季陸上競技会には十分間にあうはずだとみんなが言った。

練習にも顔は出していて、器具も運んだし、みんなのタイムを記録する手伝いもした。でも、わたしも走っているはずだったのにと思いながらチームメートたちを傍らで見ているのはつらかった。おまけに、暇ができたせいで母に家事を押しつけられるようになった。料理や掃除や買い物や妹の世話を。

母は女手ひとつでわたしたちを育てていた。小柄で、太っていて、一日ひと箱煙草を吸った。マーシー病院で会計係をしていたから、健康リスクはよくわかっていたのに。ベスとわたしはいつも禁煙させようと、ソファの下やなんかの、母が探しそうにない場所にニューポートの箱を隠した。でも母は出かけていって新しいのを買ってきては、これがストレス解消法なんだから口をはさまないでと言うばかりだった。そしてなにかにつけて、自分たちには祖父母もおじやおばもいないし、再婚相手が見つかりそうな見込みもないのだから、三人で支えあわないとねと言った。それが子供時代に何度となく聞かされた言葉だった——三人で支えあわないとね。

年に三、四回、病院から母に急な土曜出勤の呼び出しがかかることがあった。ほかの人たちには理解不能な未処理の伝票の束をなんとかするためだ。ある金曜日の夜、また呼び出し電話を受けた母は翌日も出勤することになった。そして妹をストーリーブックランドへ車で連れていってあげてとわたしに言った。

「わたし？　なんでわたしが？」

「連れていくって約束してたからよ」

「日曜に行けばいいよ。日曜は休みでしょ」

「でもベスはチェングヴァンといっしょに行きたがってて、チェングヴァンが行けるのは土曜日だけなのよ」

チェングヴァンは妹の親友で、髪はピンク、ほっぺたに猫のひげを描いている変わり者だった。ふたりともアニメクラブかなにかに入っていた。

「明日は試合があるのに！　バレーフォージ高校で。三時までは戻らないよ」

「試合はサボって。走らないんだし、チームには必要ないでしょ」

チームメートにとってわたしの存在がどれだけ大きな励みになるかを訴えてみたものの、母は耳を貸さなかった。「ベスとチェングヴァンを送っていきなさい」

「ストーリーブックランドに行くには大きすぎるでしょ！　子供向けの遊園地だよ」

「あえて行くのよ」母が裏口のドアをあけ、煙草に火を点けて、網戸ごしに煙を吐いた。「自分たちがあそこへ行くには大きすぎるのはわかってる。だから行きたいんでしょ」と肩をすくめた。人ってそういうものでしょという顔で。

翌日の十月七日土曜日の朝、チェングァンは白いきらきらのユニコーンがついた黄色のTシャツに、色落ちしたジーンズという格好で現れた。サワー味のスパゲティグミを袋から食べていて、わたしにも勧めた。わたしは首を振って、そんなの食べるなら死んだほうがましと答えた。二階から下りてきたベスの服も同じユニコーンTシャツと同じジーンズだった。あらかじめおそろいにすると決めていたようで、それもへんてこで気まぐれな冒険の一部らしかった。

出発は午前九時と決めてあった。予定では、うちのチームが走っているあいだにハイウェイに乗り、ストーリーブックランドに着いたらすぐに電話で結果を聞くつもりだった。でも、チェングァンが蜘蛛に咬まれてかゆくてたまらないと言いだしたので、ドラッグストアに寄って抗ヒスタミン薬を買う羽目になった。そのせいで三十分遅れ、ウォルト・ホイットマン橋を渡ったのが九時半、アトランティックシティ・エクスプレスウェイに乗れたときには九時四十五分になっていた。三車線の道路は時速百三十キロの猛スピードで海岸へ向かう車でいっぱいだった。ウィンドウは下ろして、ラジオのQ一〇二局を大音量で流してあった。後部座席のベスとチェングァンの笑い声を聞かないためだ。ふたりはしょっちゅう相手の話をさえぎったり、ふたり同時に話したりと、ノンストップでおしゃべりしていた。携帯電話はセンターコンソールに置いてシガーソケットで充電してあった。音楽にまぎれてメッセージの着信音が聞こえた。それも次々と。きっと友達のレイシーからだ。一件ですむメッセージも五件に分けないと気がすまない子だから。車線の前方に車がいなかったので、携帯に目を落とすと、画面にメッセージの内容がずらずらと表示されていた。

ヤバい

マジで？

！！！！！！！！

誰が三位だと思う？

ダッシュボードの時計は九時五十八分。女子のレースが終わったらしく、レイシーが律儀に結果を知らせてくれようとしている。もう一度前方を確認してから、片手で電話を持ってパスワードを入力し、慎重に返信した。〝教えて〟

画面に三点リーダーが表示され、レイシーが返信中なのがわかった。ラジオでエド・シーランが丘の上の城のことを歌っていたのを覚えている。バックミラーを確認したことも。男性が運転するSUVが後ろにいて、リアバンパーにぶつかりそうなほど迫ってきたので、深く考えずにわたしは車間距離をとろうとアクセルを踏んだ。ミラーに映ったベスとチェングァンは一本のスパゲティグミを《わんわん物語》の犬みたいに両端から食べていた。ふたりがばかみたいにげらげら笑うので、こう思ったのを覚えている。この子たちどうかしてるんじゃない？　これでもまともなティーンエイジャーなわけ？　そのとき携帯が手のなかで震えてレイシーの返信を知らせた。

次に気づいたときは水曜日で、目が覚めるとそこはニュージャージー州バインランドの病院だった。左脚が折れ、肋骨三本にひびが入っていて、身体は何台ものモニターや機器につながれていた。ベッド脇には母が螺旋綴じのノートを持ってすわっていた。起きあがろうとしたのに身体が動かない。わけがわからなかった。母が話をはじめても、まともに理解できなかった。道路上に自転車が落ちていたのだという。ビーチへ向かう家族がSUVの後部に荷物を積んでいて、そこからマウンテンバイクが落下した。それを避けるためにほかの車が車線を移ってきたのだそうだ。「ベスは？」とわたしが訊くと母の顔がくしゃくしゃになった。それでわかった。

わたしの前にいた車のドライバーは鎖骨を折った。後ろのＳＵＶに乗っていた人たちはそれぞれ軽傷ですんだ。チェングァンはかすり傷ひとつ負わなかった。亡くなったのは妹だけだった。でもわたしも危ないところだったと医者から聞いた。自分を責めちゃいけない、なにも悪いことはしていないんだからと誰もが口々に言った。悪いのはマウンテンバイクを積んでいた家族なのだからと。警官が何人か事情を訊きに病院に来ただけで、本格的な捜査らしきものはなかった。車が横転したときに携帯電話はウィンドウから飛びだしたようだった。衝突で粉々になったか、道路脇の紫の花の茂みにもぐりこんだんだと思う。誰が三位だったかはわからずじまいだった。

二週間後に退院するときにはまたオキシコンチンの処方箋をもらった。〝痛みに応じて〟使うことになっていたけれど、痛みは毎日四六時中、目覚めた瞬間からベッドに倒れこむまでずっと続いた。薬を飲めば多少はましになったので、医者に頼みこんで処方箋を追加してもらった。ハロウィンが過ぎるまで、感謝祭まで、クリスマスまでと。でも二月には問題なく歩けるようになったので、薬は打ち切られた。

経験したことがないほどの苦しみがやってきた。オキシコンチンがそういうものだと、誰も理解していない。少なくとも当時はちゃんと理解されていなかった。ほんの数カ月でその薬はわたしの脳の配線を完全に組み替え、痛みの受容体をどんどん乗っ取っていき、オキシコンチンなしには生きることさえできなくしてしまった。眠ることも、食べることも、授業に集中することもできなかった。そんなことになるとは誰も警告してくれなかった。そんなつらさが待っているとは。

じきにクラスメートの手を借りて、自宅のバスルームや親の寝室から薬をくすねてきてもらうようになった。どれだけ多くの家にオキシコンチンが置いてあるかを知ったら誰もが驚くと思う。やがてどの家のストックも尽きてしまったとき、友達の彼氏からある男を紹介された。ディーラーからオキシコンチンを買うことを正当化するのはたやすい。なにしろ医者に処方されたのと同じ薬なんだから。買うのは薬で、ドラッグじゃない。ただしとんでもなく高いので、一カ月もしないうちに貯金はゼロになった。ひどい冷や汗と吐き気に苦しみながら三日を過ごしたあと、薬を調達してくれる新しい友達のひとりが、もっと安くて利口なやつがあると教えてくれた。

ヘロインというとひどく恐ろしく聞こえるけど、何分の一かの値段で買えるオキシコンチンみたいなものだ。注射針の怖さだけ乗り越えればいい。ありがたいことに、ユーチューブで便利な動画が山ほど見つかった。静脈の見つけ方や、タイミングよくゆっくりとプランジャーを引く方法や、針が血管に入ったのを確認する方法を（表向きは糖尿病患者向けに）解説したものだ。それを覚えてしまうと、あとはもうめちゃくちゃだった。

かろうじて高校は卒業した。同情してくれた教師たちのお情けで。でもコーチたちはみんなわたしの状態に気づいていて、ペンシルベニア州立大学からの学費免除のオファーも結局は撤回された。事故と怪我が理由に挙げられていて、理学療法を続けても秋までに回復は見込めないためと説明された。でもがっかりした記憶はない。その知らせを受けた記憶すらない。大学から母に連絡が行ったときには、わたしはもうノーザン・リバティーズ地区で暮らしていて、知りあったばかりの三十八歳の男友達、アイザックの家のソファで寝かせてもらっていた。

高校卒業後は、ドラッグをやるためだけに、そしてありとあらゆる種類のドラッグを買うお金を手に入れるためだけに生きる、そんな日々が長く続いた。オキシコンチンやヘロインが手に入らなければ手近なものをなんでも試した。母はかなりの時間とお金を使ってわたしを立ちなおらせようとしたけれど、わたしは若くてきれいで、母は貧乏で太っちょで年も取っていた。母に勝ち目はなかった。ある日、母は十七番のバスのなかで心臓発作を起こし、死にかけたところを救急車で病院に運ばれた。わたしがそのことを知ったのは半年後だった。リハビリ施設に入ったといういい知らせを電話で母に伝えようとしたときだ。母はお金の無心だと思って電話を切った。

そのあと二、三度電話しても母が出なかったので、長ったらしい留守電を残し、事故は全部自分のせいだと告白してすべてを謝った。当時わたしは〈セーフ・ハーバー〉で暮らしていて、完全に薬を絶っていたけれど、もちろん母はそれを信じなかった。わたしが同じ立場でも信じなかったと思う。やがてある日、男の人が電話に出た。トニーという母の友達だそうで、母がもう連絡してくるなと言っているとわたしに告げた。次に電話したときには番号が変えられていた。

もう二年も母とは話していない。母がどうしているかもよく知らない。それでも、感謝すべきことがたくさん、本当にたくさんあるのはわかっている。ＨＩＶや肝炎にかからなかったこと。一度もレイプされなかったこと。プリウスの後部座席で意識を失ったとき、オピオイド拮抗薬で命を救ってくれたウーバーの女性ドライバー。刑務所ではなくリハビリ施設に送ってくれた判事。そして相談役になってくれ、ランニングを再開するよう励ましてくれたラッセルとの出会いにも感謝している。ラッセルの助けなしには、とてもここまで来られなかった。

エイドリアンは質問を差しはさまずにわたしの話を聞いていた。ひたすら話しつづけて、やがていちばん肝心なことを伝えるときがきた。「事故は自分のせいだといつも思ってる。みんなはマウンテンバイクの家族のせいだと言うけど、わたしが注意していたら――」

「そんなのわからないよ、マロリー。避けられたかもしれないけど、無理だったかもしれない」

でも、自分が思っているとおりだとわかっている。

これからもそう思いつづけるだろう。

時間を戻してすべてをやりなおせるなら、車線を変えるか、ハンドルを切るか、ブレーキを踏むかする。そうしたら無事なままでいられたのに。

「妹とは同じ部屋を使ってた。その話、もうしたっけ？　二段ベッドで寝ていて、それがすごく嫌で、いつも母さんに文句を言ってた。ひとり部屋がないのは近所でうちだけだよって。じつは嘘だったけど。まあそれで、事故のあと、退院した日に母さんと車で帰ってきて、二階に上がったら——」その先は言葉にできなかった。ベスのいない部屋が静かすぎたことも、妹の息遣いやシーツのこすれる音が聞こえないと眠れなかったことも。

「つらいね」

「あの子に会いたくてたまらない。毎日。だからあんな嘘をついたのかも。でも、それ以外のことはほんとに嘘じゃない。あなたへの気持ちも嘘じゃないし、絵のことも嘘じゃない。あんなものを描いた覚えなんてないし。でも、きっと描いたんだと思う。筋の通る説明はそれしかないから。月曜日にスプリング・ブルックを離れるの。何週間か相談役の家で暮らすことになってる。おかしくなった頭を治すために。こんないかれた人間でごめん」

このあたりでエイドリアンになにか言ってほしかった。「許すよ」じゃなくていい。そんなの虫がよすぎるとわかっている。でもせめて、心をさらけだしたこと、断薬会以外では誰にも言っていない話を打ち明けたことを認めてほしかった。

でも、エイドリアンは立ちあがって「もう行かなきゃ」と言っただけだった。

ふたりで芝地を歩いて駐車場へ戻った。エイドリアンのトラックの横で男の子が三人遊んでいて、指鉄砲を撃ちあっている。近づいていくと、三人とも大声をあげて腕を振りまわしながら駐車場を飛びだしていった。その姿を見て、スプリング・ブルックの広い運動場で遊んでいる男の子たちを思いだした。みんなテディと同じ五、六歳なのに、まるでちがっていた。もの静かで内向的で、絵本とお絵描きが大好きなテディとは。

エイドリアンはトラックに乗りこむまでなにも言わなかった。エンジンをかけてエアコンをつけたまま、ギアをドライブに入れようとしない。「あのさ、昨日きみの家を飛びだしたときはかなり頭にきてたんだ。自分に嘘をつかれたからじゃない。それも十分にひどいけど。きみはぼくの親や親の友達みんなにも嘘をついた。それがすごく恥ずかしかったんだ、マロリー。みんなになんて言えばいい?」

「そうだよね、エイドリアン。ごめんなさい」

「でも、肝心な話はここからなんだ。昨日きみの家を出たあと、うちには帰れなかった。デートのことは親にもすっかり知られていたから、顔を合わせたくなかったんだ。台なしになったと伝えるのが嫌で。だから映画に行った。マーベルの新作をやってたから、時間つぶしにいいと思ったんだ。二回観終わるまでずっといて、零時過ぎにようやく家に帰った。そして二階の自分の部屋に戻ってみたら、これが机の上にあったんだ」

エイドリアンが運転席から手を伸ばしてグローブボックスをあけ、黒い鉛筆画が描かれた一枚の紙を出した。

「これでも自分がいかれてるとか言う気かい。ひと晩じゅう親たちがいた家にきみがしのびこんで、ぼくの部屋を見つけて、この絵を机に置いていった可能性もなくはない。それに五歳のテディがしのびこんだ可能性だってある。あるいはテディの親たちが。でもそうは思えないよ、マロリー」エイドリアンは首を振った。「いちばん納得のいく説明は、きみが言ってたとおりだってことだ。絵を描いてるのはたしかにアーニャで、きみの話が本当だとぼくに知らせようとしてるんだ」

22

ふたりでスプリング・ブルックへ戻ってすぐに検討にかかった。わたしはコテージで見つけたすべての絵と、テディの部屋にあった三枚の絵をまとめて持って出た。エイドリアンの手もとには机にあった一枚のほかに、マクスウェル家の書斎で撮った写真もある。画像をプリンターで印刷してあったので、それも絵の束に加えた。ラッセルが迎えに来るまで四十八時間を切っている。それまでになんとか、わたしたちの話が本当だとマクスウェル夫妻に納得してもらわないと。

プールサイドのパティオで、小石や砂利を重しに使ってすべての絵を並べた。それから筋の通ったストーリーになるよう、三十分かけてあれこれ並びを入れ替えた。

試行錯誤を重ねた結果がこれだ。

「一枚目は熱気球の絵」とわたしははじめた。「場所は公園か野原。広々とした開放的なところ。大空の下」
「だったらスプリング・ブルックじゃないのはたしかだ。フィラデルフィアからたくさん飛行機が飛んでくるから」

「女の人が熱気球の絵を描いてる。ひとまず、これがアーニャだって考えることにする。ノースリーブのワンピース姿だから、夏なのか、気候が暖かい土地にいるのかも」

「そばに女の子がいて、おもちゃで遊んでる。アーニャの娘かな。テディがアーニャには娘がいるって言ってたから。アーニャは娘にあまり注意を払ってないみたい」

「そこに白ウサギが現れる」

「女の子は興味しんしん。ぬいぐるみのウサギと遊んでるところに本物が来たから」

「それでウサギを追っかけて谷間のほうへ……」

「……でもアーニャは娘が離れていくのに気づいてない。絵を描くのに夢中で。遠くに女の子の姿が小さく見えてる。おもちゃはほったらかし。ここまでは意味が通る?」
「と思う」エイドリアンがうなずく。

「よかった、でもここから先がややこしくなる。なにか問題が起きた。ウサギはいなくなっていて、女の子は迷ってしまったみたい。怪我をしてるかも。死んじゃったのかもしれない。なぜかというと、次の絵では……」

「天使がそばにいるから」

「天使が女の子を光のほうへ導く」

「でも誰かがそれを止めようとしてる。誰かが追いかけてきてる」

「アーニャだ」とエイドリアン。「同じ白のワンピースを着てる」
「たしかに。アーニャは娘を助けようと走ってる。娘が連れ去られないように」

「でもアーニャは間にあわなかった。天使は娘を渡そうとしない」
「それか、渡せないか」とエイドリアンが続ける。
「そうね。さて、ここで話が飛んでる」

「天使と娘が消えて、絵には出てきてない。そして誰かがアーニャの首を絞めてる。ここはまだパズルのピースが足りてないのかも」

「時間が過ぎて、夜になってる。アーニャのイーゼルが置きっぱなし」

「道具を持った男が森のなかに現れる。つるはしとシャベルみたい」

「男が森の奥へアーニャを引きずっていって……」

「シャベルで穴を掘って……」

「それからアーニャを埋める」
「なら、男がアーニャを絞め殺したんだね」とエイドリアン。
「そうとはかぎらないんじゃない」
「死体を運んだんだ。そして埋めた」

「でも、話は昼間にはじまってる。男が現れるのはもっとあと、暗くなってからでしょ」

エイドリアンがまた絵を入れ替えて別の並びを見つけようとする。でも、ありとあらゆる順序を試したし、筋が通りそうなものはこれだけだ。

ただ、まだなにか欠けている。ジグソーパズルをやっていて、全部そろったと思ったら、三つか四つ足りないピースがあったみたいな感じだ。それもどまんなかに。

エイドリアンがお手上げの仕草をした。「なんでアーニャははっきり言ってくれないんだ？ ばかばかしい絵なんかやめて、言葉にしてくれたらいいのに。〝わたしの名前はルンペルシュティルツヒェン。王様に殺されました〟とかさ。なんでこんなにまわりくどい方法を使うんだ？」

エイドリアンはぼやいているだけだが、そういえば、そんなふうに疑問に思ってみたことはなかった。なぜアーニャはこんなにまわりくどいやり方を？

テディに絵を描かせるのではなく、なぜ言葉を使わないのか。なぜ手紙を書かないのか。もしかして――

テディの部屋の前で立ち聞きした会話の断片を思い返してみる。〈おやすみタイム〉に聞こえた、当てっこゲームでもしているみたいなテディの返事を。「テディはアーニャがおかしな話し方をするって言ってた。よくわからないって。それ、英語じゃなかったとしたら？」

まさか、と打ち消そうとしたエイドリアンは、そこで図書館の本に手を伸ばした。『アン・C・バレット作品集』に。「わかった、ちょっとその方向で考えてみよう。アニーが第二次大戦後にヨーロッパから来たことはわかってる。英語は話せなかったかもしれない。バレットが本名じゃない可能性だってある。バリシニコフみたいな長くて発音しにくい東欧系の名前を西欧風に縮めたものかもしれない。溶けこむために一家は苗字を変えたんだ」

「きっとそうよ」とわたしは勢いこんで話を引きとる。「ジョージの書いたものを読むと、長年アメリカに住んでいるみたいな感じだった。だからすっかり同化していたんだと思う。教会の執事だし、町会議員も務めてる。でも急にいとこが流れ者みたいにスプリング・ブルックにやってくる。昔の暮らしを思いださせるいとこのことが、彼は恥ずかしかった。あの序文はすごくアニーを見下した感じで、ささやかな足跡しか残してないとか、愚かだとか、そんなことばかり書いてる」

エイドリアンがぱちんと指を鳴らした。「それで降霊盤の説明もつく！　アニーの答えは意味不明だったと言ったよね。アルファベットスープみたいにごちゃごちゃだって。でも、ほかの国の言葉で話していたとしたら？」

降霊会でのことを振り返ってみる。コテージのなかに封印されたようなあの空気と、手のなかで震えていたプランシェットの感触が甦る。

やっぱり、あそこには誰かいた。

やっぱり、誰かがわたしの手を動かして、はっきりした意図を持ってすべての文字を選ばせたのだ。

「ミッツィは全部を書き留めてた」

ふたりで裏庭を抜けてミッツィの家へ向かった。玄関のドアをノックしてみても返事はない。家の裏にある客用の出入り口にまわった。裏口のドアはあいていて、網戸ごしにキッチンをのぞくと、ミッツィがコーヒーを出してくれたフォーマイカのテーブルが見えた。網戸を叩いても、キット・キャット・クロックが尻尾を揺らしながらぎょろりと見返すだけだ。家の奥でテレビの音がしている。記念金貨のコマーシャルだ。「こういった金貨はコレクターに高値で取引され、価値が下がることもなく……」

ミッツィの名を呼んでみたが、騒々しいセールストークのせいで聞こえそうにない。

エイドリアンが網戸のハンドルに手をかけると鍵はかかっていなかった。「どう思う？」

「ミッツィは警戒心がすごく強いし、銃を持ってる。こっそり近づいたりしたら、頭をぶち抜かれちゃうかも」

「怪我してる可能性もある。シャワー中に足をすべらせたとか。お年寄りが玄関に出てこないときは、たしかめに行くべきだよ」

もう一度ノックしたが、やはり返事はない。

「またあとにしない？」

エイドリアンはかまわず網戸をあけて呼びかけた。「ミッツィ、大丈夫ですか」

そしてキッチンへ入っていく。だったらついていくしかない。もう三時を過ぎていて、じきに夕方になる。ミッツィが役に立つ情報を持っているなら、できるだけ早く手に入れないと。ドアをあけたままにして、わたしも続いてなかへ入った。

キッチンには悪臭が漂っていた。生ゴミが溜まっているのか、それともシンクに積みあがった汚れた食器のにおいかもしれない。コンロにはベーコンの脂でべとべとのフライパン。表面に小さな足跡が点々とついている。壁の奥に棲みついているネズミやらなにやらのことは考えたくもない。

エイドリアンのあとについて居間に入った。テレビにはフォックス・ニュースが流れていて、アメリカの治安に対する新たな脅威について司会者がゲストと議論を交わしている。大声でやりあって、というより怒鳴りあっているので、リモコンを手に取ってミュートにした。

「ミッツィ？　マロリーです。聞こえます？」

やはり返事はない。

「ちょっと出かけてるのかな」とエイドリアンが言う。

裏口をあけたままで？　ありえない、ミッツィにかぎって。家の奥に入ってバスルームも確認する。なにもない。最後にミッツィの寝室の前へ行ってみる。数回ノックして名前を呼んでから、ドアを開いた。

室内は窓のスクリーンが下ろされ、ベッドは乱れたままで、床に服が散乱していた。嫌なにおいがこもっていて、どこにも触れる気になれない。ドアがあいた拍子に籐のゴミ箱が倒れて、丸めたティッシュがいくつもこぼれている。

「なにかあった？」エイドリアンが訊いた。

念のためにしゃがみこんでベッドの下もたしかめた。汚れた洗濯物ばかりでミッツィはいない。

「ここにはいない」

腰を上げたとき、ミッツィのナイトテーブルに目が留まった。ランプと電話の横にコットンがいくつかと消毒用アルコール、それにゴムの止血帯がある。

「なんだろう」とエイドリアン。

「わからない。なんでもないかも。行こう」

居間に戻ってから、エイドリアンがソファの上にメモ帳を見つけた。重たい木製の降霊盤の下に突っこまれていたものだ。

「これよ」

買い物リストややることリストが書かれたページをめくっていくと、最新のページに降霊会のときのメモが見つかった。そのページを破りとってエイドリアンに見せる。

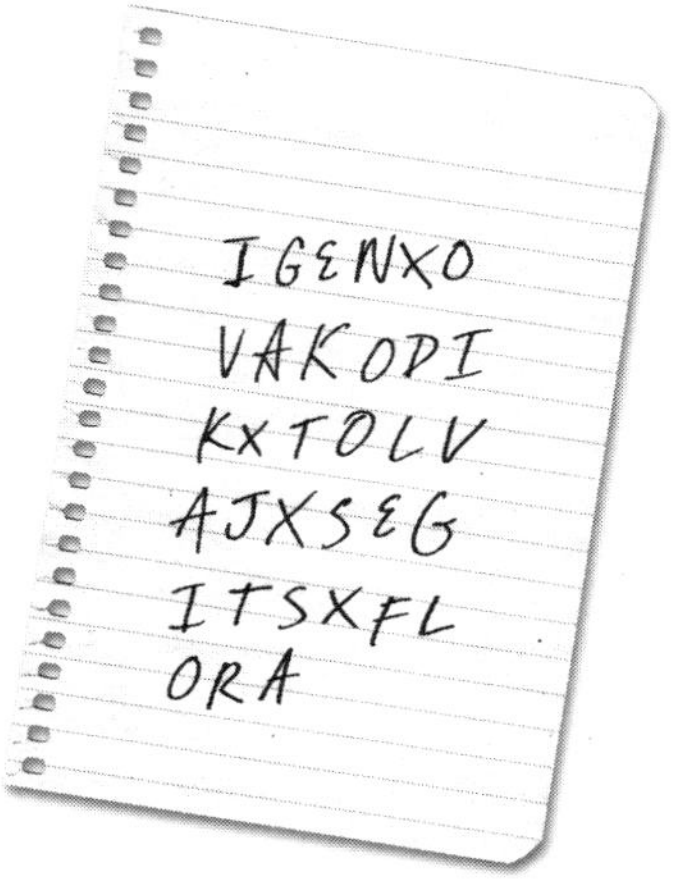

　高校ではスペイン語を選択したし、フランス語や中国語を選択していた友達もいたけれど、ここに書かれているのはそのどれでもなさそうだ。「アーニャって名前はロシア語っぽいけど、ロシア語じゃないのはたしかだな」とエイドリアンが言う。

　念のために携帯電話を出してＩＧＥＮＸＯでググってみても、一件もヒットしない。検索結果がゼロなんて初めてかもしれない。

「グーグルが知らないんだったら、単語じゃないのはたしかね」

「暗号クイズみたいなものかもしれない。それぞれの文字が別の文字に変換される方式の」

「アーニャは英語ができないって話になったところなのに？　ほんとにそんな難しい問題を考えられると思う？」

「コツがわかればそんなに複雑じゃない。ちょっと待って」エイドリアンは鉛筆を持ってミッツィのソファに腰を下ろし、暗号を解きにかかった。

そのあいだに居間のなかを見てまわりながら、ミッツィがなぜテレビをつけっぱなしで裏口のドアもあけたまま出かけたのかと考えていると、スニーカーの下でカシャッと音がした。硬い殻のある虫でも踏みつぶしたみたいな音だ。足を上げると、そこにあったのは細いプラスチックのチューブだった。オレンジ色で円筒形、長さは七、八センチ。

それを床から拾いあげると、エイドリアンが手を止めて顔を上げた。

「それなに？」

「注射器のキャップ。自分で注射してたみたい。インスリンならいいけど、ミッツィのことだから、どうかな」室内を歩きまわると、さらに三本キャップが見つかった。本棚の上、ゴミ箱のなか、窓台の上に。ゴムの止血帯があったから、きっと糖尿病じゃない。

「解けた？」

エイドリアンが持っているメモ帳をのぞきこんでみる。まだ進展はなさそうだ。

「難しいな。普通なら、いちばん多い文字を探して、それをEに置き換えるんだ。この場合、Xが四個あるけど、それをEに置き換えてもなにもわからない」

時間の無駄だと思った。アーニャには言葉の壁があったという考えが正しければ――きっと正しいと思う――英語でなにかを伝えるだけでもひと苦労のはずだ。暗号を使うなんて考えにくい。伝わりやすくしたいはずで、わざと難しくはしないだろう。なるべくわかりやすいメッセージにするはずだ。

「あと一分待って」

そのとき、ドアがノックされた。

「こんにちは。誰かいますか」

男の声で、聞きおぼえはない。

ミッツィのお客がエネルギーリーディングをしてもらいに来たのだろうか。

エイドリアンがメモ帳のページを破ってポケットに押しこんだ。ふたりでキッチンに戻ると、警官の制服を着た男が裏口にいた。

「外に出るんだ」

23

警官は若く、二十五歳かそこそこに見えた。クルーカットに黒いサングラス、丸太みたいな腕はタトゥーで覆われている。半袖の先から手首までの皮膚は三センチの余白もない。星条旗とハクトウワシと憲法の条文がびっしり彫ってある。

「ミッツィの様子を見に来たんです」とエイドリアンが説明した。「ドアはあいてたけど、なかにはいません」

「それで？　そのまま入ったのか。様子を見てみようって？」そのとおりなのに、ありえないことだと言いたげだ。「ドアをあけてゆっくり外に出ろ、いいか」

庭の奥にあとふたり警官がいるのが見えた。黄色いテープを木から木へと張りめぐらしている。その向こうの森のなかでちらちらと動くものがある。反射材つきのジャケットだ。なにか見つけるたびに大声で知らせあっている。

「なにかあったんですか」とエイドリアンが訊いた。

「両手を壁につけ」

「本気ですか」

エイドリアンは動転している。ボディチェックを受けるのが初めてなのは明らかだ。

「言われたとおりにして」とわたしは声をかけた。

「こんなのばかげてるよ、マロリー。きみなんか短パンなのに！　武器なんて隠せやしない」

〝武器〟という言葉が出たせいで、余計に大事《おおごと》になったようだ。黄色いテープを持ったふたりの警官が険しい顔で近づいてくる。わたしはおとなしく指示に従った。レンガの壁に手をついて頭を下げ、警官に手で腰まわりをチェックされるあいだ、芝生をじっと見下ろしていた。

エイドリアンもしぶしぶ隣に立って、てのひらを壁につけた。「ほんとにばかげてる」

「黙れ」

口をひらく勇気があれば、警官にしては感じがいいほうだとエイドリアンに教えてあげたかった。わたしが知っているフィラデルフィアの警官たちが相手なら、取りおさえられ、手錠をかけられ、砂利の地面に顔を押しつけられていたはずだ。問答無用で。エイドリアンは命令に従う必要などないと思っているらしい。自分には法が及ばないかのように。

そのとき、家の横手をまわって男女が歩いてきた。男性は長身の白人で、女性は小柄な黒人、ふたりともでっぷりした締まりのない身体つきだ。高校時代の進路指導員を思いだした。どちらもマーシャルズかTJマックスで安く買ったようなスーツを着ていて、首から刑事のバッジを下げている。

「おい、ダーノウスキー、待てよ」男のほうが言った。「女の子相手になにしてるんだ」

「家のなかにいたんですよ。被害者はひとり暮らしだと聞いていたので」

「被害者？」とエイドリアン。「ミッツィは無事なんですか」

なにを訊いても答えてもらえないまま、わたしたちは引き離された。男の刑事がエイドリアンを庭の向こうに連れていき、女の刑事のほうがわたしを錆びついた錬鉄《れんてつ》のガーデンテーブルにつかせた。刑事がウエストポーチからミントの箱を出してひと粒口に入れる。あいたままの箱が差しだされたが、わたしは断った。

「わたしは刑事のブリッグズで相棒はコーア刑事。タトゥーだらけの若いのはダーノウスキー巡査。やりすぎだったのは謝る。死人なんて出たのは久しぶりだから、みんなぴりぴりしてるの」

「ミッツィが死んだ？」

「ええ、残念ながら。一時間前に子供たちが発見した。森のなかで倒れているのを」とブリッグズが森のほうを示す。「ここからでも、木がなければ見えるあたりよ」

「なにがあったんです？」

「まず名前を教えて。あなたは誰で、どこに住んでいて、ミッツィとはどういう関係かも」

わたしは名前の綴りを伝え、免許証を見せ、庭の向こうのコテージを指差した。隣家で働いていることも説明する。「テッドとキャロラインのマクスウェル夫妻にベビーシッターとして雇われていて、客用のコテージに住んでます」

「昨夜はあのコテージで寝た？」

「毎晩あそこで寝てます」

「なにか聞こえなかった？　変わった物音とか」

「いいえ、でも早く寝たので。雨が激しかったことくらいしか覚えてません。風と雷の音でなにも聞こえませんでした。ミッツィはいつ――」〝死んだ〟という言葉を口にはできなかった。ミッツィが本当に死んだなんてまだ信じられない。

「まだ捜査をはじめたばかりだから。最後に彼女に会ったのはいつ？」

「昨日は会ってないので、おとといです。木曜の午前中。わたしのコテージに十一時半ごろに来ました」

「なんの用で?」

口にするのは恥ずかしいけれど、とにかく本当のことを話すことにした。「ミッツィは霊能者でした。コテージに霊が取り憑いてると考えていたんです。それで降霊盤を持ってきました、ウィジャボードみたいなやつを。それを使って霊と交信しようと思って」

ブリッグズは面白がっているような顔をした。「うまくいった?」

「わかりません。いくつか文字は示されたんですけど、意味不明で」

「お金は要求された?」

「いいえ、無料でやってくれました」

「終わったのは何時?」

「一時です。エイドリアンが昼休みに来ていたからたしかです。そのあとすぐ彼は仕事に戻ったので。それがミッツィを見た最後です」

「服装は覚えてる?」

「グレーのパンツと紫のトップス。長袖。全体的にだぼっとした緩い感じの服です。それにアクセサリーをたくさん。指輪とか、ネックレスとか、ブレスレットとか。ミッツィはいつもアクセサリーを山ほど着けてるんです」

「それは気になるわね」

「なにが?」

ブリッグズが肩をすくめる。「いまはなにも着けてないから。靴も履いてない。ナイトガウンだけ。ミッツィはナイトガウン姿で出歩くような人だった?」

「いいえ、むしろその反対です。見た目にはかなり気を遣ってました。風変わりだけど、こだわりがあるっていうか。わかります？」

「認知症だった可能性はある？」

「いいえ。やたら心配症ではあったけど、頭はしっかりしてました」

「それなら、なぜさっきこの家に入ったの」

「その、ばかばかしく聞こえると思いますけど、降霊会のことで質問があったんです。霊が外国語を使っていたから、意味不明な綴りになったんじゃないかと思って。そういう可能性があるかどうか、ミッツィに訊いてみたかったんです。裏口があいていたから、なかにいると思いました。怪我したのかもとエイドリアンが言って、それで無事かどうかたしかめようと入りました」

「なにか触った？　彼女の持ち物を動かしたりしてない？」

「寝室のドアをあけました。寝てるかもしれないと思って。あと、たしかテレビの音を消しました。すごくうるさくて、ほかの音がなにも聞こえなかったので」

ブリッグズがわたしの腰に目を落とした。ポケットを気にしている。「家からなにか持ちだした？」

「いいえ、もちろん持ちだしてません」

「だったら、ポケットを裏返してもらえる？　正直に話してくれてるとは思うけど、確認しておいたほうがお互いのためだから」

降霊会のメモをエイドリアンが持ってくれていて助かった、おかげで嘘をつかずにすむ。

「質問はこれで終わり。ほかになにか役に立ちそうな情報はない？」

「いいえ、あればいいんですけど。いったいなにがあったのか」

ブリッグズがまた肩をすくめる。「外傷は見あたらない。誰かに襲われたわけではないと思う。

もし戸外でお年寄りの死体が発見されたら？　ナイトガウン姿で。普通は服薬ミスを疑う。間違った薬を飲んでしまったか、倍量を飲んでしまったか。薬を処方されているといった話はしてた？」

「いいえ」これは本当だ。注射針のキャップと止血帯のこと、それに煙のようにミッツィについてまわっていた焦げたロープみたいなつんとするにおいのことも話そうかと思った。でもブリッグズもすぐに気づくはずだ。家をざっと見てまわるだけで。

「それじゃ、時間をとってくれてありがとう。あと、マクスウェル家に案内してもらえる？　テッドとキャロラインのところに。近所の人全員の話を聞きたいから」

夫妻は今日ビーチに行っていると説明して、携帯電話の番号を教えた。「ミッツィのことはよく知らないと思いますけど、協力できることがあればしてくれるはずです」

ブリッグズは立ち去ろうとして、なにか思いついて立ちどまった。「最後にひとつ、余計な質問だけど、気になってしまって。誰の霊と交信しようとしてたの？」

「アニー・バレットという人の。わたしのコテージに住んでいたそうです。一九四〇年代に。噂では――」

ブリッグズがうんうんとうなずく。「ああ、アニー・バレットのことならなんでも知ってる。地元の人間だから。コリガンで育ったの、森の反対側の。でも父はいつも、あれは〝釣師のほら話〟みたいなもんだって言ってた。父はよく、大げさな作り話のことをそんなふうに表現していた。でたらめってこと」

「アニー・バレットは実在してました。画集も手もとにあるんです。スプリング・ブルックの人はみんなアニーを知っているし」

ブリッグズ刑事は反論しようとして、やめにしたようだ。「面白い話を台なしにすることはないわね。とりわけいまは、同じこの森でもっと大きな謎が待っているんだし」そう言って名刺を差しだした。「ほかに思いついたことがあったら電話して」

エイドリアンとわたしはそのあと一時間ほどプールサイドにすわって、騒がしい隣家の裏庭を眺めながら、なにかわかるのを待っていた。スプリング・ブルックにとってこれが大事件なのは、警官や消防士や救急救命士でいっぱいの裏庭を見れば明らかだった。町長も来ているとエイドリアンが教えてくれた。これといってすることはないのか、大勢が集まってただ立ち話をしている。やがて神妙な顔をした救命士四人が森のなかからジッパーつきのビニール袋をのせたストレッチャーを運んできて、じきに人が引きあげはじめた。

キャロラインがビーチから電話してきて大丈夫かと訊いた。ブリッグズ刑事から話を聞いてすっかり〝打ちのめされた〟という。「はっきり言ってあの人のことはあまりよく思っていなかった。でも、こんな亡くなり方は誰にもしてほしくない。なにがあったか、もうわかったの？」

「服薬ミスかもしれないそうです」

「気になることがあったのよ。わたしたち、木曜の夜にミッツィの怒鳴り声を聞いたの。テッドとプールサイドにいたときに。ちょっとした口喧嘩をしてね、あなたも知ってのとおり。そのとき突然、ミッツィが家のなかで誰かに向かって怒鳴るのが聞こえたの。出ていけ、さっさと帰れって。なにを言っているか、丸聞こえだった」

「それで、どうしたんですか」

「わたしは警察に通報するつもりだった。というより、実際に九一一に電話して、呼び出し音が鳴りはじめたときにミッツィが外に出てきたの。ナイトガウン姿で、声の調子はすっかり変わっていた。相手に呼びかけて、待ってと言うのが聞こえたの。〝いっしょに行く〟って。揉めごとはおさまったようだったから、わたしは電話を切って、そのことは忘れてしまったんだけど」

「相手の人は見ましたか」

「いいえ、お客さんだと思っただけ」

それはないと思う。ミッツィは日が落ちたあとにお客を家には入れないはずだ。最初に家を訪ねたとき、まだ夜の七時なのに、こんな夜中に騒々しくノックするなんてと言われたくらいだから。

「ね、マロリー、早めに帰りましょうか？　あなたをひとりにしておくのは気の毒で。たったひとりでこんな事態に対処しないといけないなんて」

隣にエイドリアンがいて、ミッツィの家で見つけたメモを解読しようと首をひねっていることは言わずにおいた。

「平気です」

「本当？」

「ゆっくりしてきてください。テディは楽しんでます？」

「あなたがいなくなることは悲しんでいるけど、海に来て気がまぎれたみたい」電話の向こうで大はしゃぎのテディの声が聞こえている。バケツにつかまえたもののことを喜々として話している。

「待って、テディ。マロリーとお話ししてるから――」

こっちのことは気にせず楽しんでくださいと言って、わたしは電話を切った。それからいま聞いたことを逐一エイドリアンに伝えた。とりわけ、夜にミッツィの家を訪れた謎の人物の部分を詳しく。

エイドリアンの反応から、わたしと同じことを考えているのがわかった。でも、どちらも口にするのをためらっている。

「アーニャだと思う？」エイドリアンが訊いた。

「ミッツィがナイトガウン姿でお客に会うはずがない。アクセサリーもなしに。見た目をすごく気にしてたから」

エイドリアンはまだ森に残っている警官や救急救命士たちに目をやった。「それで、なにがあったんだと思う？」

「わからない。アーニャは危険じゃない、善良な霊なんだって考えてたけど、そう思いこんでいただけなのかも。はっきりしてるのは、アーニャが惨《むご》たらしく殺されたってことだけ。森のなかを引きずられて、穴に捨てられた。怒りに燃えてて、スプリング・ブルックの住民に片っ端から復讐してやろうと思ってるかも。ミッツィが最初に狙われたのかもしれない」

「なるほど、でもなんでいまさら？　そしてミッツィはここに七十年も住んでたんだ。どうしてアーニャは襲いかかるのをいままで待ったりしたんだ？」

もっともな疑問だ。さっぱりわからない。エイドリアンは鉛筆の先を嚙んで、意味不明な文字列に注意を戻した。すべての答えをそこに見出そうとするように。隣家では騒ぎが徐々におさまっている。消防隊は引きあげ、近所の見物人も散っていった。残った数人の警官が最後に裏口を黄色い立ち入り禁止テープ二本で封鎖した。中央で交差したテープが大きなXの字を形作り、屋内と屋外を区切っている。

ミッツィのメモに目を落としたとき、いきなり答えが閃いた。

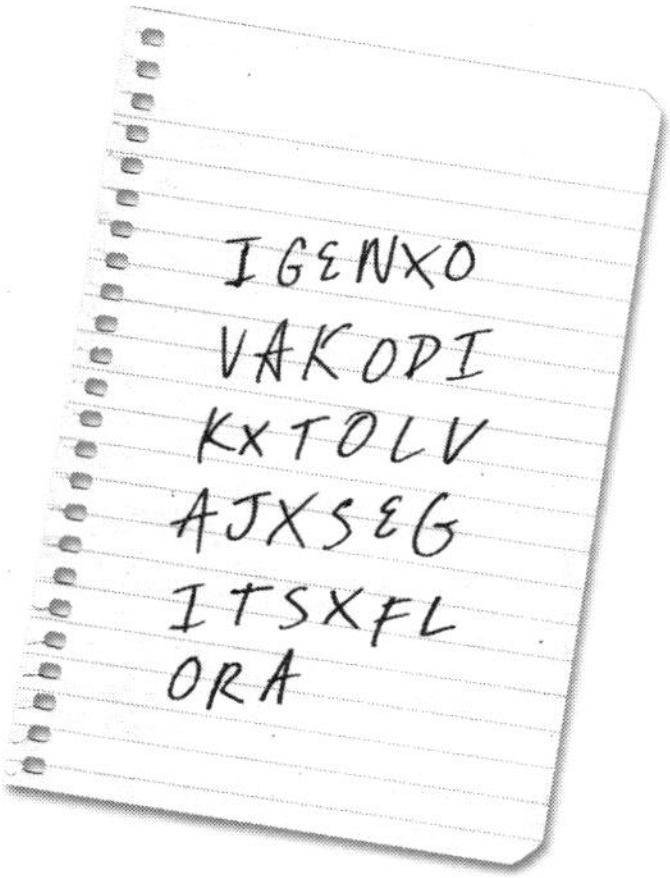

「このX」とエイドリアンに声をかける。「これってXじゃないと思う」
「どういうこと？」
「アーニャは自分の国の言葉をわたしたちが理解できないと知ってた。だから単語のあいだに×印を入れた。区切りとして。スペースってこと、文字じゃなく」

「どれのこと？」

わたしはエイドリアンから鉛筆を受けとって、それぞれの単語を一行ずつ分けて書き写した。

「ほら、これだと言葉に見える。スラブ語っぽい。ロシア語？　ポーランド語かな」
エイドリアンが携帯電話で最初の単語をグーグル翻訳にかけた。すぐに結果が出る。IGENはハンガリー語の〝はい《YES》〟だ。それがわかればあとは簡単に全文を翻訳できる——はい《YES》×気をつけて《BEWARE》×泥棒《THIEF》×助けて《HELP》×花《FLOWER》を。
「花を助けて？　どういう意味だろう」
「わからない」ゴミ回収箱から拾った何枚かの絵を思いだしてみる。たくさんの花を描いた絵があった気がする。「でも、これで絵を使った理由は説明がつく。ハンガリー語しかわからないからだって」

エイドリアンが携帯電話で写真を撮った。「これをキャロラインに送って。きみの作り話じゃないって証明できる」

そこまで確信が持てればいいのだけど。「これじゃなんの証明にもならない。単語がいくつか並んでるだけで、誰だって紙に書ける。ハンガリー語の辞書を使ったんだろうって疑われるだけ」

でもエイドリアンはあきらめない。隠れた裏の意味を見つけだそうとするように、五つの単語を何度も見返している。「気をつけて。泥棒に気をつけて。でも、泥棒って？ なにを盗んだんだ？」

パズルのピースが多すぎて頭が痛くなってくる。丸い穴に四角い杭を打ちこもうとしているみたいな、それか、ものすごく複雑な問題にものすごく単純な答えを無理やり当てはめようとしているみたいな感じだ。必死に考えに集中していたので、携帯電話が鳴りだしたときは、気が散っていらっとした。

でも、そこで発信者の名前が目に入った。

オハイオ州アクロンの〈レスト・ヘイヴン・シニアタウン〉。

24

「マロリーさんですか」

「そうです」

「こんにちは、アクロンの〈レスト・ヘイヴン〉のジャリッサ・ベルです。昨日ミセス・キャンベルに電話をいただきましたよね」

「ええ、お話しできるんですか」

「それが、ちょっと複雑でしてね。ミセス・キャンベルを電話口に出すことは可能なんですが、会話はほとんどできないと思います。末期の認知症なんです。五年間介護を担当しているわたしのことも、朝になるとたいてい忘れてしまっていて。あなたの質問に答えることは難しいと思いますよ」

「基本的な情報を知りたいだけなんです。もしかして、ミセス・キャンベルのお母さんの名前を知りませんか」

「ごめんなさい、知りません。でも知っていたとしても、お伝えすることはできませんよ」

「遺産相続の話が出たことは？　ジーンおばさんから大金を遺されたとか」

笑い声がした。「それこそ絶対に教えられません。個人情報保護法がありますから！　クビになってしまいますよ」

「そうですよね。すみません」

わたしの声に落胆を感じとったからか、相手が案を出してくれる。「明日の面会時間は正午から四時までです。本当にミセス・キャンベルと話したいなら、来てもらえれば、お引き合わせしますよ。面会者があるのは患者さんにとってもいいことですし。脳を活性化して、ニューロンの発火を促しますから。でも、あまり期待せずに来てくださいね」

時間をとってくれたことに感謝してわたしは電話を切った。アクロンまで六時間はかかるし、マクスウェル夫妻に自分の話を納得させるための時間は今夜と明日しかない。エイドリアンに相談すると、同じように、賭けに出て時間を無駄にしないほうがいいという意見だった。

問題の解決法があるとすれば、このスプリング・ブルックで見つけるしかない。

日が暮れたあと、ビストロという店名の小ぢんまりしたレストランに出かけた。ニュージャージー名物のダイナーと料理はまるで変わらないのに、やわらかい照明がともり、本格的なバーもあり、ジャズトリオのライブまで聴けるので、なにもかも予想の倍の値段がした。ディナーのあとは、ふたりともおやすみを言う気になれず、あてもなく近所をぶらついた。エイドリアンはノリスタウンまでわたしに会いに来ると何度も言い、もちろんスプリング・ブルックにもいつでも来てと続けた。でも仕事がなくなれば居心地のよさは失われてしまうだろう。自分がよそ者だと、もうここの人間じゃないと感じるはずだ。どうにかしてマクスウェル夫妻に話を信じてもらえる方法を見つけられればいいのに。

エイドリアンがわたしの手を取ってぎゅっと握った。

「コテージに戻ったら新しい絵があるかもしれないよ。新しい手がかりが見つかって、すべてが明らかになるかも」

でも、テディが一日じゅうビーチにいたのだから、それはありそうにない。「アーニャは自分では絵を描けないから。手が必要なの。霊媒の力を借りなきゃならない」

「なら、きみがその役を買ってでれば？　メッセージを完成させるチャンスをあげるんだ」

「どうやって？」

「コテージに戻って、目を閉じて、乗り移ってくださいって誘うんだよ。昨日はうまくいっただろ？」

書斎でのことを考えただけで身が震えた。「あんなこと、また経験する気にはなれない」

「ぼくが近くにいて危険がないようにするよ」

「わたしの寝顔が見たいから？」

エイドリアンが笑う。「それじゃキモいやつだろ。きみが大丈夫なように、そばにいるって言ってるんだ」

気乗りはしないけれど、時間も遅くなってきたので、選択肢はあまりない。エイドリアンはあと何枚か欠けている絵があると考えていて、留守にしているテディの代わりに誰かが時間と両手を差しだせば、アーニャの話は完結するはずだと確信しているようだ。「わたしが眠ったあと、なにも起こらなかったら？」

「一時間待ってそっと出ていくよ。それか、きみがよければ――」エイドリアンは肩をすくめる。

「朝までいてもいい」

「今夜はいっしょに寝たくない。まだ早すぎる」

「わかってるよ、マロリー。ただ手助けしたいだけだ。床で寝るよ」

「それに、お客を泊めるのは禁止だし。そういうルールなの」

「でも、クビになったんだろ。もうルールに従う必要はないよ」

ドラッグストアに寄ってエイドリアンが歯ブラシを買った。店内にある小さな文具コーナーで、スケッチブックと鉛筆ひと箱と太めのマーカーも手に入れた。アーニャの好みではないかもしれないが、我慢してもらうことにする。

コテージに着くと、一応エイドリアンに室内を案内した。三秒で。

「いい部屋だね」

「でしょ。出ていくのが寂しい」

「まだ希望は捨てちゃだめだよ。この計画がうまくいくチャンスは十分あると思う」

音楽をかけて一時間ほども話をした。これから試そうとしていることのせいで、なんだか気恥ずかしかった。ベッドを共にするためにエイドリアンを家に入れたのなら、することは決まっている。でもこれからとりかかるのは、それよりずっと親密で個人的な行為のような気がした。

午前零時になって、ようやくベッドに入る決心がついた。バスルームへ行ってやわらかい生地のランニングショーツと着古したセントラル高校のTシャツに着替えた。フロスを使い、歯を磨く。顔を洗って化粧水をつける。ドアをあけようとして少しためらった。下着姿を見せようとしているみたいに、ちょっとばつが悪かった。もっとちゃんとしたパジャマがあればよかったのに。首まわりが小さな穴だらけの、くたびれた高校Tシャツなんかじゃなく、もっとかわいいやつが。

バスルームを出ると、エイドリアンが先にベッドカバーを外してくれていた。ベッド脇の小さなランプ以外、明かりはすべて消してある。スケッチブックと鉛筆がナイトテーブルに置いてあって、霊感が降りてくるかなにかしたらすぐに手に取れるようになっている。

エイドリアンはわたしに背を向けてキッチンに立っていて、冷蔵庫から炭酸水の缶を取ろうとしていた。すぐ後ろに行くまでわたしに気づかなかった。「準備できたと思う」

エイドリアンが振りむいて微笑む。「みたいだね」

「あなたが退屈しないといいんだけど」

携帯電話の画面を見せられた。〈コール・オブ・デューティー〉のアプリを入れたんだ、シューティングゲームの。ウズベキスタンで人質を救出してくる」

わたしは爪先立ちになってエイドリアンにキスした。「おやすみ」

「うまくいくといいね」

ベッドに入ってシーツのあいだにもぐりこむと、エイドリアンは部屋の反対側にある椅子に腰を下ろした。シーリングファンがまわり、窓の外でコオロギがやかましく鳴いているせいで、エイドリアンの気配はほとんど感じられない。壁側に寝返りを打つ。長く疲れる二日を過ごしたせいで、じきに眠れそうだ。枕に頭を沈めたとたんストレスがすっと消えていくのを感じた。筋肉が緩み、身体から力が抜ける。数メートルと離れていないところにエイドリアンがいるのに、見られているような気配も久しぶりに感じなかった。

ひとつだけ夢を覚えている。わたしは〈魔法の森〉にいて、踏み固められた土の道に横たわり、暗い夜空を見上げていた。両脚は地面から離れている。黒っぽい人影に足首をつかまれて枯葉の上を引きずられているからだ。両腕はバンザイの形に伸びている。石や木の根に指が触れるが、うまくつかめない。身体が麻痺したようになんの抵抗もできない。

次の瞬間、今度は穴の底から上を見ていた。井戸の底に落ちたみたいな感じだ。身体はプレッツェルみたいにねじれている。背中の下敷きになった左腕、いっぱいに開いた両脚。もっと痛みを感じるはずなのに、なぜか意識は半分身体を抜けだしている。高いところから男が穴底を見下ろしている。と、やわらかくて小さいものが胸にあたって地面に転がる。子供のおもちゃ、ウサギのぬいぐるみだ。続いてぬいぐるみのクマと小さなプラスチックのボールも落ちてくる。「すまない」男の声はくぐもっていて、水中で話しているみたいだ。「本当に、本当に、すまなかった」

それから土の塊が顔にあたった。シャベルで地面を掘る音がかすかに聞こえて、さらに土や石ころが落ちてくる。男のあえぎが聞こえ、胸の上の重さが増していき、全身に圧がかかって、やがてなにも見えなくなる。漆黒の闇だ。

はっと目をあけるとコテージに戻っていた。明かりは消え、ナイトテーブルの小さな時計は三時三分を示している。わたしはベッドに寝たまま芯が折れた鉛筆を握っていた。暗いなかでも、椅子が空っぽなのはわかった。なにも起きないので、エイドリアンは待ちくたびれて帰ってしまったんだろう。

ドアに鍵がかかっているかたしかめようと身を起こした。シーツをめくってベッドから脚を下ろしたところで、ようやく上半身裸のエイドリアンが床で寝ているのに気づいた。ベッドと平行になって、曲げた肘の上にTシャツを丸めたものを置いて枕にしている。

わたしは手を伸ばしてそっと肩を揺すった。「ねえ」

エイドリアンが跳ね起きる。「どうした？」

「うまくいった？　わたしなにか描いた？」

「うん、イエスでもありノーでもある」エイドリアンは小さなランプを点けてスケッチブックを開き、一枚目を示した。ほぼ一面に線が殴り描きされ、紙の表面は黒く塗りつぶされている。左側に小さな余白が二カ所あるのは、筆圧で紙に穴があいてその下の白いページがのぞいているせいだ。

「一時を過ぎてすぐだった。きみが寝入って一時間くらいかな。ぼくもあきらめて寝ることにしたんだ。それで明かりを消して床に横になった。そしたら、きみが寝返りを打ってスケッチブックに手を伸ばす音が聞こえた。起きあがりもしないで、真っ暗ななかで横になったままこれを描いたんだ」

「絵にはなってないけど」

「アーニャはもう描き終わったって言ってるのかもしれない。絵はこれで最後だって。必要なものはもうそろってるんだ」

でもそんなはずはない。なにかがまだ欠けている。それはたしかだ。「穴の底にいる夢を見た。男がシャベルでわたしに土をかけてた。この絵は土なのかも」

「かもしれないけど、それがどう役に立つ？　土の絵でなにがわかるんだ？」

わたしはほかの絵を取ってこようと立ちあがった。床に広げて、この真っ黒な絵がどこにあてはまるか考えてみたかった。寝ないとだめだとエイドリアンが止めた。「身体を休めるんだ、マロリー。明日はこの謎を解く最後のチャンスだ。寝ときなよ」

そう言って、またTシャツを丸めてひどくお粗末な枕をこしらえ、硬い木の床に横になった。そして目を閉じたので、わたしはつかのまアーニャを忘れてその上半身に見とれた。夏じゅう外で働いているせいで、自然と日に焼けて引き締まっている。コインを落としたら跳ね返しそうな腹筋だ。やさしくしてくれ、支えてくれて、おまけに見たこともないほどすてきな身体をしている、そんな彼を床に寝かせるなんてばかみたいだ。

エイドリアンが目をあけて、わたしがまだ見ているのに気づいた。「明かりを消してくれる？」

わたしは手を伸ばし、彼の胸をそっと撫でてから、その手を取った。「わかった。でも、まずはこっちに来て」

25

バターとシナモンの香りで目が覚めた。エイドリアンはもう服を着てキッチンに立っていた。パントリーから青リンゴを出してきて、フライ返しを手にコンロの前に立ち、パンケーキらしきものをひっくり返している。時計を見ると朝の七時半を過ぎたばかりだ。

「もう起きたの」

「アクロンまで車で行ってくる。ドロレス・キャンベルに会いに。グーグルで調べたら、いま出れば二時には着くらしい」

「そんなの時間の無駄じゃない？　六百キロ以上も運転して、担当スタッフのこともわからないおばあさんに会いに行くなんて」

「これが最後の手がかりなんだ。絵の写真と図書館の本を持っていくよ。それを見せたら、なにか反応が引きだせるかもしれない」

「無理だってば」

「かもね。ともかくやってみるよ」

エイドリアンの決意が固いので、いっしょに行ったほうがいいような気もするけれど、午後はテディたちと過ごすことに決まっている。「わたしはここにいなきゃ。パーティーを開いてもらうことになってるから」

「こっちは大丈夫。新しいオーディオブックをダウンロードしたし。『ジェダイの継承者』をね。アクロンへの往復のあいだ聴いていられる」エイドリアンが紅茶のマグカップとアップルシナモンパンケーキの皿を運んできて、起きてと合図する。「さあ、食べてみて。親父のレシピなんだ」起きあがってひと口食べたとたん、思わず目をみはった。甘酸っぱくて、バターたっぷりで、すごくおいしい。あのチュロスよりおいしいくらいだ。

「もう最高」

エイドリアンがかがんでキスしてくれる。「コンロの上にまだあるよ。なにかわかったら向こうから電話する」

行ってしまうのがちょっと寂しかった。三時にプールパーティーがはじまるまで、まだまだ時間がある。でもエイドリアンを引きとめることはできそうにない。わたしがスプリング・ブルックを出ていかずにすむなら、地の果てまで手がかりを追っていくだろうから。

午前中は荷造りをして過ごした。たいして時間はかからなかった。六週間前にスプリング・ブルックに来たときは、中古のスーツケースにわずかな服を詰めて持ってきた。いまは気前のいいキャロラインのおかげで服がずいぶん増えたが、それを入れるものがない。しかたなく、五百ドルもする服をできるだけ丁寧にたたんで、キッチン用の大きなゴミ袋に詰めた。〈セーフ・ハーバー〉の仲間たちがリハビリ患者のスーツケースと呼ぶスタイルだ。

それからスニーカーを履いて、近所へ最後のランニングに出た。スプリング・ブルックがどんなに恋しくなるかは考えないようにした。小ぢんまりしたショップやレストランも、凝った装飾の家々も、美しい芝生や花壇も。ノリスタウンのラッセルの家には行ったことがあるけれど、ここにはとうていかなわない。ラッセルが住んでいるのは高層マンションの十階で、隣はビジネスパークとアマゾンの配送センターだ。焼けつくようなアスファルトとコンクリートだらけのだだっ広い複合施設で、ハイウェイに囲まれている。きれいなところとはとても言えない。でもそこへ行くしかなさそうだ。

プールパーティーは心のこもったものに思えた。キャロラインは裏庭のパティオをリボンで飾り、テディといっしょに〝ありがとうマロリー〟と書かれた手作りのバナーも掲げてくれた。テッドもキャロラインもクビのことには上手に触れないようにしていた。自分の意思で辞めるみたいに振舞えたおかげで、気まずい午後を過ごさずにすんだ。キャロラインがキッチンで食事の支度をするあいだ、わたしはテッドとテディといっしょにプールで泳いだ。三人で次から次へとばかげた競争をして、最後にはきまってテディが勝った。キャロラインのお手伝いをしてきたほうがいいかも、少しは泳いでもらえるように、とわたしは思いついて言った。そのとき、キャロラインがプールで泳ぐのを見たことがないのに気づいた。

「ママは水に入るとかゆくなっちゃうの」

「塩素のせいだ」とテッドが続けた。「pHバランスを調整してみたんだが、効き目がなくてね。超敏感肌なんだ」

四時になってもエイドリアンからの連絡はなかった。メッセージを送ろうかと思ったとき、キャロラインがパティオからディナーの用意ができたと呼んだ。テーブルには氷水のピッチャーと搾りたてのレモネードとヘルシーな料理がずらりと並んでいた。エビの串焼き、柑橘類とシーフードのサラダ、ボウルに入った蒸したてのカボチャやほうれん草や軸つきのトウモロコシ。どれも見るからに手がこんでいて、わたしを辞めさせることを気に病んでいるのがわかった。今後のことを考えなおしてくれるかも、ここにいさせてもらえるチャンスがまだあるのかも、そんな期待をせずにはいられなかった。テディがビーチと遊園地への日帰り旅のことを喜々として話しはじめた。お化け屋敷やバンパーカーのことも、海にいたカニに小さな足の指をはさまれたことも、なにもかも。夫妻もたくさん話を聞かせてくれ、まるでいつもと同じ一家だんらんのひとときを過ごしているみたいに思えた。なにもかも元どおりに戻ったみたいに。

キャロラインがデザートの溶岩チョコレートケーキを運んできた。小さなスポンジケーキのなかにとろとろの温かいガナッシュが入っていて、上にバニラアイスがのっている。焼き加減は完璧で、ひと口食べて、わたしは文字どおり息を呑んだ。

みんながそれを見て笑った。

「ごめんなさい。でも、こんなにおいしいものは初めてで」

「あら、うれしい」とキャロラインが言った。「最高な夏の締めくくりになってよかった」

それで、なにも変わっていないのだと気づいた。

皿洗いを手伝うと申しでても、テッドもキャロラインも自分たちでやると言って譲らなかった。あなたは主賓なんだからと。テディと遊ぶように言われたので、ふたりでプールに戻って、最後にお気に入りのゲームを片っ端からやった。《キャスト・アウェイ》ごっこも、《タイタニック》ごっこも、《オズの魔法使》ごっこも。それからゴムボートに並んで寝そべり、長いあいだ浮いていた。

「ノリスタウンって遠い？」テディが訊いた。

「そんなに遠くない。一時間もかからないよ」

「なら、またプールパーティーに来れる？」

「来れるといいけど、どうかな」

本当はどうかって？　二度とテディには会えない気がしていた。次のベビーシッターはすぐに見つかるだろう。もちろんきれいで賢くてチャーミングな人で、テディに楽しいことを山ほど教えてくれる。わたしは一家の歴史のなかで、ごくちっぽけな存在として記憶されるだけだ。六週間しか続かなかったベビーシッターとして。

そしてなによりつらいのが、何年も先に、テディが感謝祭のディナーに大学のガールフレンドを連れてきたとき、食卓の笑い話としてわたしの名前が出ることだ。壁じゅうに落書きをした頭のいかれたベビーシッターがいて、テディの空想の友達が本物だと信じていたのだと。

テディとわたしはゴムボートに寝そべったまま美しい夕焼けを見上げていた。雲が茜色に染まり、まるで美術館で見る絵画みたいな空だ。「ペンフレンドにはなれるよ」とわたしは約束した。「絵を送ってくれたら、手紙を書くね」

「いいね」

テディが白い雲をたなびかせて空を横切る飛行機を指差した。「ノリスタウンには飛行機で行くの？」

「ううん、空港がないから」

テディががっかりした顔をする。

「いつか飛行機に乗るんだ。大きい飛行機は一時間に八百キロも飛べるんだって、パパが言ってた」

わたしは笑って、飛行機には乗ったことがあるでしょと言った。「バルセロナからこっちに来たときに」

テディが首を振る。「バルセロナからは車で来たよ」

「そうじゃなくて、空港まで車で行ったんでしょ。それから飛行機に乗ったの。バルセロナからニュージャージーまで車では来られないよ」

「来たんだよ。ひと晩かかった」

「大陸がちがうの。途中に大きな海がある」

「海のなかにトンネルを掘ったんだ。すごく分厚い壁で、海の怪獣が来ても平気なの」

「もう、冗談なんか言って」

「パパに訊いてみてよ、マロリー。本当だってば！」

そのとき、プールサイドでわたしの携帯が鳴りだした。エイドリアンからの電話を聞き逃さないように着信音を最大にしてある。「すぐ戻るね」テディにそう言って、ゴムボートを離れてプールサイドへ泳いで戻った。でも間にあわなかった。携帯を手に取ったときには留守電に切り替わっていた。

エイドリアンが写真を送ってきている。年配の黒人女性で、薄手の赤いカーディガンを着て車椅子にすわっている。目はうつろだが、髪はきちんと整えられている。丁寧に世話をしてもらっているようだ。

すると二枚目の写真が届く。同じ女性の隣に五十代くらいの黒人男性も写っていて、女性の肩に腕をまわして、カメラに注意を向けさせようとレンズを手で示している。

エイドリアンがまたかけてきた。

「写真届いた？」

「この人たち誰?」

「ドロレス・ジーン・キャンベルと息子のカーティス。アニー・バレットの娘と孫だよ。ふたりと二時間いっしょにいたんだ。カーティスは日曜ごとにお母さんの面会に来てる。ぼくたちはまるっきり勘違いしてたんだ」

こんなことありえない。

「アニー・バレットは黒人だったの?」

「いや、でもハンガリー人じゃなかった。イギリス生まれだ」

「イギリス人?」

「いま隣にカーティスがいるから代わるよ。直接話を聞いて、いいね」

プールにいるテディが退屈そうにこちらを見ている。戻っていっしょに遊んでほしそうだ。わたしが〝あと五分〟と口の動きで伝えると、テディはゴムボートによじのぼり、小さな足をばたつかせてぐるぐるまわりはじめた。

「やあ、マロリー。カーティスだ。アニーばあちゃんのコテージに住んでるって本当かい」

「え、ええ、たぶん」

「ニュージャージー州スプリング・ブルック、ヘイデン渓谷のそばにあるやつだね? 友達のエイドリアンが写真を見せてくれた。なに、心配はいらないよ。ばあちゃんは取り憑いたりしてないから」

わけがわからない。「なぜわかるんです?」

「こういうわけさ。ばあちゃんは第二次大戦後にイギリスからスプリング・ブルックにやってきた。いとこのジョージの家で暮らすためにね。家があるのはヘイデン渓谷の東側で、当時は白人ばっかりの金持ちの町だったんだ。おれのじいちゃんのウィリーはヘイデン渓谷の西側に住んでた。コリガンっていう、有色人種が住む地区に。テキサコのガソリンスタンドで働いてて、仕事帰りによく川へ夕食のおかずを獲りに行ってたそうだ。じいちゃんは魚が大好物でね。釣れたら毎日のようにマスやパーチを食べてた。ある日じいちゃんは、きれいな白人の娘が裸足で歩いてるのを見かけたんだ。スケッチブックを持って。こんにちはと言われたけど、とても顔なんて見られなかったそうだ。なにせ一九四〇年代のことだからね。黒人の男が白人の女に微笑みかけられたら？　目をそらすしかない。でもアニーばあちゃんはイギリスのクレスコム出身だ。カリブ海からの移民が大勢いる海辺の町の。黒人が怖くはなかったから、毎日じいちゃんに挨拶したんだ。それから一年かけてふたりは友達になって、やがてそれ以上の仲になった。じいちゃんは夜中にこっそり森を抜けて、ばあちゃんのコテージに通うようになったんだ。話についてきてるかい」

「ええ、なんとか」プールにいるテディに目をやると、まだゴムボートでぐるぐるまわっている。最後の日にほったらかしにしていることに気が咎めるけれど、続きを聞かないわけにはいかない。

「なにがあったんです？」

「ある日のこと、アニーはいとこのジョージのところへ行って妊娠したと告げたんだ。当時はそんな言葉、使わなかっただろうがね。〝子供ができた〟とでも言ったんだろう。父親はウィリーで、いっしょに駆け落ちするって言ったそうだ。西のオハイオへ行って、ウィリーの家族がやっている農場で暮らせば、誰にも邪魔されないだろうからって。アニーはすっかり心を決めていて、思いとどまらせるのは無理だとジョージも悟ったらしい」

「それでどうなったんですか」

「もちろん、ジョージはかんかんさ。生まれた子供は忌み嫌われるだろう、結婚など神はお許しにならないと責めたてた。おまえは死んだも同然だ、金輪際、家族の一員とは認めないとね。アニーのほうも、それでかまわない、もともと好きでもなかったからと言い返した。そして荷物をまとめて姿を消したんだ。そのせいでジョージはひどく困ったことになった。彼は町の中心人物だ。教会の執事だった。いとこが黒人男と駆け落ちしたなんて言うわけにはいかない。真相を知られるくらいなら死んだほうがましだったろうね。だから話をでっちあげた。肉屋に行って、バケツ二杯分の豚の血を買ってきたんだ。当時は法医学なんてものはないから、血ならなんでもよかった。それをコテージじゅうにぶちまけ、家具を倒し、誰かが荒らしたように見せかけた。それから警察に通報したんだ。町じゅう総出で捜索に出て、川も網でさらったけど、遺体は見つからなかった。もともとなかったんだからな。ばあちゃんはそれを大脱走って呼んでたよ。その後の六十年はアクロンの近くの農場で過ごして、一九四九年にお袋のドロレスを、一九五〇年におじのタイラーを産んだんだ。亡くなるまでに四人の孫と三人の曾孫《ひまご》も生まれた。八十一歳まで生きたよ」

カーティスの話しぶりは確信に満ちていて明快そのものだが、それでもまだ信じられなかった。

「じゃあ、誰にもばれなかったってことですか。スプリング・ブルックの人たちはいまも彼女が殺されたと思ってます。地元の妖怪みたいになってるんです。森に棲みついてるって子供たちが噂したりして」

「思うに、スプリング・ブルックは一九四〇年代からあまり変わってないんじゃないかな。当時から金持ちの町だった、いまじゃ〝裕福な〟って言うんだろうがね。表現がちがうだけで同じことさ。でも車を飛ばしてコリガンへ行けば、本当のことを知ってる人間がいくらでもいるよ」

ブリッグズ刑事とのやりとりが頭をよぎった。「そのうちのひとりに会ったと思います。そのときは信じなかったけど」

「まあ、そういうことだから安心するといい。車でかみさんが待ってるから、あんたの友達に代わるよ」

わたしが時間を割いてくれたお礼を伝えると、カーティスはエイドリアンに携帯を渡した。「びっくり仰天だろ？」

「なにもかも間違ってたってわけ？」

「アニー・バレットは殺されてなんかいなかった。ぼくらの幽霊じゃないんだ、マロリー。あの絵は全部、誰か別の人間が描いたんだ」

「テディ？」顔を上げると、キャロラインがプールの端に立って息子を呼んでいた。「もう遅いわ。シャワーを浴びる時間よ」

「あと五分だめ？」とテディ。

わたしはキャロラインに手を振り、自分がテディに付き添うと身振りで示した。それからエイドリアンに言った。「もう切らなきゃ。帰ってきたらコテージに来ない？ ここでの最後の夜だから」

「遅くなってもかまわないなら。ナビによると、真夜中にはなりそうだけど」

「待ってる。安全運転でね」

頭がくらくらする。レンガの壁に激突でもしたみたいだ。何週間も追っていた手がかりは見当はずれだった。ということは、アーニャについてわかっていることを一から考えなおさないといけない。

でも、まずはテディをプールからあがらせなくては。

「さあ、テディベアちゃん。シャワーを浴びよう」

それぞれタオルを持ち、庭を横切ってシャワー小屋に向かった。小屋の外には小さなベンチがあって、テディの消防車柄のパジャマと洗いたての下着が用意されていた。わたしはドアの奥に手を伸ばしてシャワーの蛇口をひねり、お湯の温度を調節した。テディがなかに入ってドアに鍵をかけるのを待ち、タオルを持って外に立つ。水着がコンクリートの床にばしゃりと落ちて、小さな足がそれをこちらに蹴飛ばした。わたしはポリエステル地の水着を絞ってしっかり水気を切った。それから庭の向こうのミッツィの家に目をやった。キッチンの明かりが点いていて、ブリッグズ刑事が現場に戻ってきている。金属の棒のようなものを持って裏庭の地面に突き刺しては、なにかを測っている。手を振って挨拶すると、こちらへやってきた。

「マロリー・クイン。明日スプリング・ブルックを離れるそうね」

「いろいろうまくいかなくて」

「キャロラインから聞いた。でも、その話をしてくれなかったのはちょっと意外だった」

「言うべきだと気づかなかったんです」

相手は続きを待っているようだ。でも、いったいなにを言えと？　クビになったなんて胸を張って話せることじゃない。だから話題を変えることにする。

「アニー・バレットのお孫さんとさっき電話で話したんです。カーティス・キャンベル、オハイオ州アクロンに住んでいる人です。アニーばあちゃんは八十一歳まで生きたって」

ブリッグズがにやっと笑う。「でたらめだって言ったでしょ。わたしの祖父はウィリーの幼なじみなの。釣り仲間だったのよ」

テディがシャワー小屋から呼んだ。「ねえ、マロリー」

「ここにいるよ」

「石鹸に虫がついてる」怯えた声だ。

「どんな虫？」

「大きいやつ。ゲジゲジだ」

「水をかけなさい」

「無理だよ。マロリーがやって」

テディが鍵をあけてシャワー小屋の奥へ下がり、わたしの場所を空けた。わたしはダヴの石鹸を手に取って、気味悪くのたくる紙魚かなにかがいるかとたしかめたが、なにもいない。

「どこ？」

テディが首を振ったので、虫はただの口実で、ドアをあけさせるためにひと芝居打ったのだとわかった。「ぼくたち、逮捕されるの？」テディが声をひそめて訊いた。

「誰に？」

「警察の女の人に。ぼくたちのこと怒ってる？」

わたしは当惑したまま、まじまじとテディを見つめた。いったいどういうことだろう。「ううん、心配しないで。誰も逮捕なんてされないから。ほら、シャワーを浴びちゃって、いい？」

わたしがドアを閉めると、背後で鍵がかかる音がした。

ブリッグズ刑事はまだ待っている。

「問題ない？」

「テディは大丈夫です」

「あなたのことよ、マロリー。幽霊を見たような顔をしてる」

わたしは頭を整理しようと椅子にすわりこみ、電話で聞いた話のせいでまだ動揺しているのだと答えた。「アニー・バレットは殺されたんだとすっかり信じこんでいたんです。七十年もあの話が広まったままだなんて信じられない」

「まあ、真相はスプリング・ブルックにとって都合の悪いものだったから。町の人たちがもうちょっと寛容だったら、ウィリーとアニーはここにいられたかもしれない。ジョージだって犯行現場を偽装する羽目にはならなかったかも」とブリッグズが笑う。「あのね、うちの署にもいまだに殺人が本当にあったんだと思ってる人たちがいるの。わたしが真相を話すと、面倒なことを言いだしたなって顔をする。黒人の女刑事が人種問題を持ちだしてきたって」そう言って肩をすくめる。「さて、あまり時間をとらせるのも悪いわね。少しだけ質問があるの。ミッツィの携帯電話がキッチンで見つかった。バッテリーは切れていたけど、充電器があったから起動できた。あなたへのメッセージを書きかけていたみたいなの。わたしには意味不明だけど、あなたならわかるかもしれないと思って」と、眼鏡の縁の上から手帳をのぞきこむ。「メッセージの内容はこう。〝話がある。わたしは間違っていた。アーニャは名前じゃなくて〟」ブリッグズはそこで目を上げてわたしを見た。「ここで終わってる。意味わかる?」

「いいえ」

「〝アーニャ〟についてはどう? タイプミスだと思う?」

わたしはシャワー小屋を目で示した。「アーニャはテディの友達の名前です。目に見えない友達ですけど」

「目に見えない友達?」

「五歳なんです。想像力の塊で」

「本当はいないって知ってるよ」テディが声をあげる。「頭のなかだけの友達だって」

ブリッグズが眉をひそめた。謎めいたメッセージに困惑顔だ。それから手帳を何枚かめくった。

「昨日キャロライン・マクスウェルと話したとき、ミッツィが木曜の晩に口論するのを聞いたと言ってた。夜の十時半くらいにナイトガウン姿で家を出るのを見たって。なにか聞こえなかった？」

「いいえ、ここにはいなかったので。エイドリアンの家にいたんです。三ブロック先の。ご両親がパーティーを開いてて」木曜日の夜の十時半といえば、〈花のお城〉の庭で『アン・C・バレット作品集』とにらめっこして時間を無駄にしていたころだ。「ミッツィの死因は検死でわかったんですか」

ブリッグズはテディに聞こえないように声を落とした。「残念ながら、ドラッグがらみのようね。過剰摂取による急性肺損傷。死亡したのは木曜の夜から金曜の早朝にかけて。でも、フェイスブックに載せたりしないでね。あと数日は秘密にしておいて」

「ヘロインですか」

ブリッグズが驚いた顔をする。「どうして知ってるの」

「そうかなと思って。ミッツィの家で、居間のあちこちに落ちてる注射針のキャップを見かけたので」

「そう、当たってる。年配の人がハードドラッグを使うなんて珍しいと思うでしょうけど、フィラデルフィアの病院には毎週のように運ばれてくる。想像以上に広く使われてるの。客が売人だったのかもね。それで口論になったのかも。いま調べているところよ」また名刺が差しだされたので、持っているからと断った。「なにかほかに思いついたら電話して」

ブリッグズがいなくなると、テディがシャワー小屋のドアをあけた。すっかりきれいになって消防車柄のパジャマを着ている。わたしはその身体を抱きしめ、朝になったらお別れを言いに来るねと言った。それからパティオまで付き添って家のなかに入らせた。

なんとか平静を保ってコテージへ戻り、鍵をかけた。そしてベッドに倒れこんで枕に顔をうずめた。たったの三十分で衝撃の事実をいくつも知りすぎて、頭が処理しきれない。容量オーバーだ。パズルのピースがますますばらばらになってしまった。

でもひとつだけたしかなことがある。

マクスウェル夫妻はわたしに嘘をついていた。

26

夜が来てテディが寝たころを見計らって、わたしはテッドとキャロラインと話すために母屋へ行った。ふたりは書斎のソファの両端にすわり、わたしが描いた異様な絵に囲まれていた。暗い森に迷子の子供、そして翼のある天使。部屋の片隅には汚れ防止の布とペンキ塗り用のローラー、下地処理剤、そして白ペンキのガロン缶がふたつ置かれている。明日の朝には壁を塗り替えるつもりのようだ。ラッセルがわたしを迎えに来たあとに。

キャロラインはグラスでワインを飲んでいて、すぐそばにケンダル・ジャクソンのメルローのボトルが置いてある。テッドは手に持った熱いお茶のマグカップにそっと息を吹きかけている。アレクサのスピーカーでラジオのヨット・ロックを聴いていたようだ。わたしを見てふたりとも笑顔になった。

「来てくれたらと思っていたのよ。荷造りはすんだ?」

「ええ、だいたい」

テッドがカップを差しだして香りを嗅がせようとする。「ちょうどお湯を沸かしたところだ。イチョウ葉茶だよ、飲むかい」

「いえ、けっこうです」

「きっと気に入るよ、マロリー。炎症を抑える効果があって、長時間運動したあとに飲むといいんだ。淹れてくるよ」選択の余地はなさそうだ。テッドがいそいそとキッチンに入っていくと、キャロラインの目にちらりといらだちが浮かぶのが見えた。

でもこう言っただけだった。「ディナーは楽しんでもらえた？」

「ええ、とてもおいしかったです。ごちそうさま」

「ちゃんとしたお別れ会をしてあげられてよかった。テディにとってもよかったと思うの。おしまいという感覚を教えられたから。子供にとっては大事なことよ」

気まずい沈黙が落ちた。訊くべきことは決まっているが、テッドが戻るのを待ちたかった。ふたりの反応が見たいからだ。部屋を見まわすと、どういうわけか見落としていたふたつの絵に目が留まった。床に近いところに描かれた小さなものだ。だからエイドリアンもわたしも気づかなかったのだ。どちらもコンセントの近くにあって、というより、一方はコンセントのまわりに描かれていて、電気がソケットから絵のなかに流れこんでいるように見える。もう片方では、天使が魔法の杖のようなものを掲げてアーニャの胸に押しつけ――エネルギー波で包みこんで身体を麻痺させている。

「あれ、スタンガンじゃないですか」

キャロラインがワイングラスごしに笑みを浮かべる。「なんですって」

「あそこの絵のことです。金曜には気がつかなかったけど。天使が持ってるあの杖、あなたのスタンガンにそっくり」

キャロラインはワインのボトルを手に取ってなみなみとグラスを満たした。「絵に隠されたシンボルを残らず解釈しようとしたら、長い夜になりそうね」

でも、あれはシンボルなんかじゃない。一連の絵の一部、欠けていたピースだ。なぜか真っ黒に塗られた画用紙を見てエイドリアンが言ったことは正しかった——アーニャはもう描き終わったって言ってるのかもしれない。絵はこれで最後だって。必要なものはもうそろってるんだ。

テッドが一分もしないうちに湯気を立てた灰色の液体入りのカップを持って戻ってきた。モップを洗った水のように濁っていて、ペットショップみたいなにおいがする。わたしはコースターを手に取って、カップをコーヒーテーブルに置いた。「待つ必要はないよ。熱すぎなければいつでも飲める」

そう言ってテッドは妻の隣にすわり、ノートパソコンを操作して曲をマーヴィン・ゲイからジョニ・ミッチェルに変えた。たなびく天使の髪と空に浮かぶアイスクリームのお城の歌だ。

「ミッツィの件で、気になることがわかったんです。亡くなる直前にわたしにメッセージを送ろうとしていたそうです。アーニャは名前じゃなくて、ほかのことを意味してると伝えるために。ブリッグズ刑事はなんのことかわからないと言ってました」

「いや、どう考えても名前だろう。ロシア名のアンナの愛称だ。東欧ではよくある名前だよ」

「ええ、でもとりあえず、グーグル翻訳にかけてみたんです。そしたら、ハンガリー語の単語みたいで。意味は〝ママ〟。母親というよりママに近いみたいです、子供が言うような。妙だと思いませんか」

「さあ」とキャロライン。「どうかしら」

「温かいうちにお茶を飲んだほうがいい」とテッドが勧める。「血行がよくなるから」

「ほかにも妙なことがあって。テディは飛行機に乗ったことがないと言ってます。三カ月前にバルセロナから飛行機で来たはずなのに。アメリカン航空によるとフライトは八時間。確認しました。幼い男の子が人生最大の飛行機旅行を覚えていないなんてありえます？」

キャロラインが答えようとするが、テッドが先まわりする。「それが、おかしな話でね。テディが長旅で落ち着かなかったから、ベナドリルを与えることにしたんだ。子供を眠らせるのにちょうどいいそうだから。でも、キャロラインもすでに与えていたことは知らなかった。それで倍量を飲ませることになってしまったんだ。あの子は一日じゅうぐっすりでね。レンタカーに乗るまで目を覚まさなかったんだ」

「本気で言ってるんですか、テッド。そんな説明を信じろと？」

「本当の話だ」

「ベナドリルを倍量与えたって？」

「なにが言いたいんだ、マロリー」

テッドはこわばった笑みを浮かべて、それ以上訊くなと目で訴えている。

でも、ここでやめるわけにはいかない。

重大な質問をしなければ。

すべてをはっきりさせるための質問を。

「なぜテディが女の子なのを隠してたんですか」

わたしはキャロラインの反応を注意深く観察した。なにかが見て取れたとしたらそれは、自分は悪くないという憤慨らしきものだった。「なによりもまず、そういう言い方は悪意を感じる。あなたになにがわかるの」

「シャワーのときに見たんです。泳いだあとに。ずっと気づかないとでも?」

「これまでは気づかなかっただろ」テッドが苦しげに言う。

「秘密にしたかったわけじゃない。テディのアイデンティティを恥じてはいないの。あなたがちゃんと対処できるか確信が持てなかっただけ。見てのとおり、テディは女の子として生まれた。三年間は女の子として育てたの。でもやがて、自分は男の子だと言うようになった。だからそう、服装と髪型で本当のジェンダーを表現させることにしたの。それにもちろん、男の子っぽい名前も選ばせた。あの子がパパと同じがいいと言ったのよ」

「トランスジェンダーの子供に関しては興味深い研究がたくさんある」そう言うテッドの目はまだ、頼むからやめてくれと訴えている。「仕事部屋に本があるよ。興味はあるかい」

信じがたいことに、そんな話をすんなり受け入れると、ふたりとも心から思っているらしい。

「五歳の子がトランスジェンダーで、そのことがたまたま話に出なかっただけだと?」

「そんな反応をするのがわかってたからよ。あなたは信心深いから――」

「トランスジェンダーに偏見なんてない」

「だったら、なぜそんなに大騒ぎするの」

キャロラインの言葉はもう耳に入ってこない。頭が猛スピードで回転して、テディの奇妙な振舞いの謎がどんどん解けていく。運動場で男の子たちと遊ぼうとしないこと。床屋に連れていかれるたびに大泣きで嫌がること。同じ紫のボーダーTシャツばかり着たがること。あれはごく薄い紫で、ラベンダー色に近く、家にある服のなかでいちばん女の子っぽいものだからだ。

それに幼稚園クラスの入学書類のことで学校からしつこくかかってくる電話……。

「ワクチンの証明書がないから」と答えが口から出た。「出生証明書は手に入るかもしれない。お金を出せば偽造できるだろうし。でも、スプリング・ブルックの学校はワクチン接種にうるさくて、病院から直接証明書を送れと言ってきた。でもそれはできない。だから何度も学校から電話があった」

テッドが首を振る。「そうじゃない。バルセロナに優秀な小児科医がいるから——」

「バルセロナなんてどうでもいい。そんなところ、行ってなかったんだから。スペイン語だってろくに話せないくせに。パタタスがポテトだってことも知らないでしょ。この三年間どこに隠れてたのか知らないけど、絶対にバルセロナじゃない」

頭に血がのぼっていなければ、キャロラインが急に静かになったことに気づいたかもしれない。すっかり話すのをやめてこちらの様子を窺っていることに。

「あなたたちは誰かの娘を盗んだ。その子に男の子の格好をさせて、男の子だと思いこませた。ばれずにすんでいるのは、あの子が五歳だから。世界がまだ狭いから。でも、学校に行くようになったら？　友達ができたら？　成長してホルモンの影響が出てきたら？　大学出の大人ふたりが、本当にこれでうまくいくと思ったの？　そんなの——」

そこで言葉を切った。〝いかれてる〟と言いそうになったから。

話をやめなくては、とそのとき気づいた。考えを聞かせるべき相手はマクスウェル夫妻じゃない。ふたりが認めるとでも？　洗いざらい白状するとでも？　いますぐここを出ないといけない。ブリッグズ刑事のところへ行ってすべてを話さないと。

「荷造りしなきゃ」と、まぬけな言い訳をする。

そして立ちあがった。ふたりがすんなり帰してくれるはずもないのに。

「テッド」キャロラインが静かに言った。

玄関ドアのほうへ歩きだすと、頭の横にガラスが叩きつけられて砕けた。わたしはうつぶせに倒れて携帯電話を落とした。冷たいものが顔と首を伝い落ちる。血を止めようと頭を押さえると手が真っ赤に染まった。ケンダル・ジャクソンのメルローだ。

背後であわてた夫妻の声がする。

「キッチンにあるでしょ」

「キッチンは探した」

「大きい引出しのなか。切手を入れてるところよ！」

書斎から出ていこうとしたテッドが、わたしの身体を踏まないように慎重にまたいだ。たったいまわたしの頭をボトルで殴りつけたところなのに。テッドが通った場所のすぐそばに、わたしの携帯電話が裏返しになって落ちている。ホーム画面には緊急ボタンアプリを設定してあって、ワンタッチで緊急通報センターにマクスウェル家の住所が通知される。でも手が届かないし、頭の痛みでとても立ちあがれない。スニーカーの爪先を立てて床を這いずるのがやっとだ。

「動いてるわよ」とキャロラインが言った。「というか、動こうとしてる」

「すぐ行く」

携帯電話に手を伸ばすと、奥行きの感覚がおかしくなっていることに気づいた。すぐそこに落ちていたはずの携帯は廊下のなかほどにあって、フットボール場の端と端くらい離れていそうに見える。キャロラインが後ろから近づいてくるのがわかった。ガラスの破片を踏みしめる靴音が聞こえる。すっかり別人になってしまったみたいだ。わたしを迎え入れて自信を持てと励ましてくれたやさしい母親はもういない。いまは変わってしまった──別のなにかに。冷たく狡猾《こうかつ》そうな目で、わたしのことを床のしみみたいに見下ろしている。拭きとってしまわないといけない汚れみたいに。

「キャロライン、お願い」そう呼びかけたつもりが、舌がもつれて言葉にならない。声を張ってもう一度言おうとしても、唇もろくに動かない。電池切れのおもちゃみたいだ。

「シーッ」キャロラインが指を唇にあてる。「テディが起きちゃうでしょ」

身体を横向きにするとガラスの破片が腰に刺さった。キャロラインはわたしを避けて廊下の向こうにまわろうとするが、倒れたわたしの身体がそこをふさいでいる。右膝を曲げてみると、ありがたいことにちゃんと動いた。右腿をぐっと身体のほうに引き寄せる。そしてキャロラインが思いきったようにわたしをまたごうとしたとき、足を突きだしてかかとで脛を蹴りつけた。ガツンと音がしてキャロラインが倒れこみ、覆いかぶさってくる。

勝てる、とそのとき気づいた。テッドとふたりがかりで来られても力では負けない。この二十カ月の努力をいまこそ発揮するときだ。走って、泳いで、正しい食事を続けてきた成果を。わたしが一日おきに腕立て伏せを五十回するあいだ、テッドとキャロラインはすわってワインを飲んでいただけだ。だから、無抵抗で降参なんてしない。目の前にあるキャロラインの前腕に歯を立てて思いきり嚙んだ。キャロラインが驚いて悲鳴をあげ、腕を引っこめてわたしの携帯に手を伸ばす。わたしがワンピースの背中をつかんで引っぱると、やわらかいコットンの生地が紙みたいに破れて首と肩がむきだしになる。その瞬間、大学時代の汚点だというタトゥーがようやく見えた。キャロラインが芸術にかぶれていたころ、ジョン・ミルトンの『失楽園』に夢中になっていたころに入れたものだ。

肩甲骨のあいだに一対の大きな翼が彫ってある。

天使の翼が。

テッドがキッチンから急いで戻ってきた。スタンガンを持っていて、キャロラインにどけと叫んでいる。わたしはまた膝を曲げた。これが唯一のチャンスだ。テッドを転ばせたら、スタンガンを落とすかもしれないから、そうしたら――

27

何度かまばたきをして、はっと気づくと暗闇のなかだった。

見慣れた形をしたものがぼんやりと見えている。ベッド、ナイトテーブル、止まったままのシーリングファン、天井の太い梁。

コテージのなかだ。

硬い背もたれの椅子にまっすぐすわらされていて、鼻の奥がぴりぴりしている。塩素でも流しこまれたみたいだ。

立ちあがろうとしてみても両腕が動かせない。後ろ手にがっちり縛りあげられて、椅子に固定されている。

助けを呼ぶために口を動かそうにも、紐のようなものをきつく嚙まされ、リンゴ大の濡れた布が突っこまれている。開きっぱなしの顎が苦しくてたまらない。

筋肉がこわばり、鼓動が跳ねあがる。これじゃできないことだらけだ。動くことも、話すことも、叫ぶことも、顔にかかった髪を払うことさえもできない。闘いもせず、逃げもせずに怯えているしかない。恐怖のあまり吐き気がこみあげる。なんとかこらえられてほっとした。吐いたものを喉に詰まらせて死ぬところだった。

目を閉じて短い祈りを捧げる――神様お助けください。どうすべきか教えてください。そして鼻からふかぶかと空気を吸って、肺をいっぱいに満たしてから、また吐きだした。リハビリでやっていたリラクゼーション・エクササイズで、不安を遠ざける効果がある。動悸がおさまり、緊張が解けてくる。

そのエクササイズを三回繰り返した。

そして、考えろと自分に言い聞かせた。

まだ打つ手はある。両脚は縛られていない。立ちあがってみることはできる。ただし、縛りつけられた椅子を亀の甲羅みたいに背負うことになる。のろのろとしたぎこちない動きになるだろうけど、まったく歩けないわけじゃない。

首を左右にまわしてみる。なんとかキッチンの電子レンジのデジタル時計が読みとれる。十一時七分。エイドリアンは零時ごろに戻ってくる。会いに来ると言っていた。でも、コテージのドアをノックして返事がなかったら？　なかに入ってみようとするだろうか。

そうは思えない。

わたしが合図を送らないかぎり。

ポケットに手を入れることはできないが、きっとなにも入っていないはずだ。携帯電話も、鍵も、スタンガンも。でもキッチンの引出しにはナイフがたくさんある。どうにかナイフのところまで行って紐を切ることができたら、椅子から離れられるし、武器も手に入る。

両足で床を踏みしめて前かがみになり、立ちあがろうとしてみる。でも重心が後ろに残って引きもどされてしまう。成功させるには、前へ飛びだすようにしてその勢いで立ちあがるしかない。ただし、つんのめって床に倒れこんでしまうかもしれない。

一か八かやってみようとしたとき、コテージの外で足音が聞こえた。くたびれた木の階段を誰かがのぼってくる。ドアが開いてキャロラインが明かりを点けた。

さっきと同じスクープネックのワンピースに、青いラテックスの手袋を着けている。それにしゃれたトートバッグを手にしている。海を汚すレジ袋のゴミを減らすためにスーパーに持参するようなエコバッグだ。わたしが目を覚ましているのを見てキャロラインは驚いた顔をした。トートバッグをキッチンカウンターに置いて、中身を出しにかかる。バーベキューでよく使う細長いライター、金属のスプーン、オレンジ色のプラスチックのキャップがついた小さな注射器。

そのあいだずっと、わたしはやめてと懇願しようとした。でも言葉にはならず、ひたすらうなるしかない。それを無視して作業に集中しようとしていたキャロラインは、だんだんいらついてきたのか、そのうちわたしの頭の後ろに手を伸ばして紐を緩めた。濡れた布の玉が口から膝の上に転がり落ち、ぺしゃっと音を立てて床に落下した。

「叫ばないで。小声でしゃべりなさい」

「なんでわたしにこんなことを?」

「すてきなお別れにするつもりだったのよ、マロリー。シーフードサラダもこしらえたし、リボンも飾ったでしょ。テッドと相談して解雇手当まで出そうとしてた。お給料の一カ月分を。明日の朝、小切手を渡して驚かせるつもりだったのに」キャロラインは悲しげに首を振り、トートバッグに手を伸ばして白い粉が入った小さなポリ袋を取りだした。

「それは?」

「あなたがミッツィの家から盗んだヘロインよ。昨日の午後、寝室を物色してくすねたの」

「そんなことしてない――」

「いいえ、したの、マロリー。あなたには癒えない心の傷がたくさんある。大学陸上部のスター選手のふりをしているせいで、いつも不安だった。おまけに仕事をクビになって、お給料も住む場所も失うことになり、追いつめられていた。そういったストレスがすべて再発を招いたの」

キャロラインはそんな話を本当に信じているわけじゃない。用意した筋書きを語っているだけだ。さらに話は続く。「あなたはドラッグをやりたくてたまらず、ミッツィが使っているのを知って、家にしのびこんで見つけだした。ただ、そのヘロインにフェンタニルが混ぜられていることは知らなかった。二千マイクログラム、馬だって倒せる量が。それがあなたのオピオイド受容体に急激に作用して呼吸が止まった」

「そんな話を警察にするつもり？」

「警察がそう推測するということ。あなたの過去に基づいてね。それに検死結果からも。明日の朝、わたしは荷造りの手伝いがいらないか訊こうとドアをノックする。あなたの返事がないので、自分の鍵を使ってなかに入る。そして腕に注射針を刺したままベッドで動かなくなったあなたを発見する。わたしは悲鳴をあげてテッドを呼ぶ。テッドがあなたの胸を圧迫して心肺蘇生を試みる。緊急通報もするけど、死後何時間もたっていると救急救命士に告げられる。わたしたちにできることはなにもなかったと。そして、心やさしいわたしたちはあなたの葬儀と墓石の手配もする。妹の隣に眠れるようにね。そうしないと、ラッセルの負担になるでしょうし、それじゃ気の毒だから」

キャロラインがポリ袋をあけてスプーンの上にかざし、注意深く白い粉を注いだ。カウンターで身を支えて作業に集中している。そのときまた、うなじのすぐ下のタトゥーが見えた。

「絵に描かれた天使はあなただった。アーニャをスタンガンで襲って、絞め殺したのね」

「正当防衛だった」

「正当防衛で相手を絞め殺したりしない。故意に殺したんでしょ。娘を盗むために。あの子は何歳だったの？　二歳？　二歳半？」

　スプーンがキャロラインの手を離れ、音を立ててカウンターに落ちた。粉がそこらじゅうに散らばり、キャロラインがいらだって首を振る。

「わかったような口を利かないで。わたしがどんな思いをしてきたか知らないくせに」

　そしてプラスチックのフライ返しを手に取り、丁寧にカウンターの粉を集めて小さな山にした。

「テッドも共犯なのは知ってる。絵のなかの男は彼でしょ。あなたはアーニャを殺して娘を奪った。それからテッドに彼女の遺体を埋めさせた。いつのことなの、キャロライン。どこに住んでたの」

　キャロラインが首を振って笑う。「そうやって気をそらすつもりね、お見通しよ。セラピーでよく使う手だから。あれこれ言って助かろうとしたって無駄」

「あなたとテッドには問題があったんでしょ。何年も不妊治療をしたってテッドが言ってた。これが最後の手段だったの？　子供を盗むことが」

「わたしはあの子を救ったのよ」

「どういうこと？」

「どうでもいい。起きたことは変えられないし、大事なのはこれからのことだから。あなたが家族の一員じゃなくなるのは残念だけど」

　キャロラインは慎重に粉をスプーンに戻し、ライターに手を伸ばす。何度かボタンを押してようやく小さな青い火が点いた。手が震えている。

「テディはなにも覚えてないの？」

「どう思う、マロリー？　トラウマを抱えているように見える？　悲しげだとか、不幸そうに見える？　見えないはずよ。あの子はなにも覚えてない。幸せそうだし、情緒も安定している。そうなるようにわたしが力を尽くしたから。どれだけの犠牲を払ったか、あの子が知ることはないでしょうけど。それでいいのよ」

キャロラインが話しているあいだにスプーンのなかの粉が煙をあげ、黒ずみ、やがて液体に変わった。東海岸のヘロインはあまりにおいがしないはずだけど、かすかにケミカル臭を感じる。フェンタニルか、ほかの危険な混ぜ物のにおいかもしれない。カムデンには売り物に粉末クレンザーを混ぜる売人もいると聞いたことがある。キャロラインがライターを置いて注射器を手に取った。スプーンの中身に針先を浸し、ゆっくりとプランジャーを引いて、薄茶色のどろっとした液体でシリンジを満たす。

「あの子はウサギのことを覚えてる」わたしは言った。

「なんのこと?」

「アーニャの絵のなかに、ウサギを追いかける女の子が出てきた。その子は白ウサギを追って谷間に入っていく。面接のときのことを思いだしてみて、キャロライン。初めてここに来た日、テディが描いた絵が冷蔵庫に貼ってあった。白いウサギの絵が。あなたが思っているより、テディはいろんなことを覚えているのかも」

「あんな絵はでたらめよ。信じないで」

「ずっと意味がわからなかった。でもやっと正しい順番がわかったと思う。絵はフォルダーにまとめてある。ナイトテーブルの上の。なにが起きたか、そこに全部示されてる」

キャロラインがバッグからゴムの止血帯を取りだした。わたしの腕に巻こうと両手でそれを引きのばす。でも、やはり気になるようだ。ナイトテーブルの前へ行ってフォルダーをあけ、中身に目を通す。「ちがう、ちがう、こんなの一方的すぎる。彼女の側の話ばかり。でも、わたしの側から見たとしたら？　起きたことすべてを。もっとよく理解できるはずよ」

「すべてって？」

「罪の意識がないわけじゃない。罪は犯した。後悔もしてる。胸を張れるようなことじゃないのはわかってる。でも、ああするしかなかった、あの人のせいで」

「見せて」

「なにを？」

「ナイトテーブルの引出しにスケッチブックと鉛筆が入ってる。なにがあったのか描いてみせて。あなたの側の話を教えて」

　できるだけ時間を稼がないといけない。

ここへ戻ってきたエイドリアンがドアをノックして、なにか起きたのだ、一大事だと気づくまで。キャロラインもその気になっているように見える。自分の側の話を聞かせたくてたまらないようだ。でも、まんまと操られるほどばかじゃない。「自白させるつもりね。罪を認める絵を描かせて、それを見た警察に逮捕させるために。そうでしょ？」

「そうじゃない、キャロライン。なにがあったか知りたいだけ。テディを救ったってどういうこと？」

　キャロラインは止血帯をまた手に取って椅子の後ろにまわった。でもうまく腕に巻きつけられない。両手がぶるぶる震えている。「ときどきあの人が頭に入りこんできて、パニック発作みたいになる。一、二分でおさまるはず」そう言ってベッドの端にすわりこみ、両手で顔を覆った。何度か深呼吸をして肺に空気を送りこむ。「同情してもらう気なんてないけど、これまでずっと苦しかった。終わりのない悪夢みたいに」

息がまだ荒い。無理やり静めようとするように、キャロラインは膝をつかんでぎゅっと力をこめた。「テッドとわたしは、以前マンハッタンに住んでいた。アッパー・ウエストサイドのリヴァーサイド・ハイツに。わたしはマウントサイナイ病院で働いていて、三十五歳にして疲れはてていた。たくさんの問題を抱えた患者たちにも、苦痛と不幸に満ちたこの世にも。テッドのほうも、退屈なIT関係の仕事に嫌気がさしていたの。

ふたりとも不幸そのものだったと思う。子供が欲しいのにうまくいかず、それでなおさら不幸になった。あらゆる方法を試したの。人工授精に体外受精、排卵誘発剤。どういうものか知ってる？」そう言って首を振る。「どうでもいいけど。どれも無駄だった。ふたりともめちゃくちゃ働いていたけど、稼ぐ必要があるわけでもなかった。父が大金を遺してくれたから。だからそのうち、どうにでもなれと思った。仕事を辞めて一年休むことにしたの。ニューヨーク州北部のセネカ湖のそばに小さな家を買ってね。もう少しリラックスすれば、妊娠できるかもしれないとも思った。

唯一の問題は、そこに友達がいないことだった。ただのひとりもね。夏じゅう家にテッドとふたりきり。そのうちテッドはワイン作りにはまって、地元のワイナリー主催の講座まで受けるようになった。でもわたしは退屈でたまらなかったの、マロリー。どうしていいかわからなかった。文章を書いたり、写真を撮ったり、ガーデニングをしたり、パンを焼いたりしたけど、どれも続かなくて。そのうち自分があまりクリエイティブな人間じゃないと気づいてしまって、ぞっとした。そんなことを思い知らされるなんてつらいと思わない？」

話を続けさせようと、わたしは精いっぱいの同情を浮かべてみせた。キャロラインの話しぶりはまるで、カフェでコーヒーとスコーンを前に娘とおしゃべりする母親みたいだ。ただし娘は後ろ手に椅子に縛られていて、母親のほうはドラッグ入りの注射器をせわしなく指先で弄《もてあそ》んでいるけれど。

「唯一の気晴らしは散歩だった。セネカ湖の公園には日陰になったすてきな遊歩道があってね、そこで初めてマーギットに会ったの。それがアーニャの本名よ。マーギット・バロス。木陰にすわって風景画を描いているのをよく見かけた。すごく上手だったから、ちょっと妬ましい気持ちもあったと思う。それにいつも娘を連れてきていた。二歳のフローラという女の子を。マーギットはその子をブランケットの上にすわらせて、あとはほったらかしだった。二時間でも三時間でも。娘にスマホを持たせて、あとは知らんぷり。一度や二度じゃないのよ、マロリー。週末ごとに来ていて、見るたびにそんな調子なの！　そばを通るたびに腹が立ってね。だって、あんなに完璧な子が、あんなにかわいい女の子がいて、かまってほしそうにしているのに、母親はユーチューブばかり見せているのよ。お荷物みたいに扱ってるの！　画面を見る時間に関する研究結果にはずいぶん目を通した。子供の想像力に悪い影響があるのよ。

それで何度目かに、意見することにしたの。ブランケットのそばに行って自己紹介しようとしたんだけど、マーギットにはまるで通じなかった。それで英語を話せないのがわかったの。だから身振りで言いたいことを伝えようとした。母親としてひどいことをしてるとわかってもらおうとしたの。あの人はそれを悪く取ったんだと思う。向こうもわたしも怒りだして、じきに怒鳴り合いになった。わたしは英語で、彼女はハンガリー語でね。しまいには人が集まってきて、文字どおり間に入ってわたしたちを止めた。

そのあとは別の公園や遊歩道へ行こうとした。でも女の子のことが頭から離れなくて。あの子を見捨ててしまったように感じたの。救えるチャンスがあったのに、みすみす逃してしまったんだって。それである日、たぶん言い合いから二カ月くらいたったあと、また湖に行ってみたの。土曜日の朝で、大規模な熱気球フェスティバルをやっていた。毎年九月にあるもので、何千人も見物客が来て、空いっぱいに大きくてカラフルな気球が浮かぶのよ。子供の想像力を育むにはうってつけでしょ？　マーギットは気球のひとつを絵に描いていたけど、幼いフローラはスマホを見ているだけだった。ブランケットにすわったまま、腕も肩もすっかり日焼けしていた。

やきもきしながら見ていたら、あるものが目に入ったの。地面から這いだしてきたウサギが。そこに巣穴があったのね。草むらから飛びだしてぶるっと身を震わせたところでフローラも気づいた。〝アーニャ、アーニャ！〟って、笑いながらウサギを指差したのに、マーギットは振り返りもしなかった。絵を描くのに夢中で。娘が立ちあがって歩きだしたのにも気づかなかった。野原を横切って谷間に入っていったのにも。その先には川があるのよ、マロリー。なにもしないわけにはいかないでしょ。危険なのがわかってて見過ごすわけにはいかない。だからフローラを追って谷に入って、追いついたときには、あの子はすっかり迷子になっていた。火が点いたみたいに泣き叫んでいて。わたしはあの子の前にしゃがみこんで大丈夫よと声をかけた。ママがいるところを知ってるから、連れていってあげると言ったの。本当にそのつもりだったのよ、マロリー。本当にフローラを戻してあげるつもりだった」

うっかり話から気がそれそうになる。降霊盤が示した不可解なメッセージを思いだして、グーグル翻訳を信用しすぎていたことに気づいたからだ。あのメッセージは花を助けて《HELP FLOWER》じゃなかった。フローラを助けて《HELP FLORA》、つまり娘を助けてという意味だったのだ。

「少しだけあの子といっしょにいたかっただけなの」キャロラインが話を続ける。「ちょっと散歩をして、かまってあげたかった。母親は気にしないだろうと思った。娘がいないことにさえ気づいていないだろうと。近くにちょっとした遊歩道があったから、そこを歩いて森のなかに入った。ただ、フローラがいないことにマーギットが気づいてしまって。あちこち探しまわってわたしたちを見つけたの。森のなかまでやってきて、わたしだとわかるとマーギットは激怒した。大声をあげて腕を振りあげたから殴られると思った。わたしは護身用にスタンガンを持ち歩いていたから、身を守るために使ったの。威嚇のために一回あてただけ。でも、マーギットにはなんらかの神経疾患があったんだと思う。倒れて立ちあがれなくなったから。発作を起こして。失禁して、ぶるぶる震えていた。フローラはかわいそうに怯えてしまって。緊急通報すべきなのはわかっていたけど、どう思われるかは明らかだった。マーギットの言い分を聞いたら、みんな誤解するにきまってる。

だからフローラを木の陰に連れていって、そこにすわって目を閉じるように言った。次に起きることを見ずにすむように。正直に言うけど、そのあとのことはあまり覚えてない。それが人間心理のすぐれたところなの。嫌なことは丸ごとブロックしてくれる。あなたにもわかるはずよ」

そこで間があり、わたしが返事をせずにいると、さらに話は続いた。「まあそれで、マーギットの身体を落ち葉で隠したの。そしてフローラを車に乗せて家に連れて帰った。テッドに事情を話したら警察に通報しようとしたけど、うまく切りぬけられるはずだと説得してやめさせた。北部の辺鄙な土地だし、マーギットは移民で英語も話せなかった。きっと清掃員かなにかだったはず。死体を隠して子供をうちで育てれば、誰もいなくなったことに気づかないだろうと思った。または、娘を連れて逃げたと思われるか。そういう母親も少なくないから。そのあとテッドを公園に行かせた。死体といっしょにイーゼルとブランケットとフローラのおもちゃを残らず森のなかに埋めてもらうために。テッドはひと晩じゅう帰ってこなかった。ひどく時間がかかってね。日が昇ってからようやく戻ってきた。

それで片がついたはずだった。でも、マーギットの兄が地元の大物だとわかったの。避暑客に人気のヤギ牧場だかなんだかを所有していてね。マーギットと夫のヨジェフがハンガリーから渡米するためのお金も援助して、自分のもとで働かせていたそうよ。さらに悪いことに、思いつきもしなかったんだけど、マーギットは車で湖に来ていたの。チャイルドシートがついたシボレー・タホで。警察が駐車場でその車を発見して、警察犬チームが駆りだされた。死体が発見されるのに二時間とかからなかった。

そこからは町じゅう総出で行方不明の二歳児の捜索がはじまった。わが家で泣き叫んでいる女の子の。それで、スーパーへ走って男の子の服をまとめて買いこんだ。ジャージやフットボールTシャツをね。それからバリカンを買って、フローラの頭を短く刈ったの。そうしたら、まるでスイッチをオンにしたみたいに、あの子は男の子にしか見えなくなった。髪型を変えただけで」

キャロラインの呼吸はすっかり落ち着き、手の震えも止まっている。話せば話すほど楽になっていくようだ。大きな心の重荷が下りたみたいに。

「それから車で飛びだした。あてもなしに。とにかく離れなきゃならなかった、できるだけ遠くへ。ひたすら走りつづけて、ようやく車をとめたのがウエストバージニア州のギルバートという町だった。人口四百人、車椅子の年金生活者ばかりのところでね。友達にはバルセロナに引っ越したとメールで伝えた。逃すわけにはいかないチャンスがテッドに舞いこんだことにして。それから四万平米の土地に建つ家を借りた。人里離れていて、心おきなく子供を育てられる静かな場所にね。

正直に言うとね、マロリー、それからの一年は人生でいちばんつらかった。テディは六カ月も口を利こうとしなかったの。すっかり怯えてしまって。でもわたしはあきらめなかった。毎日あの子と向きあって、愛情を注ぎ、お世話をして、大事に育てた。本とおもちゃとヘルシーな食事を惜しみなく与えて、少しずついいほうへ変えていった。テディは自分の殻から出てくるようになった。

わたしたちを受け入れて、信頼してくれるようになり、いまでは大好きだと言ってくれる。初めてママと呼んでくれたときは大泣きしてしまって。

最初の年が終わるころには、びっくりするほどうまくいくようになっていた。テディを連れて出かけることもできるようになったし。ちょっとしたハイキングとか、スーパーへの買い物とか、普通の家族がするようなお出かけをね。絵に描いたような家族に見えたと思う。わたしたちがどんなことを乗り越えたか、傍目には想像もつかなかったでしょうね」そこでキャロラインが言葉を途切れさせた。希望があったころを懐かしむように。

「なにがあったの」

「マーギットが化けて出るなんて想像もしていなかった。わたしは昔から無神論者で、死後の世界なんて一切信じていなかったから。でもウエストバージニアでの生活が一年を過ぎたころ、テディのもとに誰かが現れるようになった。白い服の女がね。お昼寝の時間に寝室で待っているの」

「彼女を見た?」

「いいえ、一度も。姿を見せるのはテディにだけ。でもいるのはわかった。気配を感じたし、あのひどい腐臭にも気づいた。テディには空想の友達なのよと言って聞かせた。実際にはいないけど、いるふりをしてもかまわない、とね。まだ幼すぎて、理解できないだろうから」

「マーギットがあなたを襲うことはなかったの? 復讐しようとすることは」

「ああ、そうしたかったでしょうね。できることなら殺したかったはずよ。でも彼女の力はかなりかぎられたものなの。ウィジャボードでメッセージを送ったり、鉛筆を動かしたり、その程度の」

想像してみる。ウエストバージニアのど田舎にある四万平米の土地、そこにぽつんと建つ家に縛りつけられたような生活。そばにいるのは夫とさらってきた子供と復讐に燃える霊だけ。そんな状態でいつまで正気を保てるだろう。

「いつまでも〝バルセロナ〟にいられないのはわかっていた。いつかは前に踏みださないといけないから。環境がよくてきれいな、いい学校のある町に住みたいと思った。テディが普通の子供時代を送れるような町に。だから四月にここに越してきたの。でも母の日にアーニャがテディの寝室に戻ってきて、ハンガリー語の子守唄を歌ったのよ」

「追ってきたの？」

「そう。どうやったのかはわからない。逃げられないことだけはわかった。どこへ行ってもアーニャは追ってくる。そのとき妙案が閃いた。第三者を引き入れればいいって。テディの注意をアーニャからそらしてくれる新しい遊び相手を。あなたは候補として最適だったのよ、マロリー。若くて、運動神経抜群で、元気そのもの。頭はいいけど、よすぎることもない。それに薬物依存の過去も大きなプラスだった。判断力に自信がないだろうから、信じられないようなものを見ても自分を疑うはず。少なくともしばらくのあいだはね。あのいまいましい絵のことは想定外だった。まさかアーニャが意思を伝える方法を見つけるなんて」

キャロラインの顔に疲れがにじむ。この三年間をたったいま生きなおしたみたいに。わたしは時計を盗み見た。まだ十一時三十七分。もっと話を続けさせないと。「ミッツィのことは？　あの人になにがあったの」

「あなたに起きるのと同じことよ。このまえの木曜日、あなたたちが降霊会をした数時間後、すっかり取り乱したミッツィがうちへやってきた。降霊盤が止まらなくなったっていうの。プランシェットが動きまわって、同じ言葉を何度も綴っているって。OVAKODIK、OVAKODIK、OVAKODIKって。そしてわたしたちを家まで連れていって、それを見せたの。〝気をつけて〟という意味らしいと言っていた。あなたが正しかったとも言っていたわ、マロリー。うちの家は取り憑かれていて、助けが必要だって。テッドとわたしは家に戻ってどうすべきか相談した。結局はわたしの主張どおり、テッドにミッツィの身体を押さえさせてわたしが大量の薬物を与えた。それからテッドが死体を森に引きずっていって、わたしは居間に注射器のキャップをばらまいた。ナイトテーブルには止血帯も。なにが起きたか警察が気づくようにね。あとは、夜遅くミッツィの家に来客があったという話をこしらえて、単純になりすぎないようにしたの」

わたしはまた時計を見た。一分しかたっていない。おまけにキャロラインに気づかれた。

「なにしてるの。なぜ時間を気にしてるの」

「なんでもない」

「嘘ね。でも、もうどうでもいい」キャロラインが立ちあがって止血帯を持つ。手は震えていない。落ち着いた確実な動きでわたしの腕に止血帯を巻いてきつく縛る。すぐに筋肉がしびれはじめた。

「お願い、やめて」

「ごめんなさいね、マロリー。こんなことしたくなかったのに」

やわらかな手袋をした指がわたしの肘の内側を叩き、注射しやすいように静脈を浮きださせる。相手は本気だ。本当にやろうとしている。「こんなことしたら、一生悔やむことになる」怖くて早口になってしまう。「自分を憎むことになってもいいの？　胸を張って生きられなくなっても」

動揺させて思いとどまらせようなんて、なぜ考えたりしたのか。警告したせいで怒らせただけのようだ。痛みが走り、針が皮膚を貫いて静脈に刺さる。「前向きに考えて。また妹に会えるかもしれないでしょ」

そう言ってキャロラインはプランジャーを押し、二千マイクログラムのヘロインとフェンタニルを注入した。馬さえ倒せる量を。全身がこわばり、おなじみの冷たさをまっさきに感じる。針が刺さったところに氷をのせられたような感覚。最後に見えたのは、キャロラインが急いで明かりを消してドアから出ていくところだった。わたしが死ぬのを見届けもせずに。目を閉じて、神様にお許しくださいと祈る。どうか、どうか、お許しください。椅子にすわったまま倒れていくような感じがする。床が抜けて椅子ごと穴に落ちこみ、その途中で重さを失って、宙ぶらりんになったような感じだ。静脈注射したヘロインは一瞬で効くはずなのに、なぜまだ意識があるんだろう。なぜまだ息ができるのか。でも目をあけると、暗がりに立っているマーギットが見え、自分がもう死んだのだとわかった。

28

ぼんやりとした霞《かすみ》のなかにその人は浮かんでいた。白い服に、まんなかで分けた長い黒髪。ワンピースのあちこちに草や土の欠片がこびりついている。暗いせいで顔ははっきり見えず、首はまっすぐ保てないのか傾いたままだ。でも、もう怖くはない。むしろ安心した。立って近づこうとしてみても、椅子から動けない。手首がまだ後ろで縛られている。そのとき恐ろしい考えが頭をよぎった。

これが死後のわたし？

これが地上での行いに対する罰なんだろうか。がらんとしたコテージで硬い椅子に縛りつけられたまま、永遠にひとりで過ごすんだろうか。

「どうすればいいかわからない」とわたしは囁きかけた。「お願いだから助けて」

マーギットが脚を動かさずに近づいてくる。においを感じる。硫黄とアンモニアの混じったあの悪臭を。でも、もう気にならない。そこにいてくれるのがありがたく、においを心地よく感じるくらいだ。マーギットが窓の前を通ったとき、月光がその顔と身体を照らした。無数の傷やあざ、折れた首、破れ目だらけの服。それでも息を呑むほど美しい女性がそこにいた。

「助けて、マーギット。わたしを助けられるのはあなただけ。お願い」

わたしの声をよく聞こうとするようにマーギットが首をもたげた。でも、茎の折れた花みたいにすぐにがくんと垂れてしまう。肩に手が置かれても、触れたり押したりされた感覚はまるでない。代わりに悲しみと後悔がどっと押し寄せた。頭のなかに行ったことのない場所が浮かぶ。湖のほとりの野原、イーゼルに架かったキャンバス、ブランケットにすわった子供。絵で見た場所だ。マーギットがポーチに残した絵と、キャロラインが書斎にしまっていたテディの絵。どちらもはっきり思い浮かべられる。別々の描き手が同じ光景を描写したものだ。

絵のなかの母と子を見ていると、マーギットの苦しみが自分のもののように生々しく感じられた。〝もっとちゃんと見ているべきだった。目を離したりしてはいけなかった。もう少し気をつけていたら、なにごともなかったのに〟いや、これはわたし自身の苦しみなのかもしれない。マーギットがこう言うのも聞こえるからだ。〝あなたは悪くない。過去と折り合いをつけて、自分を許してあげて〟わたしがマーギットを慰めているのか、それとも慰められているのか、自分でもわからない。どこまでがわたしの後悔で、どこからが相手のものなのか。わたしたちにとってこの苦しみは、断ち切ることなどできないものなのかもしれない。死んでもなお。

そのときドアがあいて、テッドが明かりを点けた。

わたしの涙を見て血相を変える。「ああ、なんてことだ。すまなかったね、マロリー。じっとしててくれ」

あたりを見まわしても、マーギットはもういない。

それにわたしはまだコテージにいる。

おぼろげな光に包まれた死後の世界ではなく、まだニュージャージー州スプリング・ブルックにいて、木の椅子に縛りつけられ、両足はしっかり床についている。電子レンジの時計の表示は十一時五十二分。

キャロラインが注射針を刺した箇所がまだひんやりと冷たいが、意識ははっきりしているし、少しもハイにはなっていない。

「ドラッグを打たれたの。キャロラインが――」

「ベビーパウダーだよ。ぼくがヘロインをベビーパウダーとすり替えた。心配ない」テッドがわたしの後ろにまわり、手首を椅子に縛りつけている布紐を引っぱった。「くそ、ひどくきつく縛ってあるな。ナイフが要る」と言ってキッチンへ行き、カトラリーの引出しをあさりはじめる。

「なにをする気?」

「きみを守るんだ、マロリー。ずっときみを守ってきた。面接のときのことを覚えてないかい。きみの履歴について無礼でひどい質問をしたね。怖気づいて退散してくれればと思ったんだ。そうやって応募者は全員追い帰すつもりだった。だが、きみは粘り強かった。本気でここに来たがった。それにキャロラインは、きみが来れば問題がすべて解決すると思っていたんだ」

テッドがぎざぎざの刃のナイフを持って椅子の後ろに戻り、すばやく結び目を切った。わたしの腕がだらんと垂れて自由になる。ずきずきする頭のこぶをそっと指で触れると、頭皮に細かいガラス片がこびりついているのがわかった。

「殴ったりして悪かった。ガソリンスタンドに寄って氷を買おう」クロゼットの扉をあけたテッドが、ハンガーになにもかかっていないのを見てうなずく。「荷造りはすんだんだな。完璧だ。ぼくの鞄は車のなかだから、すぐに出発できる。朝まで車を走らせよう。それからホテルを見つけてひと休みする。そうしたら西へ向かうんだ。Ａｉｒｂｎｂでしゃれた一軒家を見つけてある。そこでひとまず落ち着こう。きみも気に入るよ、マロリー。ピュージェット湾の絶景が見えるんだ」

「テッド、ちょっと待って。なんの話を?」

テッドが笑う。「ああ、そうだった。ずっとまえから計画していたんだが、ちゃんと話してはいなかったね。でも、きみの気持ちはわかってるんだ、マロリー。ぼくも同じ気持ちだし、そのために行動する用意もできている」

「どういうこと?」

「個人年金を解約したんだ。キャロラインの知らない口座に八万ドル入っている。ふたりでやりなおすには十分な額だ。ワシントン州で新しい生活をはじめよう。ウィッビー島でね。ただ、すぐに出発しなきゃならない。彼女が片づけに戻るまえに」

「なぜそんなにキャロラインを恐れてるの？」

「頭がいかれてるんだ！　まだわからないのか？　きみを殺そうとしたんだぞ。ぼくだって平気で殺すだろう。それに警察に話せばぼくも刑務所行きだ。だから逃げなきゃならない。いますぐに。あの子を置いていけば、彼女は追ってこない」

「テディを置いていくつもり？」

「すまない、マロリー。きみがテディを大事に思っているのはわかっている。ぼくも同じさ。本当にかわいい子だ。だが、連れていくわけにはいかない。キャロラインとマーギットに西の果てまで追いかけてこられるのはごめんだ。あの子はふたりのママといっしょにここに置いていく。ふたりで争って殺しあえばいいさ。もうこんなのはうんざりだ。あと一分だってここにはいたくない。この悪夢のすべてを今夜で終わらせるんだ、わかるかい」

コテージの外で枝が折れるかすかな音が聞こえ、テッドが窓に近づいて外を見た。首を振ってなんでもないと言う。「さあ、お願いだ、立ってくれ。手を貸そうか」わたしは差しだされた手を断って、なんとか自力で立った。「いいぞ、マロリー。それでいい。トイレは大丈夫かい。零時を過ぎたらほとんどの店は閉まっているからね」

たしかにトイレには行きたい、静かな場所で考えをまとめるために。「急いで行ってくる」

「なるべく早く頼む、いいね」

わたしはバスルームのドアを閉め、蛇口をひねって顔に冷水を浴びた。いったいどうすれば？　ポケットを叩いてみたものの、もちろん空っぽだ。キャビネットを探り、シャワーブースをのぞいても、身を守れるものは見つからない。武器に近いものといえば毛抜きくらいだ。

バスルームの天井近くには、十数センチ四方の網戸つきの換気窓がついている。便座の蓋を閉めてその上に立ってみる。窓は南のヘイデン渓谷のほうを向いていて、すぐそこに黒々としたイバラの茂みが見えている。なんとか網戸を外して押しだし、外の地面に落とした。でも、どうにかよじのぼれたとしても、窓から出るのはとても無理だ。

テッドがドアを叩いた。「マロリー？　もう行けるかい」

「あとちょっと！」

テッドと行くしかない。ほかに手はない。彼のプリウスに乗ってワシントン州とウィッビー島の話を笑顔で聞くしかない。ふたりの新生活にわくわくしているようなふりで。

そして、ガソリンか食べ物か水を買うために最初に立ち寄ったところで、警官を見つけて思いっきり叫べばいい。

水を止めてタオルで手を拭く。

そしてドアをあけた。

テッドがそこに立って待っている。「準備はいいかい」

「いいと思う」

「思う？」

その目がわたしの背後にそれる。バスルームの奥を見ている。いったいなにを？　便座の蓋に足跡をつけてしまったとか、窓の網戸がなくなっているのに気づかれたとか？

わたしはテッドに腕をまわして胸に顔をうずめ、力いっぱい抱きしめた。「ありがとう、テッド。わたしを助けてくれて。どんなにこの日を待ちこがれていたか」

突然の愛情表現にテッドは驚いたようだ。わたしをきつく抱きしめ、かがんで額にキスをした。

「約束するよ、マロリー。けっしてきみをがっかりさせない。せっせと働いてきみを幸せにする」

「それじゃ、ここを出ましょ」

スーツケースと服を詰めたゴミ袋を持とうとすると、自分が運ぶとテッドが言い張り、両手にひとつずつ持った。「必要なものは本当にこれだけかい」

「ほかにはなにも持ってないもの、テッド」

テッドがまた心から愛しげな笑みを見せ、甘ったるい言葉を口にしようとした瞬間、パーンと音がして、銃弾がその左肩を貫いた。テッドがよろめき、壁に血が飛び散る。わたしは悲鳴をあげた。さらに三発銃声が続いて、悲鳴がやむより先にテッドがスーツケースの上に崩れ落ちた。両手で胸を押さえると指の隙間から血があふれだす。

キャロラインが開いた窓の向こうに立ってミッツィの銃でこちらを狙っていた。黙れと四、五回言われてわたしはようやく叫ぶのをやめた。キャロラインがドアをあけ、銃身をわずかに振って椅子に戻れと示した。

「本気？　本気でこの人と逃げるつもりだったの？」

訊かれたことが頭に入ってこない。床に倒れて、もつれる舌でなにか言おうとするテッドから目が離せない。小難しい単語でも発音しようとするように唇を震わせ、あふれた血が顎やシャツを赤く染めている。

「いいえ、嘘ついたのよね」キャロラインが続ける。「いますぐここから逃げるためなら、なんだって言うでしょうから。でもテッドは本気も本気だった。最初にここに来たときからあなたに目をつけていたから」そしてキッチンの壁に取りつけられた白い煙感知器を示す。「なぜ火災報知器が作動しないのか不思議じゃなかった？　夕食を焦がしたときでも」

答えずにいると、拳銃の台尻がキッチンカウンターにガン、ガン、ガンと叩きつけられた。「マロリー、訊いてるのよ。煙感知器が作動しないのに気づかなかった？」

いったいなにを言わせたいのか。顔に向けられた銃が怖くてとても答えられない。ひとことでも間違った答えを言おうものなら、引き金を引かれるかもしれない。床に目を落として必死で声を絞りだした。「コテージの配線が古いからだってテッドに聞かされて。碍子引きとかいうものだって」

「ばかね、それはウェブカメラよ。あなたの面接の直後にテッドが取りつけたの。母屋のＷｉ－Ｆｉネットワークに届くように、信号ブースターもいっしょに。あなたがドラッグを使っていないかチェックするためだと言ってた。〝予防策〟だってね。よく言うわ。わたしはばかじゃない。テッドが夜中に何時間も仕事部屋にこもることが何度もあった。あなたがシャワーを浴びるのを待ち望みながらね。いつも思ってたのよ、あなたは気づいていないのか、視線を感じてはいないのかって」

「アーニャだと思ってた」

「いいえ、母親なら夜は子供のそばにいるものでしょ。いつもこのミスター・マイホームパパがのぞいてたってわけ。ミスター・ファーザー・オブ・ザ・イヤーがね」

テッドがちがうと言いたげに首を振る。必死でわたしに釈明しようとするように。でも口を開くと出てくるのは血ばかりで、顎と胸がさらに赤く染まっていく。

キャロラインに目を向けると、まだ銃口をこちらに向けている。

床に這いつくばり、身を縮めて命乞いをしたい。

代わりに両手を掲げて言った。「助けて。誰にも言わないから」

「そりゃそうよ。あなたがテッドを殺したんだから、ミッツィの家から盗んだ銃を使ってね。それから揉み合いになって、わたしがなんとか銃を奪いとった。あなたがキッチンの引出しからナイフを出したから撃つしかなかった。正当防衛で」一連の動きを細かく確認するように、キャロラインがコテージを見まわす。「そうだ、あなたには冷蔵庫のそばに立ってもらう。カトラリーの引出しの横に」そう言って銃口をまた突きつけた。「さあ、何度も言わせないで」

キャロラインが——それに銃も——近づいてきて、わたしをキッチンの奥へ追いやった。

「そう、それでいい。次は引出しをあけて。大きくあけるの。はい、よろしい」そう言ってキッチンカウンターの向かいに立ち、身を乗りだして引出しに並んだナイフ入れをのぞきこんだ。「シェフナイフがいいわね。大きいやつよ、いちばん端にある。手を伸ばして柄をつかんで。しっかり握るのよ」

怖すぎて身動きできない。

「キャロライン、お願い——」

キャロラインが首を振る。「さあ、マロリー。もう少しよ。手を伸ばしてナイフをつかみなさい」

視界の端の、キャロラインの肩の向こうに、血の滴った壁がまだ見えている。でもテッドはもうそこにいない。姿が消えている。

わたしは手を伸ばした。ナイフを握る。指を柄に巻きつける。これが人生最後にすることだなんて。わかっていながら、従うしかないのが悔しい。

「それでいい。今度は持ちあげて」

と、そのときキャロラインが悲鳴をあげて倒れた。テッドが脚に体当たりしたのだ。チャンスはいましかない。引出しから取りだす時間さえ惜しく、まぬけなことに握っていたナイフを離してしまう。

そして駆けだした。

ドアをあけると、背後でパーンと音がした。銃声がコテージの壁に響きわたる。わたしはポーチから飛び降りて芝地を駆けだした。心臓が止まりそうな三秒間が過ぎる。さえぎるもののない庭にわたしのシルエットが浮かびあがり、無防備そのものの状態だ。すぐにまた銃声が鳴るはず。

でも、なにも聞こえない。母屋の横手の暗がりを駆け抜け、ゴミ箱とリサイクルボックスの横を通りすぎる。表の庭を突っ切り、広い私道を出たところで足を止めた。周囲の家はどこも明かりが消えている。近所の住民はぐっすり眠っているはずだ。真夜中過ぎにエッジウッド通りを歩く人などいない。近くの家のドアをノックしても無駄だ。一階に下りてくるまでにどのくらいかかるかわからない。いまこの瞬間、わたしの最大の武器はスピードだ。キャロラインとの距離を広げるしかない。全力疾走すれば〈花のお城〉まで三分で行ける。ドアを叩いて大声でエイドリアンの両親に助けを求められる。

でも母屋を振り返ったとたん、テディがまだ二階で眠っていることを思いだした。裏庭での修羅場など知りもしないで。

わたしが逃げたことをキャロラインが知ったらどうなるだろう。

テディを車に乗せてウエストバージニアまで逃げるだろうか。それともカリフォルニアかメキシコへ？

秘密を守るためにどこまで行くだろうか。

コテージでまた銃声が聞こえた。最善の結果になったのだと信じたかった。テッドがなんとか妻から銃を奪ったのだと。死の間際に、わたしとテディに逃げるチャンスを与えてくれたのかもしれない。

でも、そうでなかったとしても——そう、まだなんとかする時間はある。足なら速い。かつてはペンシルベニア州の女子選手で六番目に速かった。急いで家の横手を引き返して裏庭にまわると、ありがたいことにキッチンのガラスの引き戸に鍵はかかっていなかった。

なかに入って鍵をかける。一階は真っ暗だ。すぐにダイニングを抜けて奥の階段から二階に上がった。テディの寝室に飛びこみ、明かりは点けないまま、上掛けをはいでテディを揺り起こした。

「起きて、テディ、行かなきゃ」テディがわたしを押しのけて枕に顔をうずめる。でも甘い顔はしていられない。ベッドから引っぱりだされたテディは半分眠ったままうなり声で抗議した。

「マロリー！」

キャロラインがもう家のなかにいて、玄関からわたしを呼んでいる。階段をのぼってくる音。わたしは逆方向に逃げて奥の階段からキッチンに戻った。テディの体重は二十キロもないのに、それでもずっと腕に抱いてはいられない。だから肩に担《かつ》いでがっちりつかみ、裏のパティオへ飛びだした。

裏庭は静まりかえっていた。聞こえるのはプールのかすかな水音とときおり響くセミの鳴き声、それにわたしの荒い息遣いだけ。でもキャロラインが追ってきているのはわかっている。室内を突っ切ってくるか、横手をまわってくるか。いちばん安全なのは、まっすぐ〈魔法の森〉を目指すことだ。広い庭をまた駆けもどらないといけないが、キャロラインは撃ってこないはず。テディを抱いているかぎりは。どうにか森までたどり着き、そこへ逃げこんだ。

テディといっしょに夏じゅうこの森を探検して過ごした。散策路も抜け道も行く止まりも知りつくしているし、行く手を照らしてくれる月明かりもある。テディの身体をしっかりつかみなおして低木の茂みに飛びこみ、枝や蔓や棘をかき分けていくとおなじみの〈黄色いレンガの道〉に出た。エッジウッド通りの家々の裏庭に沿って東西にのびた道だ。そこを通って灰色の大岩〈ドラゴンの卵〉まで来ると、枝分かれした〈ドラゴンの道〉へ入った。背後からがさがさと足音が聞こえる。でも暗闇では距離感があやふやで、キャロラインがすぐそばまで来ているのか、百メートル後ろにいるのかもわからない。パトカーのサイレンもかすかに聞こえはじめたけど、もう遅い。〈花のお城〉のほうへ逃げていたら、とっくに助かっていたはずなのに。

でもいまはこの手にテディを抱えている。大事なのはそれだ。この子は守ってみせる。

黒々とした〈王家の川〉の流れはいつもより大きく聞こえ、それがありがたかった。足音を消してくれる。でも〈苔の橋〉に着くと、渡れそうにないとわかった。丸太は細すぎ、苔に覆われているので、テディを抱えたままでは無理だ。

「テディベアちゃん、聞いて。歩いてもらわなきゃならないの」

テディは嫌だと首を振り、いっそうきつくしがみついた。わけがわからず怯えきっている。地面に下ろそうとしてみるものの、首に腕を巻きつけて離れようとしない。遠くで聞こえるパトカーの音が数を増している。もうマクスウェル家に着いたはずだ。近所の人が銃声を聞いて警察を呼んだんだろう。でも、助けに来てくれるには遠すぎる。

白い光の筋が森を貫いた。キャロラインのスタンガンのライトだ。姿を見られたかどうかはわからないが、とにかく進むしかない。テディを抱いた手に力をこめ、橋に一歩を踏みだし、さらに一歩進んだ。丸太の形がどうにか見えるくらいで、表面の状態までは見きわめられない。どこが腐っていて、どこにつるつるした苔が生えているかはわからない。足もとの流れは速く、深さは七、八十センチほど。一歩進むたびにすべり落ちるのを覚悟しながら、どうにか踏みこたえた。ようやく〈大きな豆の木〉の下に着いたときには腕に限界がきていた。これ以上はテディを抱えていられない。「お願い、ここは自分でやって」そう言って大枝の上にある隠れ場所を指差した。「さあ、のぼって」

テディは呆然としたまま動こうとしない。最後の力を振りしぼってわたしが木の上に抱えあげると、どうにか枝にしがみついた。さらにお尻を押しあげると、ぎこちなくゆっくりとのぼりはじめた。

白いライトが木々の幹をすっと横切った。キャロラインは川沿いを近づいてきている。わたしはいちばん下の枝をつかんで身体を持ちあげ、テディを追って枝から枝へとのぼりはじめた。そこに〈雲のテラス〉と呼んでいる大枝がある。もっと上へ行けたほうがいいけれど、時間がないし、音を立てると危険だ。「ここでいい」そう言ってテディの腰をしっかり抱えて耳打ちした。「それじゃ、動かないで静かにしててね。大丈夫？」

テディはなにも言わない。身を震わせ、ばねみたいに縮こまっている。ちっとも大丈夫ではなく、ものすごく悪いことが起きているのを理解しているようだ。わたしは地面を見下ろした。もっと上までのぼればよかった。木の下にある道とこの枝は三メートルと離れていない。キャロラインがそこを通ってくると、わたしたちの真下を歩くことになる。テディが泣き声でも漏らそうものなら——

——

洞に手を突っこんで石とテニスボールを溜めこんだ武器庫をあさると、折れた短い矢が見つかった。半分になった矢柄の先にピラミッド型の矢尻がついている。武器にはなりそうもないが、手のなかになにかを——なんだっていいから——持っているだけで心強かった。

ついにキャロラインが現れた。〈苔の橋〉を渡り、こちらへ近づいてきながら、道の先をライトで照らしている。音を立てちゃだめとわたしはテディに囁いた。ママが来るけど声を出さないと約束して、と。なにも訊き返されなくて助かった。すぐそばまで来たキャロラインがわたしたちのいる木の下で足を止めたからだ。遠くで声が聞こえた。男たちの呼び声。犬の吠え声。キャロラインがそちらを振り返る。時間切れが近いことに気づいているようだ。恐ろしさのあまりわたしは息もできない。手に力をこめすぎたせいで、テディが嫌がって小さく声を漏らした。

キャロラインが顔を上げた。まぶしいライトが木の上に向けられ、わたしは手で光をさえぎった。

「ああ、テディ、よかった！　ここにいたのね。ママはあちこち探したのよ。そんなところでなにしてるの」

片方の手にはまだ拳銃が握られている。iPhoneか水筒みたいに無造作に。

「じっとしてて」わたしはテディに言った。

「いいえ、テディ、お願い。そこは危ないわ。マロリーは間違ってる。下りてきて、いっしょにおうちへ帰りましょ。もう寝てなきゃいけない時間よ」

「動かないで。ここにいれば大丈夫だから」

でも、テディは反射的にキャロラインのほうへ行こうとした。母親の声に引き寄せられるように。腰にまわした手に力をこめると、身体の熱っぽさにはっとした。熱病にでもかかったみたいな熱さだ。

キャロラインがまた呼びかける。「テディ、聞いて、マロリーのそばにいちゃだめ。重い病気なの。精神錯乱という病気よ。だから壁じゅうに絵を描いたの。この銃をミッツィから盗んで、パパに怪我をさせて、今度はあなたを連れ去ろうとしている。警察がおうちに来ていて、わたしたちを探してるの。だから、そこから下りてきてちょうだい。用事をすませに帰りましょ」

いや、キャロラインがわたしをここに残していくわけがない。すでに多くを打ち明けすぎたから。テディの本当の母親が誰かも。名前はマーギット・バロスで、セネカ湖近くで殺された。警察がざっと調べるだけで、わたしの話が事実だとわかるはずだ。キャロラインはわたしを殺すしかない。テディを木から下ろしたらすぐに。そして正当防衛を主張する。それで罪をまぬがれたかどうか、わたしが知ることはない。死んだあとだから。

「さあ、テディ。行かなきゃ。バイバイして下りてきて」

テディがわたしの手を振りほどき、枝の先へ行こうとする。

「テディ、だめ！」

振り返ったテディは白目をむいていた。目玉が裏返っている。右手を伸ばしてわたしの手から矢を奪いとると、木から飛び降りた。キャロラインが受けとめようと両手を伸ばす。でもうまくいかずに、テディの重みで後ろによろめいた。銃とスタンガンが手から吹っ飛び、茂みのなかに消える。嫌な音とともに背中から倒れながらも、キャロラインはテディを胸に抱えて衝撃から守った。

「大丈夫、テディ？　ねえ、怪我していない？」

テディが身を起こしてキャロラインの腰にまたがった。怪我はないかとまだキャロラインが気にしているあいだに、テディはその首の横に矢を突き刺した。刺されたことに気づいたのは、矢が抜かれてまた突きたてられたときだと思う。さらに三回。グサッ、グサッ、グサッ。キャロラインが叫び声をあげようとしたときには、すでに声が出なかった。出てくるのはゴボゴボというくぐもったらめきだけだ。

「やめて！」とわたしが叫んでも、テディは、いや、マーギットはやめない。息子の右手と右腕しか操れなくても、不意打ちの効果はてきめんだった。キャロラインは自分の血で窒息しかけている。争う音を聞きつけたのか、犬の声が大きくなった。森へ探しに来た人たちがずいぶん近づいている。救助に来たから、音を立てて知らせるようにと大声で呼びかけている。わたしは急いで木を下りてテディをキャロラインの身体から引きはなした。肌が火にかかった鍋みたいに熱い。キャロラインはかろうじてつながった首をつかんだまま、仰向けに倒れて身体をひくつかせている。テディは血まみれだ。髪にも顔にも血を浴び、パジャマからも滴り落ちている。それでもなぜかわたしは落ち着いていて、頭もちゃんと働き、なにが起きたのかを理解した。マーギットが命を救ってくれたのだ。そしていますぐ手を打たないと、テディは残りの人生を施設で過ごすことになる。

テディはまだ右手に矢を握っている。わたしはその身体を抱えあげてきつく胸に押しつけ、血を自分の服にこすりつけた。それからテディを〈王家の川〉のほとりへ運んだ。水に入ると苔と泥に足がずぶずぶと沈みこんだ。一歩ずつ深みへと進み、腰まで水に浸かったところで、冷たさに驚いてテディが意識を取りもどした。瞳がぐるりと前を向き、身体のこわばりが消える。その手からこぼれた矢が水に落ちて見えなくなるまえに、わたしはとっさにつかんだ。

「マロリー？　ここはどこ？」

テディは震えあがっている。それも当然だ、トランス状態から覚めて、暗い森のなかで冷たい川に首まで浸かっているのに気づいたんだから。

「大丈夫だよ、テディベアちゃん」わたしはテディの頬に水をかけて、べったりとこびりついた血をこすり落とした。「わたしたちは大丈夫。なにもかもうまくいくから」

「これって夢？」

「ううん、残念だけど、現実」

テディが川岸を指差す。「なんで犬がいるの」

大きな黒いレトリーバーがせわしなくあたりを嗅ぎまわり、激しく吠えたてている。反射ベストを着た警官たちが、懐中電灯を振りながら森の奥から駆けつけた。

「見つけたぞ！」ひとりが叫ぶ。「女性と子供だ、川のなかにいる！」

「怪我はありませんか。出血は？」

「その子は無事ですか」

「もう大丈夫ですよ」

「手を貸しましょう」

「さあおいで、坊や、手を伸ばして」

でも、テディはわたしの腰にぎゅっとしがみついて動こうとしない。向こう岸にもさらに警官と犬が現れ、両側から近づいてこようとする。

そのとき、離れたところで女の声がした。「もうひとりいます！　成人女性、心肺停止、多数の刺し傷があります！」

わたしたちを取りかこんだ懐中電灯の輪が狭まっていく。責任者が誰かもわからないほどいっせいに、心配ない、大丈夫だ、もう安全だと声をかけてくる。でも血まみれの服を見て怯《ひる》んでいるのがわかる。テディも怯んでいる。わたしは耳もとで囁きかけた。「心配しないで、テディベアちゃん。助けに来てくれたんだよ」それからテディを岸まで運んでそっと地面に下ろした。

「なにか持ってるぞ」

「手に持っているのはなんですか」

「見せてもらえますか」

警官のひとりがテディの腕をつかんで保護すると、またいっせいに声が飛んできた。ゆっくりと川から上がって矢を地面に置きなさいとか、ほかに武器は持っていないかとか。わたしはもう聞いていなかった。警官たちの輪の外に、ぽつんとたたずむ人影が見えたから。月明かりに輝く白いワンピース、いびつに曲がった首。わたしは左手に持った矢を掲げた。

「わたしです。わたしがやりました」

そして腕を下ろして矢を地面に落とした。目を上げたときにはマーギットは消えていた。

一年後

この話を文字にするのはつらいことだったし、読んだあなたはもっとつらかったと思う。何度もやめようとしたけど、あなたのお父さんから、細かな記憶が薄れないうちにすべてを書いてほしいと頼まれたの。この先、十年か二十年後に、あの夏スプリング・ブルックで起きたことの真相をあなたが知りたくなるはずだとお父さんは考えていた。そしてあなたがわたしからそれを聞くことを望んでいた。くだらない実録犯罪ポッドキャストからじゃなくね。

なにしろ、その手のポッドキャストはいくらでも見つかるから。ニュース特報とか、釣り記事《クリックベイト》とか、深夜のトーク番組のジョークとか、ネットミームとかのネタにもさんざん使われた。あなたが助けだされてから数週間、何十ものメディアから連絡があった。デイトラインにグッド・モーニング・アメリカ、ヴォックス、TMZ、フロントラインからも。プロデューサーたちがどうやってわたしの携帯電話番号を手に入れたのかは謎だけど、言うことはみんな同じだった。きみの言い分を聞かせてほしい、自分の言葉で自分の行動を弁明してほしい、極力干渉はしない、とね。独占インタビューに応じれば大金を支払うとも言われた。

でも、あなたのお父さんとじっくり相談して、メディアには出ないことにした。あなたが家族のもとに戻ったこと、心を癒す時間が必要なこと、そっとしておいてほしいことを共同声明の形で発表したの。それから電話番号とメールアドレスを変えて、世間が忘れてくれることを祈った。数週間かかったけど、そのとおりになった。じきにもっと大きな事件が起きたから。サンアントニオのスーパーマーケットでいかれた人間が乱射事件を起こしたり。フィラデルフィアのゴミ収集員たちが八週間ストを続けたり。カナダの女性が八つ子を産んだり。そうやって時は流れていった。

最初にこの話を書こうとしたときにはうまくいかなかった。白紙のノートを前にして、完全に固まってしまって。それまでに書いたいちばんの長文は、高校時代の学期末に出した『ロミオとジュリエット』の感想文で、たったの五ページだったから。だから本を、それもハリー・ポッターみたいな本物の分厚い本を書くなんて、途方もないことに思えた。でも、エイドリアンのお母さんに相談したら、いいアドバイスをくれたの。本を書こうなんて思わなくていい、ノートパソコンに向かって話を語ればいい、一文ずつ、コーヒーを飲みながら友達と話すときみたいにって。J・K・ローリングみたいに書けなくても大丈夫、フィラデルフィア出身のマロリー・クインらしく書けばいいって。それを頭に入れてやってみたら、言葉がどんどん浮かんできた。こうしていま、八万五千ワードのファイルを目にしていると、なんだか信じられない気持ち。

おっと、先走りすぎちゃった。

話を元に戻して、いろいろと説明しておかないとね。


テッド・マクスウェルはコテージの床で撃たれて死んだ。その三十分後、妻のキャロラインも〈大きな豆の木〉の下で死んだ。わたしは身を守るために彼女を折れた矢（厳密にはクロスボウの矢）で刺したと自供した。数日前に森で見つけたあの矢で。キャロラインは助かった可能性もあったかもしれないけれど、矢尻が頸動脈を直撃したせいで、救急救命隊が駆けつけたときには手遅れだった。

あなたとわたしはスプリング・ブルック署に連れていかれた。あなたは眠たげな目のソーシャルワーカーにぬいぐるみのかごを渡されて食堂に入っていった。わたしのほうは監視カメラとマイクが置かれた窓のない取調室で、どんどん厳しくなっていく刑事たちの尋問を受けた。あなたを守るために、話すのは一部だけにしておいた。あなたのお母さんの絵のことはひとことも漏らさなかった。真相をわたしに伝えるためのヒントだったことも。というより、お母さんのことは一切口にしなかった。マクスウェル夫妻の秘密には自分で気づいたことにしたから。

ブリッグズ刑事と同僚たちは疑っていた。なにか隠していそうだと。でもわたしは主張を曲げなかった。刑事たちがどんなに声を荒らげ、追及がどんなに厳しくなっても、信じてもらえそうもない答えをひたすら繰り返した。ふたりを殺した罪で起訴されて死ぬまで刑務所暮らしだ、最初の何時間かはそう覚悟していたっけ。

でも日が昇るころには、わたしの話にいくつか事実が含まれていることがはっきりした。

まずはソーシャルワーカーが、テディ・マクスウェルの身体がたしかに五歳の女の子のものだと確認した。

そしてフローラ・バロスという子供の名前が〈全米行方不明・被搾取児童センター〉に登録されていて、テディ・マクスウェルの身体的特徴がそのデータとすべて一致することもわかった。

不動産登記簿のネット検索で、フローラの失踪からほんの半年前にマクスウェル夫妻がセネカ湖畔の家を買ったことも確認された。

テッドとキャロラインの主寝室のドレッサーで見つかったパスポートも調べられて、ふたりがスペインに行ったことがないのもすぐに明らかになった。

そして、電話で連絡を受けたあなたのお父さんのヨジェフも、わたしの主張の要点をいくつか裏づけてくれた。たとえば一般には公開されていなかった、奥さんのシボレー・タホの情報なんかを。

朝の七時半になると、ブリッグズ刑事が隣のスターバックスでハーブティーと卵とチーズのサンドイッチを買ってきてくれて、エイドリアンが取調室に入ることも許してくれた。彼はひと晩じゅうロビーの硬いスチール椅子にすわって待っていてくれて、わたしをぎゅっと抱きしめて身体ごと持ちあげた。ふたりとも泣きやんでから、わたしはまた一から話を聞かせた。

「もっと早く戻れなくてごめん」

警察に通報したのはエイドリアンだった。コテージに着いて、テッド・マクスウェルが床で死んでいるのを見つけたから。

「オハイオになんか行くべきじゃなかったよ。スプリング・ブルックに残っていたら、こんなことは起きなかったのに」

「でも、ふたりとも死んでたかも。もしもの話なんて忘れて、エイドリアン。自分を責めないで」

セネカ湖からスプリング・ブルックまでは車で五時間ほどかかるのに、あの朝、あなたのお父さんは三時間半でやってきた。想像するしかないけど、ハイウェイを飛ばしながらどんなことを考えていたんでしょうね。お父さんが到着したときエイドリアンとわたしはまだ警察署にいて、眠ってしまわないように甘いスナック菓子をせっせと食べているところだった。ブリッグズ刑事の案内でお父さんが部屋に入ってきたときのことはいまも忘れられない。のっぽでひょろひょろ、ぼさぼさ頭で、髭もぼうぼう、落ちくぼんで潤《うる》んだ目。最初は隣の取調室の犯罪者かと思っちゃった。でも服装は農家の人みたいで、ワークブーツを履いて、ディッキーズのパンツにボタンダウンのフランネルシャツを着ていた。そしてひざまずいて、わたしの手を取って泣きはじめたの。

そのあとのことも全部書いたら本一冊分になりそうだけど、なるべく短くまとめておくね。あなたとお父さんはセネカ湖に戻って、エイドリアンもラトガース大学での最終学年を終えるためにニューブランズウィックに帰った。わたしもいっしょに行って、先のことが決まるまで自分の部屋に無料で住めばいいと誘ってくれた。でも、自分の世界がひっくり返って心が弱くなっているときに、大きな決断をするのが怖くて。だからノリスタウンのラッセルの家のゲストルームに住むことにした。

六十八歳の男の人は理想的なルームメートには思えないだろうけど、ラッセルはもの静かできれい好きで、おまけにパントリーにありとあらゆるプロテインパウダーを常備してくれていた。生活費を稼ごうと、わたしはランニングシューズの店で仕事を見つけた。そこには店員たちのためのちょっとしたランニングクラブがあって、わたしも週に二、三回は朝のランニングに参加することにした。二、三十代の信徒がたくさんいるいい教会も見つかったし、断薬会のミーティングにもまた参加して、自分のことや経験を語るようになった。ほかの誰かの助けになればと思って。

十月の六歳の誕生日にあなたに会いに行きたかったけど、お医者さんたちに止められた。あなたがまだとても不安定で傷つきやすく、自分の本当のアイデンティティを〝構築〟する途中だからと。電話は許されたけど、会話をはじめるのはあなたからと決められていて、あなたは一度もわたしと話したがろうとはしなかった。

それでも、お父さんが月に一、二度電話をくれて、あなたの成長ぶりを教えてくれたし、メールでのやりとりもたくさんした。あなたたちが大きな農場でおばさんやおじさんやいとこたちと暮らしていること、幼稚園クラスには行かずに、いろんなセラピープログラムに参加していることも教わった。アートセラピー、お話セラピー、音楽セラピー、人形を使ったロールプレイング、ほかにもたくさん。あなたは寝ているところを起こされて森へ連れていかれたことも、木の上に隠れたこともすっかり忘れていて、お医者さんたちもそれには驚いていた。結果的には、トラウマへの反応で脳がその記憶を抑圧したんだろうということに落ち着いた。

お父さんだけが、あの夜森で本当に起きたことを知っている。わたしはすべてを打ち明けたし、もちろん突拍子もない話だから、独特なタッチのお母さんの絵もコピーして送ったら、すべて真実だと信じてくれた。

お医者さんたちは事実のあらましだけをあなたに伝えた。あなたがフローラという名前の女の子として生まれて、本当の両親はヨジェフとマーギットだということ。テッドとキャロラインはひどく心を病んだ人たちで、たくさんの間違いを犯したこと。最大の間違いはあなたを両親から奪ったこと、二番目に大きな間違いは、あなたに男の子の格好をさせて、名前をフローラからテディに変えたことだった。これからはフローラでもテディでもそれ以外でも、好きな名前を選べるよとお医者さんたちはあなたに説明した。男の子の格好をしてもいいし、女の子の格好でもいい、どちらもちょっとずつでもいいよと。すぐに決めなさいと急《せ》かしたりもせず、納得がいくまでじっくり考えればいいとあなたを励ました。性別のアイデンティティがはっきりするのに数年はかかるだろうと言われていたけど、それは間違いだった。八週間もするとあなたはいとこにワンピースを借りて、髪も三つ編みにして、「フローラ」と呼ばれると返事をするようになったから。大きな混乱もなく。心の奥底では、あなたは自分が女の子だとずっとわかっていたんだね。

ハロウィンの数日前、電話に出ると、母の声が聞こえてびっくりした。母はわたしの名前を呼んだきり、わっと泣きだした。ニュースで事件を知って何週間も探していたのに、わたしがメディアを避けるために居場所を隠していたせいで、見つけられなかったみたい。ドラッグをやめたわたしを誇りに思っていると母は言って、会いたいから夕食に来ないかと訊いた。どうにか平静を保って「いつ？」と答えたら、「いまなにしてる？」って。

母はようやく煙草をやめて、とても元気そうだった。それに驚いたことに再婚していた。新しい夫のトニーは、梯子にのぼって雨樋に溜まった枯葉をかきだしていたあの人で、すごく感じがよかった。出会いのきっかけは、トニーが息子をメタンフェタミンで失って参加したサポートグループだそう。トニーは大手塗料チェーンの店長という立派な仕事に就いていて、余ったエネルギーは家の改修に注ぎこんでいた。家じゅうの部屋がペンキでぴかぴか、表のレンガもきれいに補修してあった。バスルームはすっかりリフォームされて新しいシャワーとバスタブが入っていたし、わたしがいた部屋はフィットネスルームに変わって、エクササイズバイクとランニングマシーンが置いてあった。なにより、母がランニングをはじめていてびっくり！　高校時代はベスもわたしも母をソファから引っぱり起こすことさえできなかったのに、いまは一キロ六分弱のペースで走っている。ライクラのトレーニングショーツやら、フィットビットのスマートウォッチやら、一式そろえて。

母とキッチンにすわって午後から夜遅くまでずっと話した。マクスウェル家でのことを一から聞かせるつもりでいたけど、母は細かいことまでもう知っていて、インターネットで読んだ記事のプリントアウトを大きなフォルダーにぎっしり詰めこんでいた。インクワイアラー紙の記事も残らず切り抜いてスクラップブックに貼ってあったし。母はちょっとした有名人になったらしく、あなたはご近所の誇りよとわたしに言った。わたしとまたつながりたいと電話してきた人全員のリストもこしらえてあった。高校の友達や、昔のチームメートやコーチ、それに〈セーフ・ハーバー〉の仲間たちも。全員の名前と電話番号が律儀に記録してあった。「電話してあげなさいよ、マロリー。

どうしてるのか教えてあげなきゃ。そうだ、いちばん気になってた人を忘れるとこだった！」母がキッチンの冷蔵庫の前へ行ってマグネットで留めてあった名刺を手に取った。ペンシルベニア大学ペレルマン医学部のドクター・スーザン・ローウェンタール。「この人はわざわざうちを訪ねて来たのよ！　なにかの研究プロジェクトであなたに会ったって言ってた。何年も探していたそうよ。いったいなんの話？」

よくわからないとわたしは言ってその名刺を財布にしまい、話題を変えた。その番号にかけてみる気にはいまだになれない。ドクター・ローウェンタールの用件を聞いてみたいかどうかもわからなくて。とにかくもう、注目されたり有名になったりするのはまっぴら。

いまはただ、普通に暮らしたい。

七月末、スプリング・ブルックを離れて丸一年たつころ、わたしはドレクセル大学でのドラッグなしの寮生活に向けて準備の真っ最中だった。断薬は三十カ月継続中で、回復に自信もついていた。一年かけて将来のことを考えてみて、出した答えは大学に行って教師になることだった。初等教育の現場、できれば幼稚園クラスで働きたいと思ったから。あなたのお父さんに百回目くらいに連絡したとき、夏に訪ねてもいいかと訊いてみた。そのときは奇跡的に、お医者さんたちのオーケーが出た。あなたが新生活にうまく適応しているようなので、再会しても大丈夫だろうと言ってもらえたの。

エイドリアンの思いつきで、訪問を兼ねて旅をすることにした。ふたりにとって初めての長い旅を。一年前から連絡はずっと取りあっていて、五月に大学を卒業したエイドリアンはコムキャストに就職も決まっていた。フィラデルフィア中心街の超高層ビルが本社の、大手ケーブルテレビ会社にね。エイドリアンはニューヨーク北部のあなたの家を訪ねてから、そのまま北上してナイアガラの滝とトロントへ行くプランを立てていた。大きなクーラーボックスにおやつを山ほど詰めて、ドライブソングのプレイリストもこしらえてきた。わたしのほうは、あなたにあげるプレゼントの袋を持っていった。

あなたはセネカ湖の西にあるディア・ランという町に住んでいて、そこはスプリング・ブルックとは似ても似つかないところだった。スターバックスもちょっとしたショッピングセンターも大型店もなし。森と農地がはてしなく広がっていて、ぽつんぽつんと家があるだけだった。最後の一・五キロほどは曲がりくねった砂利道で、その先にバロス農場の門が見えてきた。あなたのお父さんとおじさんはヤギとニワトリを飼育していて、おばさんがミルクと卵とチーズをフィンガー・レイクスに来る裕福な観光客に売っていた。あなたの新しい住まいは、緑の板葺《ぶ》き屋根の、広々とした二階建てのログハウスだった。ヤギが近くの囲いで草を食《は》んでいて、家畜小屋からニワトリの鳴き声もしていた。なぜだか懐かしいような気がした。一度も行ったことのない場所なのに。

「準備はいい？」エイドリアンが訊いた。

緊張しすぎて答えられなかった。そのままプレゼントの入った袋を持って、玄関ポーチの階段をのぼってベルを鳴らした。深呼吸をひとつして、女の子になったあなたとの対面に備えようとした。ぎこちない態度になって、あなたかわたし、または両方を気まずくさせてしまうのが怖かったから。

でも現れたのはお父さんで、ポーチに出てきてハグで迎えてくれた。ちょっとふっくらしたみたいで安心した。七、八キロは増えていたかも。服は小ぎれいなジーンズとやわらかいフランネルシャツ、それに黒いブーツ。エイドリアンとは握手しようとして――やっぱりハグになった。

そして笑顔で言った。「入って、入って。来てくれてうれしいよ」

なかへ入ると、木の温もりのある部屋に素朴な家具が置かれていて、大きな窓から青々とした放牧場が見渡せた。わたしたちは広間に案内してもらった。居間とキッチンとダイニングを兼ねたような部屋で、大きな石造りの暖炉があって、螺旋階段が二階に続いていた。どのテーブルにもトランプやジグソーパズルのピースが散らばっていて、お父さんがすまないねと謝った。おばさんとおじさんが仕事の急用で出かけて、子供たち全員の相手をひとりでしないといけなくなったそうで、二階でみんなが遊んでいる声が聞こえた。きゃっきゃと笑いながら、あどけない声で五人がいっぺんにしゃべっていた。お父さんは気にしていたけど、わたしは平気ですと言った。あなたに友達ができてうれしい、と。

「すぐにフローラを呼んでくるよ。まずはゆっくりするといい」お父さんはそう言ってエイドリアンにコーヒーを、わたしにはハーブティーのカップを持ってきてくれた。アプリコットが詰まった小さなペストリーの大皿も。「コラーチだ。さあ、どうぞ」

お父さんの英語は一年で驚くほど上達していた。まだ訛りは残っていて、〝これら《ズィーズ》〟は〝ディーズ〟に聞こえるし、〝ヴィル〟は〝ヴィル〟になるけれど、渡米してほんの数年にしてはとても上手だった。そのうち暖炉の上の大きな絵に目が留まった。うららかな青空と静かな湖の絵。あなたのお母さんの絵かと訊いてみたら、お父さんはそうだと答えて、広間のあちこちにかけられたほかの絵も見せてくれた。キッチンにもダイニングにも階段の吹き抜けにも、まさに家じゅうに飾られていた。お母さんはすごく才能豊かで、お父さんがそれをとても自慢に思っているのがわかった。

あなたがまだ絵を描いているのか、美術にまだ興味があるのかと訊いたら、お父さんの答えはノーだった。「医者の話では、テディの世界とフローラの世界というものがあって、そのふたつはあまり重なっていないらしい。テディの世界にはプールがあった。フローラの世界にはフィンガー・

レイクスがある。テディの世界には絵がたくさんあった。フローラの世界には家畜の世話ができるいとこがたくさんいるんだ」

次の質問をするのはちょっと怖かったけど、訊かないと後悔するのもわかっていた。

「アーニャは？　フローラの世界にいるんですか」

お父さんは首を振った。「いや。フローラにはもう母親《アーニャ》は見えない」その声はほんの少し残念そうだった。「でも、そのほうがいいんだ、もちろん。そうであるべきなんだから」

どう答えていいかわからなかったから、窓の外で草を食んでいるヤギたちを眺めた。子供たちが二階で遊んでいる声がまだ聞こえていた。そのとき初めて、あなたの声の高さと調子が聞き分けられた。聞きなれたあの声そのまんまの。みんなでオズの国ごっこの最中で、あなたがドロシー役、いとこのひとりがマンチキンの市長役をやっていて、その子はへんてこな声に変わるヘリウム風船のガスを吸っていた。「魔法使いに会いに行こう！」かん高いその声にあなたたちはげらげら笑った。

それから五人そろって〈オズの魔法使いに会いに行こう〉を歌いながら、ぞろぞろと一階に下りてきた。いちばん年上のいとこは十二歳か十三歳で、いちばん幼い女の子はまだよちよち歩き、残りは三人。あなたは髪が伸びて明るい青のワンピース姿だったけど、それでもひと目でわかった。顔はちっとも変わっていなかった。顔以外の部分はちがっていても、やわらかくてやさしい面差《おもざ》しはそのままだった。手には楽隊長のバトンを持って、高々と掲げていた。

「フローラ、フローラ、待ちなさい！」お父さんが呼びとめた。「お客さんだよ。マロリーとエイドリアンだ。ニュージャージーから来てくれたんだよ、覚えているかい」

ほかの子たちは足を止めてじろじろこちらを見ているのに、あなたは目を合わせようとしなかった。

「外に行くんだ」といちばん年長の子が言った。「エメラルドの都に。フローラがドロシーなんだよ」

「フローラはここにいなさい。ほかの子がドロシーになればいい」

いっせいに抗議がはじまり、それがどんなにひどくて困ることか、みんな口々に訴えた。でもお父さんはその子たちを外に追いだした。「フローラはここにいるんだ。ほかのみんなはあとで戻ってきなさい。半時間後に。さあ、外で遊んでおいで」

お父さんと並んでソファにすわっても、あなたはまだわたしを見ようとしなかった。青いワンピースと少し伸びた髪を見ただけで、新しいあなたをすっかり受け入れている自分が驚きだった。ちょっとした変化を合図に脳が残りの仕事をして、すべてのスイッチを切り替えたみたいに。あなたは男の子だった。いまは女の子だ。

「フローラ、きれいね」

「すごくきれいだ《ムィ・ボニータ》」とエイドリアンも言った。「ぼくのことも覚えてるだろ？」

あなたはうなずいただけで、目を上げようとしなかった。それで初めて会ったときのことを思いだした。あの面接のことをね。あなたがスケッチブックにお絵描きをしていて、目を合わせようとしなかったこと。ちょっとおだててみたりして、やっとのことで話をしてくれるようになったこと。なのにまた知らない者同士になって、一からはじめようとしているみたいだった。

「来月から一年生なんでしょ。楽しみ？」

あなたは肩をすくめただけだった。

「わたしも学校に行くの。大学の一年生。ドレクセル大学のね。教育学を勉強して、幼稚園クラスの先生になるつもり」

お父さんはとても喜んでくれた。「それはいい知らせだ！」そう言って少しのあいだ、ハンガリーのカポシュヴァール大学で農学を勉強した話を聞かせてくれた。でも、気まずい沈黙を埋めようと無理して話しているのがわかった。

だから別の手を試すことにした。

「プレゼントを持ってきたの」とわたしは袋を差しだした。正直に言って、プレゼントをもらってあんなに怯えた顔をする子を見たのは初めて。ヘビがいっぱい入った袋でももらったみたいに、尻ごみまでするなんて。

「フローラ、いいものが入ってるんだよ」とお父さんが言った。「袋をあけてごらん」

あなたが最初に包みをあけたのは水彩色鉛筆のセットだった。普通の色鉛筆として使ってもいいし、水を垂らして筆で色をぼかすと水彩画みたいにもなるよとわたしは説明した。「画材店の女の人はとても楽しいって言ってた。また絵を描きたくなるかなと思って」

「きれいな色だね」とお父さんが言った。「本当にすてきな、心のこもったプレゼントだ」

あなたはにっこり笑って「ありがとう」と言い、次のプレゼントの包み紙をはがした。それは白いティッシュペーパーの箱に詰めた六個の薄黄色の果物だった。

あなたはきょとんとして、説明を求めるようにわたしを見た。

「覚えてない、フローラ？　スターフルーツだよ。スーパーで買ったやつ。スターフルーツを買った日のこと覚えてない？」わたしはお父さんに向かって続けた。「ときどき、朝のアクティビティにスーパーへ買い物に行って、フローラが欲しいものを買ってあげたんです。食べ物をひとつだけ。ただし、食べたことがなくて、五ドル未満のものを。それである日、フローラがスターフルーツを選んだんです。ふたりともびっくりしちゃって。あんなにおいしいものを食べたのは初めてで！」

そこでやっと、あなたもうんうんとうなずいた。覚えがあるような様子だったけど、本当に思いだしたのかどうかはわからなかった。わたしは急にきまりが悪くなって、最後のプレゼントをあけてほしくなくなった。袋を返してもらおうかと思ったけど、遅かった。あなたが包みをはがすと、そこにはわたしがコピー屋で印刷してこしらえた小さな冊子、『マロリーのレシピ』が入っていた。ふたりで作った全部のデザートの材料と作り方をまとめたものがね。カップケーキにクリームチーズブラウニー、マジック・クッキーバーにチョコレートプディングも。「また食べたくなったときのためにね。わたしたちのお気に入りが恋しくなるかもしれないし」

あなたはとても丁寧にお礼を言ってくれたけど、棚に突っこんで忘れてしまうだろうなと思った。そのとき突然、お医者さんたちがわたしの訪問を望まなかった理由がはっきりわかった。あなたがそれを望んでいなかったからだって。あなたはわたしを忘れようとしていた。スプリング・ブルックで起きたことをはっきりとは知らなくても、悪いことだとはわかっていた。その話題になると大人たちが気まずそうにすることも、ほかの話をするほうがうれしそうなことも知っていた。だからあなたは前を向いて、新しい生活を受け入れることにした。そしてそこにわたしの場所はないんだ――そう悟って、胸がきゅっと締めつけられた。

玄関のドアが開いて、子供たちが一列になって家に入ってきて、〈鐘を鳴らせ！　悪い魔女は死んだ〉を歌いながら二階へ上がっていった。自分も行きたいとあなたが目で訴えたから、お父さんは顔を赤くした。恥ずかしそうに。「失礼だぞ。マロリーとエイドリアンは何時間もかけて会いに来てくれたんだ。プレゼントもたくさんもらったろ」

でも行かせてあげることにした。

「いいよ。かまわないから。フローラ、あなたに友達がたくさんできてよかった。ほんとにうれしい。上に行ってみんなと遊んできて。それと、学校でもがんばってね」

あなたは笑みを浮かべて「ありがと」と言った。

ハグもしたかったけど、すわったままちょっと手を振るだけにした。するとあなたはいとこたちのいる二階に駆けあがっていって、最後の歌詞を誰よりも大きくて元気な声で歌った。「鐘を鳴らせ、悪い魔女は死──────んだ！」子供たちの大爆笑をお父さんはブーツに目を落としたまま聞いていた。

それからお茶とコーヒーのお代わりを勧めてくれ、昼食にも誘ってくれた。あなたのおばさんのゾーイがこしらえたパプリカシュというヤギ肉のシチューとエッグヌードルがあるからと。でもわたしは、そろそろ行きますと答え、カナダまで走ってナイアガラの滝とトロントを訪れる予定なのでと説明した。そして失礼にならない程度にもう少しそこにいて、それから荷物をまとめた。

お父さんはわたしががっかりしているのに気づいたんだと思う。「何年か先にまたやってみよう」と約束してくれた。「あの子がもう少し大きくなってから。すべてを知ってからね。訊きたいことが出てくるだろうと思うよ、マロリー」

わたしは訪問を許してくれたことにお礼を言った。それからお父さんの頬にキスをして、幸運を祈った。


外に出ると、エイドリアンがわたしの腰に腕をまわした。

「大丈夫。わたしは平気だから」

「あの子、元気そうだね、マロリー。幸せそうだ。こんなすてきな農場で暮らして、家族と自然に囲まれてる。ここは最高だよ」

そのとおりだとわかってはいたけれど。

もっとちがうものを期待していたんだと思う。

曲がりくねった砂利道を歩いてトラックに戻った。エイドリアンが運転席側にまわってロックを解除した。わたしがドアをあけようとしたとき、後ろでぱたぱたと足音がして、あなたが背中に力いっぱい飛びついてきた。振りむくと、あなたはわたしの腰に腕をまわしてお腹に顔をうずめた。なにも言わなかったけど、言葉は必要なかった。あんなにうれしいハグは生まれて初めてだったから。


そして身を離して家へ駆けもどっていくまえに、あなたは折りたたんだ一枚の紙をわたしの手に握らせた。お別れに描いた最後の絵を。それからあなたには会っていない。

でも、お父さんが言ったとおりだと思う。

この先、十年か二十年後、あなたはきっと自分の過去を知りたくなる。自分が誘拐されたことをウィキペディアで読んで、事件にまつわる噂をあれこれ知り、警察の公式発表にいくつか矛盾点も見つけるかもしれない。マクスウェル夫妻がどうやって長いあいだ多くの人を騙していたのか、二十一歳の薬物依存者がどうやって真相を突きとめられたのかと不思議に思うかもしれない。スプリング・ブルックで本当はなにが起きたのか、きっと疑問に思うはず。

そしてそんな日が来たら、この本が待っている。

わたしも待ってるよ。

謝辞

ウィル・ステイリーとドゥーギー・ホーナーが本書の挿絵を描いてくれたことを大変うれしく思っている。彼らはこの本の出版契約も、原稿も、明確な絵のイメージさえも存在しないうちから頼みを引きうけてくれた。ふたりとも、この企画を信じてくれ、すばらしい作品を生みだしてくれ、ロックダウンのさなかに話し相手をしてくれてありがとう。

ドクター・ジル・ウォリントンは依存症とそこからの回復、および処方鎮痛薬に関する貴重な知識を提供してくださり、また娘さんのグレイスには草稿段階での恥ずかしい誤りをいくつも指摘していただいた。リック・チロットとスティーヴ・ホッケンスミスは作品を精読し、すばらしいアイデアを授けてくださった。ニック・オークレントには、おとぎ話に関する調査の手助けをしていただいた。ディアドリー・スメリロは法律上の疑問に関して力を貸してくださった。ジェーン・モーリーには長距離走についてご教示いただいた。さらにエド・ミラノからも依存症と回復に対する新たな視点を授けられた。

ダグ・スチュワートはすばらしい人間であり、最高の文芸エージェントだ。彼が紹介してくれたザック・ワグマンは優れた編集者で、本書をよりよいものにするための妙案をいくつも示してくれた。さらに、以下の方々にも感謝を捧げたい。マクシーン・チャールズ、キース・ヘイズ、シェリー・ペロン、モリー・ブルーム、ドナ・ネッツェルほか、フラットアイアン・ブックスのみなさん。リトル・ブラウンUKのダーシー・ニコルソン。ブラッド・ウッドをはじめ、マクミラン営業部のみなさん。スターリング・ロード・リテリスティックのシルヴィア・モルナー、ダニエル・ブコウスキー、マリア・ベル。ゴッサム・グループのリッチ・グリーンとエレン・ゴールドスミス＝ヴェイン。アブナー・スタインのカスピアン・デニス。ディラン・クラーク・プロダクションズのディラン・クラーク、ブライアン・ウィリアムズ、ローレン・フォスター。そして、ネットフリックスのマンディ・ベックナーとリーヤ・ガオ。

なによりもわたしの家族に、とりわけベビーシッターとして働いていた母と、クロスカントリー競走選手の息子サムと、鉛筆を持てるようになったころからずっと絵を描いている娘のアナに感謝を送りたい。彼らなしには、この物語を書くことはできなかった。そして妻のジュリー・スコットなしには。献辞と心からの愛を彼女に捧げる。XOXOXO《キスハグ》。

解説

書評家　若林踏

解説を始める前に一言。もし、まだ本篇を読了していない方がいたら、本書をパラパラと捲るのは絶対に止めて欲しい。文字を読まなければネタばらしにはならないから良いのでは、という思う方もいるだろうが、駄目。この解説文を読み終わった後に冒頭へ戻って本篇を読み始める際には、途中の頁をうっかり開いてしまわぬよう、ご注意いただきたい。

のっけから奇妙なお願い事をしている理由は後述するとして、まずは本書の紹介に入ろう。『奇妙な絵』（原題：***Hidden Pictures***）は米国の作家ジェイソン・レクーラックが二〇二二年に発表した長篇小説である。語り手はマロリー・クインという二十一歳の女性で、ドラッグとアルコールの依存から抜け出すためのリハビリを続けていた。マロリーは相談役となってくれた男性から、新しい環境で人生の新しいスタートを切る意味も込めて仕事を紹介される。ニュージャージー州に最近引っ越してきたばかりの夫婦が、五歳の子供の面倒を見てくれるベビーシッターを探しているのだという。マロリーはテッドとキャロラインの夫婦と面談し、彼らの子供テディのベビーシッターとして働くことになる。テッドとキャロラインはマロリーのために敷地内にあるコテージでの生活を許可し、安定して仕事が出来る環境を与えてくれた。テディも内気ながら素直な子供で、マロリーは一家と打ち解けていく。ところが、やがて奇妙な出来事が起こり始める。いつもは子供らしい可愛い絵ばかりを描いているテディが、不気味な絵を描いたのだ。それは森の中で誰かが死体らしきものを引き摺っている絵だった。

　邦題からも明らかな通り、本書の中心はテディが描く不気味な絵がもたらす謎にある。無垢な子供が突然、恐ろしい絵を描き始めたのは何故か、という謎解きを柱に据えつつ、語り手が次第に恐怖へ浸食されていく過程を描いた作品なのだ。

　このように紹介すると、一見何の変哲もないホラーミステリに思われる方も多いだろう。実は本書の場合、ちょっと変わった工夫が施されている。というのも、テディが描いた絵が実際にイラストとして本文中に複数枚、挿入されているのだ。解説冒頭で、わざわざ本書をぱらぱらと捲ってはいけない、という警告を発したのもこれが理由である。文字を読まずに捲ったとしても、イラストは目に入ってしまう恐れがある。本書に限っていえば、イラストをちらっと見るだけでも読書の楽しみが半減してしまうのだ。

　テキストとイラストを混ぜたミステリないしホラーと聞いて思い浮かべるのは、近年の日本国内における出版作品である。もちろん、今までもイラストを挿入したミステリ小説というのは過去にも例はあるが、ここ最近に至ってジャンル小説のコアなファン以外にも広くリーチするような作品が登場しているのが特徴だ。この系譜の最大のヒット作は覆面ライター・雨穴《うけつ》による『変な家』（飛鳥新社）だろう。ウェブメディア「オモコロ」に掲載された記事とＹｏｕｔｕｂｅ動画を基に書かれた同作は、ある中古一軒家の間取り図に隠された不可解な謎に挑むという物語だ。匿名ライターによる疑似ドキュメンタリーの形式や、ウェブサイトやＹｏｕｔｕｂｅなどメディアミックスの展開といった、様々なフックを持った作品ではあるが、核にあるのはイラストに秘められた謎を解き明かすという、謎解きミステリの趣向である。こうしたテキストとイラストを一体化した謎解き作品というコンセプトが支持され、雨穴は続篇『変な絵』（双葉社）も刊行した。こちらはあるブログに公開された五枚の絵を発端にしたミステリで、『変な家』と同じくイラストが謎を解く鍵となっている。

絵を使った仕掛けを施したミステリとして忘れてはいけないのが、道尾秀介の〈いけない〉シリーズ（文藝春秋）だ。これは各短篇の最後にイラストが用意されており、ラストのイラストを見た後にテキストを読み返すと意外な事が浮かび上がるという構成の作品だ。文藝春秋による〈いけない〉シリーズの紹介には〝体験型ミステリー〟という言葉が使われていたが、道尾はメディアミックスの体験によって驚きを生む作品にこだわりを見せており、音声が再生される二次元コードを埋め込んだ『きこえる』（講談社、二〇二三年一一月発売予定）なども書いている。

話が『奇妙な絵』の内容から少し離れてしまった。とにかく日本国内ではイラストや音声といったテキスト以外の情報も盛り込んで仕掛けをする小説が支持されている。デジタル上の情報伝達が多様化し、特にYoutubeやTikTokといった動画メディアが急速に普及した現在において、物語を伝える形もテキストだけではなくあらゆるメディアを取り込むようになるのは自然な流れだろう。殊に読者の盲点を突くようなアイディアを必要とされるミステリやホラーといった娯楽小説において、多彩なメディアを駆使した表現に作り手側が挑みたくなるのも無理はない。先ほどは日本国内の例を紹介したが、例えば『自由研究には向かない殺人』（服部京子訳、創元推理文庫）に始まるホリー・ジャクソンの〈ピップ〉シリーズ三部作や、ジョセフ・ノックスの『トゥルー・クライム・ストーリー』（池田真紀子訳、新潮文庫）といった翻訳ミステリにおいても図版やデジタルメディアの書き込み画面といったテキスト以外のメディアで構成されている作品が目立つようになっている。こうした潮流は国内外を問わず存在していると言って良いだろう。その中に本書『奇妙な絵』も含まれているのだ。

とはいえ、単にイラストを挿入して仕掛けを施しただけでは、作品としては成立しないだろう。マルチメディアを使ったミステリやホラーの弱点は、そのメディアを利用すること自体が目的化し、小説としての完成度をないがしろにしてしまう恐れもあることだ。小説として書かれる必然性を感じない作品が生まれてしまうリスクと作家は闘わなければいけない、ということである。その点、『奇妙な絵』はどうか。ここではっきりと「小説として書かれる理由があった」作品であると言っておこう。語り手であるマロリーはテディの描く絵に恐怖を覚えつつも、その絵に秘められた謎を解こうと様々な行動を取る。その過程で意外な事実が次々と浮かび上がるのだが、そうしたミステリとしての仕掛けの部分は小説という表現形式だからこそ成り立つものだ。いっぽうでイラストの部分も単なる謎かけの道具ではなく、読者の感情を喚起させて物語に釘付けにさせる工夫がなされており、他のイラスト付き小説とは違った味わいを提供してくれるものになっている。テキストで出来る事、イラストで出来る事の双方を抜かりなく読者を楽しませるための仕掛けに結び付けている点に好感が持てるのだ。

テキストとイラストの融合ばかりに言及してしまったが、それ以外の部分にも見るべきものはある。テディの不気味な絵を巡ってマロリーは非合理的なものの存在も疑い始め、恐怖を募らせていく。この過程は例えば三津田信三などミステリとホラーの境界を揺らぎながら進んでいく作品を想起させる。物語がどの方向に進んでいくのかという不安に陥れる技法がしっかりと備わっているという事だ。また、語り手であるマロリーの造形にも工夫が施されている点にも注目したい。ベビーシッターが他人の家に入ることで恐怖の体験をする、という形式の物語は、例えばスーザン・ジョージ主演の映画「恐怖の子守歌」など先例は多い。家族というプライベートなゾーンに他者が踏み込むことで、予期せぬ恐怖に出くわしてしまうという不安がこの形式では常に表現される。先行作と比べて特徴的なのは、マロリーがドラックとアルコール依存の経験者でリハビリ中という、極めて不安定な状況にある主人公であることだ。常に危うさを抱えている人間が語り手を務めることで、彼女の視点から物語を追いかける読者が確固たる拠り所の無いまま頁を捲るように作者は仕向けているのである。こうした部分についても配慮がなされている点が良い。

ジェイソン・レクーラックの作品は、これが初めての邦訳となる。作者はもともとフィラデルフィアに拠点を置く独立系の出版社に長く勤めていたが、二〇一七年に *The Impossible Fortress* を発表して作家デビューを果たしている。これは一九八〇年代を舞台にした青春犯罪小説で、十二か国語に翻訳され、二〇一八年のMWA賞ヤングアダルト部門の候補にノミネートされた。著者の公式サイト内の紹介には「8ビットコンピュータとフロッピーディスクから生まれる、予期せぬロマンス」と書かれている。八十年代のポップカルチャーやインターネット登場以前のコンピュータ文化を背景にした小説のようで、『奇妙な絵』とはかなり異なるテイストの小説のようだ。

先述の通り、本書はテキストの中にイラストを巧みに織り交ぜつつ、それぞれの表現形式を活かしたサプライズを用意した作品に仕上がっている。この解説では国内の作家や作品の名前を複数列挙しているが、それらの作品群をお好きな方もきっと気に入ると思う。本篇をまだお読みでない方は今すぐに読み始めて欲しい。しつこいようだが、冒頭に戻る際には途中の頁をくれぐれも捲らないよう気を付けて。

二〇二三年十月

訳者略歴　京都大学法学部卒，翻訳家　訳書『マンハッタン・ビーチ』ジェニファー・イーガン，『衝動』アシュリー・オードレイン，『ニードレス通りの果ての家』カトリオナ・ウォード（以上早川書房刊），『ゴーン・ガール』ギリアン・フリン，『白墨人形』C・J・チューダー他多数

奇妙《きみよう》な絵《え》

2023年11月20日　初版印刷
2023年11月25日　初版発行

著　者　ジェイソン・レクーラック
訳　者　中谷友紀子《なかたにゆきこ》
発行者　早　川　　浩

発行所　株式会社　早川書房
東京都千代田区神田多町２－２
電話　03‐3252‐3111
振替　00160‐3‐47799
https://www.hayakawa-online.co.jp

印刷所　星野精版印刷株式会社
製本所　株式会社フォーネット社

定価はカバーに表示してあります
ISBN978-4-15-210279-9 C0097
Printed and bound in Japan
乱丁・落丁本は小社制作部宛お送り下さい。
送料小社負担にてお取りかえいたします。